電気グルーヴのメロン牧場
――花嫁は死神 5

はじめに

●本書は、音楽雑誌ロッキング・オン・ジャパン(月刊誌)にて連載中の、電気グルーヴの語り下ろしコーナー『電気グルーヴのメロン牧場――花嫁は死神』をまとめたシリーズの5冊目です。収録されているのは、2011年5月号から2014年10月号までの約3年半分です。

●この連載は、ロッキング・オン・ジャパン1997年1月号から始まりました。2000年7月号から2001年7月号までは音楽雑誌BUZZに移って掲載されていましたが、その後は現在もロッキング・オン・ジャパンで連載中です。過去4冊の単行本『電気グルーヴのメロン牧場――花嫁は死神』(2001年)、『電気グルーヴの続・メロン牧場――花嫁は死神』(上巻・下巻2008年)、『電気グルーヴのメロン牧場――花嫁は死神4』(2011年)も発売中です。

●この連載の司会はロッキング・オン・ジャパン編集長の山崎洋一郎が務めています。

●雑誌掲載時にページ数の都合でカットした未発表トークを、「ボーナストラック」として1年毎に掲載しています。

●本文中に「卓注」と記載してある注は、石野卓球本人が追記した脚注です。その他の脚注は編集部が書き加えたものです。

●最後に収録されている「あとがき座談会」は、本書の為の語り下ろしです。

もくじ

2011年

5月号

●震災[1]の時ってどんな感じだった？

卓球「俺、歯医者にいて、治療を始めましょうっていう時に揺れ始めてさ、先生も『これは余震ですね』なんつってて、何を根拠に言ってたのかよくわかんないけど。そしたらすげえ揺れ始めて、今日はやめましょうってなった。でもあれ、治療途中でやめられたら困るじゃん。ヤバかったよ」

瀧「俺、ラジオ番組に出終わって、下高井戸のいつも行ってるラーメン屋に行こうっつって、甲州街道を車で走ってて。で、御苑の下のトンネル[2]をくぐって、新宿駅のとこに出てきたとこで停まってたんだよ。そしたらユサユサユサって揺れたから、近くをトレーラーとか走ってたりするのかな？と思ってたんだけど、走ってなくて。で、信号がパッと青になったから、ブーンって、南口の坂を上ってったら、どんどんハンドルをとられるのよ。で、『あれ!? この道わだちすげえな』なんて思ってたんだけどよく考えたら、新宿駅南口にわだちなんてあるわけねえじゃん。そしたら、グラグラグラッてなって、これは地震だって、まわりの車も全部停まって、みんなサイドブレーキ引いて、しばらく車の中で揺れが収まるのを待って。で、車が動き始めたから、そのまま南口の坂を越えて、西口まで来たら人がすごいのよ、路上にみんな出てて。中央分離帯のとことかも大量に人がいて。おばちゃんがいたから、窓開けて、『どうでし

1 震災：2011年3月11日午後2時46分、三陸沖で発生した地震によって起こった災害。東日本大震災のこと。強い揺れの他、巨大な津波も引き起こし、東北・関東地方を中心に甚大な被害を及ぼした。

2 御苑の下のトンネル：新宿区にある大きな公園、「新宿御苑」の下を通り抜けるトンネル。四谷4丁目と新宿エリアを結ぶ。

3 ガスが止まっちゃってて：ガスの使い方に異常の疑いがあったり、震度5強以上の揺れがあった場合、東京ガスのガスメーターはガスの供給をストップする。ガス

た？』って訊いたら、『もう高層ビルが波打つように揺れちゃって、すっごい怖かった！』って言ってて。でもその時、ことの重大さに気づいてないからさ、『マジですか！ じゃあ！』っつってそのまま車走らせたんだよ。で、ラーメン屋に着いて、『ああ、瀧さん！ 今ね、ガス[3]が止まっちゃってて、火が使えないんだよね』って言うから、『そうなんすか～。せっかく来たのになあ』って言ってたら、ちょうどお客さんが入ってたの。そしたらその人がたまたま東京ガスの人で、『ああ、ちょうど良かった！』っつって（笑）」

一同「（笑）」

瀧「『ちょっとガス止まってるんだけど見てくんない？』って言ったら、その人が、『このボタンを押して、これでリセットかかるんで』って言って。何回かやったらようやくバッて火がついてさ。で、そのままラーメンを頼んだんだけど」

卓球「おまえ、東京ガスのCM[4]出てたんだっけ？」

瀧「そう。東京ガス（笑）」

●全てがものすごい偶然だよね（笑）。

瀧「で、『大丈夫じゃないんですか？』なんて言ってたら、テレビに津波の第一波の映像とかが流れ始めて。これは一大事だと思って、そっから家に帰ったの」

●そのあとってどうだったの？

卓球「打ち合わせがなくなって。家帰ったらCDとかめちゃめちゃになってて。で、スタジオ

メーターに付いている復帰ボタンを押すことでガスの供給は再開される。

4 東京ガスのCM：東京ガスの『ガス・パッ・チョ』CM。瀧は織田信長役で出演。現代の青年を演じた妻夫木聡との軽妙なやりとりが人気を集めた。

5 ロボコン：1974年から放送された子ども向け実写版TVドラマ『がんばれ!!ロボコン』の主人公。落ちこぼれロボットのロボコンがA級ロボットになるために奮闘しつつも、毎回様々な騒動を引き起こす。同番組は2年6ヶ月に亘って放映され、子どもたちの人気を集めた。原作は

はきっともっとものがすごいから、見に行くの気が重いなと思って。今日はもういいやと思って、次の日、朝、自転車で行ってきたのよ。そしたら湿度計がスピーカーの上から落ちてただけだった（笑）」

●マジ？

瀧「地下だからとか？　関係ないか」

卓球「地下のほうが揺れないってさ、バカだから」

●建物の揺れがプラスされないからね。

瀧「うちも家帰ったら飾ってあったフィギュア軍団が落ちてて、ロボコン[5]、チューバッカ[6]、イチロー、カーク船長[7]って並べながら、『これ、片付けることになんの意味があるんだろう』って思いながら片付けたけど（笑）」

卓球「うち、もうそのままにしてある。どうせ来月引っ越すから、片付ける時に段ボール詰めしようと思ってさ」

●ミュージシャンの人はいろんなことがキャンセルになって。

瀧「興行もみんなキャンセルだってね」

卓球「おまえ、『徹子の部屋[8]』も中止だろ？」

瀧「振り替え[9]で別日になった」

卓球「短縮版で。15分バージョンだって（笑）」

瀧「徹子のみでっていう（笑）。俺の前の日も中止か振り替えになったかで、その日がカルーセル麻紀[10]の、『私が女になった理由』っていうやつで（笑）」

卓球「カルーセル麻紀、ピエール瀧って、名前のトーンが近いから（笑）」

石ノ森章太郎（当時は石森章太郎）。

6 チューバッカ：映画『スター・ウォーズ』に登場するキャラクター。愛称は「チューイ」。毛むくじゃらで独特の風貌をしている。ハリソン・フォード演じるハン・ソロの相棒。

7 カーク船長：ジェームズ・カーク。2233年生まれ。アメリカのSF作品『スタートレック』シリーズに登場するキャラクター。宇宙船エンタープライズ号の船長。勇気、冷静沈着な行動、的確な判断で乗組員たちを統率する。

8 徹子の部屋：黒柳

瀧「その並び良かったんだけど（笑）」
卓球「カルーセル瀧みたいな（笑）。うち、マンションの7階で、降りるのめんどくさいから、もともと飲み物とか食いもんとか、買いだめしてあったのね。で、平日ってだいたい家にいるじゃん。だから、そんな混乱もないっていうかさ」
瀧「うちもたまたま、その前の週ぐらいに、ちょうどコストコ[11]行って辛ラーメン[12]と袋ラーメン1箱買ってきたところで、これがあるからいいだろって」
一同「（笑）」
●ツイッター[13]はどう、見てて？
卓球「ツイッターとかは悲観的なのが大多数だよね、やっぱね」
瀧「原発[14]とかのやつもね、あんまりポジティヴなものじゃないよね。義援金情報とかも、いろんなところで芸人とかがバーッて拡散したあとに、『さっきのは出どころがはっきりしてないのでやっぱ嘘です』みたいなのも見かけるし。バタバタしてるね」
●東京は悪い意味でナーバスになりすぎてるとこがあるよね。
瀧「あるよね」
卓球「でも祐天寺のモツ焼き屋とか、相変わらず行列ができてて大繁盛してたしね。街出るとそんな感じないよね、意外にね」
瀧「俺も、玉川[15]の髙島屋[16]に行ってみたんだけど、照明も暗い感じで、お客さんを見かけるとみんなもう、『いらっしゃいませ！』『いらっしゃい

徹子が司会を務めるトーク番組。1976年2月2日より放送開始。第1回のゲストは森繁久彌。同一の司会者によるTV番組の最多放送回数記録で、2011年にギネス世界記録に認定された。

9 振り替えで別日になった：3月15日に放送予定だったが、実際に放送されたのは3月18日。

10 カルーセル麻紀：日本の芸能界におけるニューハーフタレントの先駆者のひとり。19歳の時に睾丸摘出手術、30歳の時にモロッコで性転換手術を受ける。2004年に施行された「性同一性障害者の性別の取扱いの特

ませ！』って言われて」

卓球「何、おちおち万引きもできない？」

一同「（爆笑）」

瀧「今日ガード激しい（笑）」

卓球「今日、坊主[17]かよだって。『お金がないわけじゃないんだけど、スリルを味わいたかった――ピエール瀧』だって（笑）」

瀧「『それの何がいけねえんだよ！』だって（笑）」

卓球「『なお、現金は十分に所持していたという』っていうのあるじゃん（笑）」

瀧「『じゃあ払えばいいんだろ！』っていうね、逆切れするパターン（笑）。あ、思い出した。この間さ、テレビもずっと震災関連のやってるしさ、そんなに遊びに行けないし、幼稚園も休園ですってなって、子供もストレス溜まってきてるから、ちっとかまってやんねえとと思って、夜の8時ぐらいかな？　子供とヒャッヒャッて遊んでたの。そしたらピンポーンってチャイムが鳴ってさ、モニター見たら知らないおっさんでさ、『産経新聞ですけど、新聞の勧誘に……』みたいなことを言うわけ。その時点で、はあ？　なんだけど、『新聞は結構です』って言って。でもその『結構で――』ぐらいのところで、スッてモニターからフレームアウトしたからさ、『おい、なんか言う事ねえのかよ！』って言ったんだけど、そのまま行きやがってさ。で、カチンッて感じで表出てってさ」

卓球「鉄ゲタ[18]持って？（笑）」

瀧「鉄ゲタとおたまを持って（笑）。で、おっ

例に関する法律」により、戸籍上も女性となった。

11 コストコ：正式名称は「コストコホールセール」。会員制倉庫型店舗のスーパーマーケット。食料品の他、日用品や衣類など、幅広い商品を扱っている。

12 辛ラーメン：韓国の食品メーカー「農心」が製造しているインスタントラーメン。唐辛子を使用した赤色のスープが特徴。

13 ツイッター：インターネットを通じて登録者が140文字以内で文章を発信できる情報サービス。

さんに追いついて『おっさん、それはないんじゃないの？』って文句言って。人んちに押しかけてきて、要求が通らないからって、相手を不機嫌にさせて帰ることないじゃんって。そしたら向こうもだんだん横暴になってきてさ。『どこの人？　ちょっと名刺くれない？』『名刺は持ってない』『持ってねえってなんだよ、このやろう』って言い合いしてたら、その白髪のおっさんが突然ブチーンッてキレてさ、『てめえ、こっちが下手に出てりゃいい気になりやがって、なんだこの若造が！』みたいなこと言いやがってさ。『ええー!?』って感じで」

卓球「土下座？（笑）」

瀧「とっさに『すいません！』（笑）」

卓球「失禁しながら土下座でしょ。ブルブル震えちゃって（笑）」

瀧「ガタガタガタ、しっとり（笑）」

卓球「ははははは。で、どうしたの？」

瀧「『この若造、[卓注1]やるならやってみろ！』みたいなこと言ってやがるから、『何でやるんだよ？やるわけねえだろ、このボケ！』って、もう大声で言い合いになったんだよ、路上で。そしたらおっさんが『おう、じゃあ警察行こう、警察だ！』って言うから、『上等だ！』ってなって、ふたりで歩いて行ってさ。『警察ではっきりさせてやらあ！』って息巻いてるから、『は？　おまえ、警察で何て言うつもりなんだよ？』って」

一同「（笑）」

卓球「『この人が新聞をとらないんです！』

14 原発とかのやつもね：東日本大震災による大津波で東京電力福島第一原子力発電所の全ての電力源がストップ。原子炉の冷却ができなくなり、深刻な原子力事故が起こった。

15 玉川：正式名称は「二子玉川」。東京都世田谷区の二子玉川駅付近を指す。多摩川に隣接し、対岸は神奈川県川崎市。

16 髙島屋：全国に展開する百貨店。二子玉川の髙島屋は地域を代表する大型百貨店となっている。

17 坊主：売り上げ、利益がまったくなかったことを意味する。主に飲食業で用いられる

（笑）」

瀧「『うるせえ、行きゃわかるんだ！』って激昂してるからさ。で、遂に交番に到着して『ほら、着いたけどどうすんだよ！』って煽ったら、急におやじが俺に向かって『ほら、警察ついたぞ』って。」

一同「（爆笑）」

瀧「『ええー!?』って。『お前が行こうって言ったんだからおまえがちゃんと話せよ！』って言ったら、警察官に『こいつがね、ものすごい剣幕で来て、私に手を出そうと』『はぁ？ 手を出そうとってなんだよ？ こら！』ってなって、もうメチャクチャでさ。結局、『僕がこれこれこう文句を言ったらおっさんが逆切れして、警察行こうって言うから今来たんですよ、って俺が説明してさ」

卓球「警官が、『じゃあ、間を取って6ヶ月間だけ取ったら？』って（笑）」

瀧「『洗剤はいいから、野球のチケットよこせ！』だって（笑）」

卓球「で、[19]ピエール学園に入ったんだって、そのおっさん（笑）。守備が上手い（笑）」

瀧「意外にベテランなりの判断あんだよね。ピンチの時でも落ち着いてるだって（笑）。で、そんなやり取りしてたら、おやじが急に弱気になって、『だって、このご時勢にクビとかなりたくないし〜』って言いだして。じゃあ最初っからちゃんとやれよ！って感じなんだけどさ（笑）。途中からおっさんのテンションがサーッて下がったんだろうね。『すいませんでした。

隠語。釣りに行ったもののまったく釣れなかった様も表す。

18 鉄ゲタ：筋力を鍛えることを目的とした鉄製の下駄。

卓注1 やるならやってみろ！：ウッチャンナンチャンのやるならやらねば。

19 ピエール学園：ピエール瀧が率いる草野球チーム。名称の由来は高校野球の強豪「PL学園」。

ほんとに申し訳なかったです』だって」
卓球「喜怒哀楽の〝喜〟以外全部あったんだ（笑）」
瀧「で、交番からの帰り道、『アンタがどこの人間なのかわかったら俺は帰るから』っつって一緒に営業所まで行ってさ。『別にあとからおっさんのことを、上の人とかにとやかく言う気もないから』って言ったら、『ありがとうございます！ 今回はすみませんでした。』って言われて、ええ〜!?って（笑）」
卓球「で、翌日テレビつけたら『あ、これあいつだ！』（笑）」
瀧「マジで（笑）」
卓球「『あの野郎！』だって（笑）」

6月号

卓球「今回軽くていいね」
●そう、めちゃ軽。
瀧「最初の感じに戻ったね[1]、開いた感じが。紙の質も安くていい」
道下[2]「前にいただいたぶんは本人たちに渡しました」
卓球「まっ先に俺が渡したかった的な（笑）」
●開けたいというよりも（笑）。
瀧「ミッチー、そういうとこあるよね」
卓球「そうそうそう」
道下「ちょっと待ってくださいよ。ロッキング・オンから荷物が届いたら開けるでしょ、普通」
●ああ、この感じか。

1 最初の感じに戻ったね：『メロン牧場』単行本第1弾のコンセプトは「便所本」。トイレで気軽に読んで乱雑に扱えるような雰囲気を出すため、ザラついたわら半紙風の紙が全体的に用いられた。しかし、上下巻で同時発売された第2弾は表紙カヴァーがカラー印刷となり、紙の手触りも大幅に向上。その反省を踏まえ、第3弾『電気グルーヴのメロン牧場――花嫁は死神4』は第1弾のコンセプトに立ち返って制作された。

2 道下：電気グルーヴのマネージャー、道下善之。あだ名は「ミッチー」。元音楽雑誌『R&R NEWSMAK

道下「ちょっと待ってくださいよ（笑）」
卓球「そうそう。俺の手柄みたいな」
瀧「古くは、俺が子供生まれた時に、俺の口から言いたいのに先に言っちゃう感じの。『あ、道下さんから聞きましたよ』って、どこ行っても先回りされて、イーッて（笑）」
●それが日本兵に繋がるんだね。[3]
卓球「優秀な二等兵って感じの（笑）」
瀧「勤労の二等兵でしょ（笑）」
卓球「二等兵の中の一等兵。名誉白人的な（笑）。名誉白人！」
道下「ありがとうございます」
卓球「あの震災の影響はなかったの？」
●これはあった。[4]それで遅れたの。
卓球「この写真[5]の質（笑）」
瀧「そう、この写真なんなの？」
●これ、写メ。
卓球「そうだよね」
瀧「カラープリンターでやりましたっていう」
●でも、意外と写真の完成度高いんだよね、あのブログのシリーズ。
瀧「うんうん」
卓球「これベスト盤[6]より嬉しい（笑）」
道下「え、え!?（笑）」
卓球「そりゃそうでしょ。（ページを開いて）『タマキン[7]の臭いでさあ』だって（笑）」
一同「（笑）」
卓球「『タマキンじゃなくて、タマの脇[卓注1]。タマ脇さん』だって。おもしろいね（笑）」
道下「5冊目出たらボックスセットじゃないで

ER』編集者。電気グルーヴ担当として連載『濡れてシビれて』を手掛けた。

3 日本兵に繋がるんだね：電気グルーヴのために粉骨砕身して働くマネージャー道下を旧日本軍の兵隊に喩えた話が、『電気グルーヴのメロン牧場——花嫁は死神4』2010年11月号の回で展開されている。

4 これはあった：『電気グルーヴのメロン牧場——花嫁は死神4』の当初の発売予定日は2011年3月30日。震災の影響で最終的な発売日は4月13日となった。

5 この写真：『電気グ

すかね、やっぱり（笑）」
卓球「電子書籍化しないの？　俺、この前高田純次[8]の『適当日記』読んでてさ。あれ、注釈のところをクリックすると注釈に飛べるんだよ。あれいいよね」
●いいね、それ。
卓球「あ、おまえ朝ドラ[9]決まって調子のってるらしいな？」
一同「（笑）」
卓球「な？　な？」
瀧「それで調子のるんだったら、大河[10]の時点でのるだろ」
道下「NHKの『おひさま』に」
卓球「だから調子のってるんだよ」
瀧「へへへへ」
卓球「のりにのってる（笑）。おめえ、調子のってると泣かすぞ。あ、この前思い出したんだけど、小学校の時に『泣かすぞ』っていう脅し文句あったよな（笑）」
瀧「あったあった、すげえ使った。『おめえ、泣かされてえのか？』」
卓球「『おめえ、この前あいつとケンカして泣いたくせに何言ってんだよ』（笑）」
瀧「『泣かされてえのか？　でもこいつ、泣くと強いからな』」
卓球「『泣いてからが、あいつ強い』（笑）」
瀧「完全に小学生の会話だけどな（笑）」
卓球「泣いたら終わりっていう、暗黙のルール」
瀧「闘犬と同じだもん（笑）。キャンって鳴いたほうが負け（笑）」

ルーヴのメロン牧場——花嫁は死神4』の表紙帯に印刷されている卓球と瀧の変顔写真。本連載を担当している山崎洋一郎のブログに掲載した写真を流用。山崎はメロン牧場の取材の度にふたりの写真を撮影して掲載するのを習慣としている。

6 ベスト盤：『電気グルーヴのメロン牧場——花嫁は死神4』と同タイミングでベストアルバム『電気グルーヴのゴールデンヒッツ～Due To Contract』と、PV集『電気グルーヴのゴールデンクリップス～STOCKTAKING』がリリースされた。

卓球「何役？」
瀧「軍事教育を進める……」
卓球「昔の劇？」
瀧「劇っておまえ（笑）」
卓球「劇だろ、だって（笑）。おまえ劇やってんだろ？」
瀧「やってる（笑）。平たく言うと劇だね」
一同「（笑）」
瀧「昔の戦時中の劇だから（笑）、学校で軍事教育を進める意地悪な先生。『貴様ーっ！』みたいなことを言う役」
卓球「軍服？」
瀧「国民服みたいなやつ。まあ、ほぼ軍服だけど。それを着て」
卓球「自前の（笑）」
瀧「戦時中にはあり得ない腹で」
●はははははは。
瀧「『この食べ物がない時に』とか言って、腹こんな膨れちゃって」
卓球「あっはっはっはっはっは！ 口の横にミートソースつけちゃってな」
●あははははは。
卓球「『入りまーす』っつってな（笑）」
瀧「『ちょ、ミートソースはちょっと』『あれ!?』（笑）」
卓球「『デ、デミが……』[11] だって（笑）」
瀧「『デミはちょっと……』っつって（笑）。そういう役。まあ、途中でちょっと出て、すぐに出なくなるから」
●じゃあ、5、6回？

7 タマキンの臭いでさぁ：『電気グルーヴのメロン牧場──花嫁は死神4』2009年ボーナストラック4月号の回を参照。

卓注1 タマの脇：タマ脇浩二（キケン地帯のVo）。

8 高田純次：俳優。1977年、『劇団東京乾電池』に参加。映画、TVドラマなどに出演する他、バラエティ番組での軽妙なトークやアバンギャルドな行動で人気を集める。『適当日記』は2008年に出版した書籍。

9 朝ドラ：NHK連続テレビ小説のこと。

瀧「どうなんだろう？　10話ぐらい出るのかな？　1話15分だし。ダンカン[12]と一緒に（笑）」

卓球「ダンカンもいるの？」

瀧「ダンカンも意地悪な先生」

卓球「『徹子の部屋』の話したっけ？」

●全然してない。

瀧「ああ、そうか」

卓球「まだ観てないわ」

瀧「観なくていいよ、別に（笑）」

卓球「調子にのってんのを観るんだよ。あと、調子にのってオドオドしてるのを（笑）」

瀧「憎くなりたいって感じで（笑）」

卓球「ちゃっかり。おまえがミッチーを憎いように、俺もおまえが憎い（笑）」

道下「なんで僕、憎いんですか？（笑）」

卓球「俺からの孫憎み[卓注2]って感じ（笑）」

道下「なるほど。よくわかんない（笑）」

瀧「『徹子の部屋』やってきたよ。『アメトーーク！[13]』とかでさ、『徹子の部屋』の芸人殺しみたいな話とかあるじゃん。あれ、もちろん当日まで徹子には会わないんだけど、前打ち合わせみたいなのがあって、『ディレクターの○○です』『プロデューサーの[redacted]です』みたいなのが来て、『いろいろ瀧さんのこと調べて、こんな感じのやつがありますよね』とか、そういう話をするのよ。で、ちょうど『課外授業ようこそ先輩[14]』をオンエアしたあとだったから、『瀧さん、子供の頃はやんちゃな子だったらしいですね』みたいな話があって」

卓球「『今は調子にのってますけど』（笑）」

瀧は2011年4月4日～10月1日に放送された『おひさま』に出演。国民学校の代用教員・中村正を演じた。

10 大河：瀧は2010年のNHK大河ドラマ『龍馬伝』で溝渕広之丞役を演じた。

11 デミ：デミグラスソース。西洋料理の最も一般的なソースのひとつ。

12 ダンカン：たけし軍団のメンバー。俳優、放送作家としても活躍している。

卓注2 孫憎み：「孫という名の宝もの」。

13 アメトーーク！：正式名称は『雨上がり

瀧「『今は調子にのってますけど』って、そこ言い直されて、ほんとに」
卓球「あはははははは」
瀧「で、『（メモをするしぐさで）今は調子にのってる……』って」
卓球「『（徹子の真似で）はい、本日はとても調子にのっていらっしゃる、ピエール瀧さんをゲストに……』（笑）」
瀧「そういう話をして、それこそ小学校4年生ぐらいの頃に、〝勝手にしやがれ〟[15]の、♪出て行ってくれ〜っていうところで、みんなを座らせて、俺がひとりで前に出て学年帽を投げてる写真とかがあるのよ（笑）」
卓球「『ああ、調子にのってますねえ』って（笑）」
瀧「ほんと、それは調子にのってるけど（笑）。そういう写真があるっていうのとかも、下調べがついてて、いろんなネタがあって。『これをまとめて、こういう流れにしたいっていうのを後日お送りさせていただきます』ってことになって。そしたらそこに、ほんとに徹子の前に立って、ジュリー[16]の物真似をするってくだりが書いてあって、えーっ!?て感じで（笑）」
●うわ〜（笑）。
卓球「向こうは真顔でやってんの？」
瀧「真顔で。調子にのってくださいって書かれてて（笑）」
卓球「わっはっはっはっは」
瀧「うわわわわわ！って感じで（笑）」
●もう芸人潰される段取りができてるんだ。
瀧「できてる」

決死隊のトーク番組アメトーーク!』。雨上がり決死隊の宮迫博之と蛍原徹がMCを務めるバラエティ番組。

14 課外授業ようこそ先輩：NHKで放送されている『NHK 課外授業ようこそ先輩』。各界の著名人が母校を訪れて授業を行う。瀧が出演したのは2011年2月20日の放送回。静岡市立井宮北小学校で、「自分たちの住む地域の面白いと思ったことを自由に、そして全力で表現してみよう」をテーマに授業をした。

15 勝手にしやがれ：沢田研二が1977年にリリースした大ヒット曲。目深にかぶって卓球「でも悪気はないんでしょ、向こうは？」
瀧「全然悪気はなくて。もう、[17]徹子との共通言語なんてわかんないじゃん。で、ジュリーってなったら向こうがそう思うのも仕方ない部分はある程度あるんだけど」
卓球「でも結果潰れるんだろ（笑）」
瀧「それでジュリーの物真似をって書いてあったから、頼むからこれは消して!っつって（笑）」
卓球「[18]郷ひろみにしてもらって（笑）」
一同「（笑）」
瀧「郷ひろみか、[19]刑事コロンボかどっちかで（笑）。で、番組ってガラスのテーブルで話してるじゃん。行くとさ、ちっちゃいメモ帳みたいなのがあって、それに徹子がさ、鉛筆書きでワーッていろいろメモってあるやつが、30枚ぐらい並んでんの。で、あの番組有名じゃん、[20]編集とかしないっていうので。スタジオ入って、あのとおりに、入り口から、♪ル～ルル、ルルルって曲もかかりながら入ってって。CMの時はCMで、30秒か1分切れてっていうのが続くんだけどさ、もう座ってそのメモ見た瞬間に、これはもうジタバタしても始まらないと。よくわかんないこと言って、こっちペースでやろうとしてもしょうがないから、もうこれは完全に徹子に委ねるしかないって」
卓球「っていうか、委ねるも何も、おまえ、自分のペースで持ってけるのかよ」
瀧「いや、もちろん持ってけないんだけど」
卓球「関西弁のおねえキャラっていう、未知の

いた帽子を投げる歌唱中のパフォーマンスも人気を集めた。

16 ジュリー：沢田研二のニックネーム。彼がジュリー・アンドリュースのファンだったことに由来する。

17 徹子との共通言語：黒柳徹子は沢田研二が頻繁に出演して数々の名シーンを残した音楽番組『ザ・ベストテン』の司会者。

18 郷ひろみ：歌手。1972年にデビューし、ヒット曲を連発。沢田研二と同じく、『ザ・ベストテン』に頻繁に出演していた。

19 刑事コロンボ：1968年～2003年

領域で（笑）」
瀧「手を出すおねえキャラって感じで」
卓球「最初の3分ぐらいでもう持たなくなっちゃってな（笑）」
瀧「『やめていいすか？』だって（笑）」
卓球「番組の頭と最後で別人になっちゃって（笑）」
瀧「スカート脱いじゃって。スパッツのみで（笑）。エガ[21]ちゃんみたいになっちゃってね（笑）」
●あはははは。
卓球「自分でそういうキャラっていうのを言い聞かせちゃってな。スカートを脱ぐキャラっていうのを（笑）」
●でも完全パケ撮りなんだ？
瀧「完全パケ撮りだった、ほんとに。エンディングも、『最後、エンディングの曲が流れてきたら、30秒で終わりますんで』って言われて、しゃべってたらほんとにまた♪ル～ルルって流れてきて、ああ、終わりだって感じで。お客さんもいるんだよ、一応」
●そうなんだ？
瀧「うん。スタジオの隅にパイプ椅子が置いてあって、15人ぐらい？　座ってて」
卓球「1日何本も撮るの？」
瀧「1日、5、6本撮るっつってたかな？」
卓球「すごいね。じゃあ1週間まとめてやってんだ」
瀧「そうじゃない？　だから手書きメモもそのぶんだけあるんだよ」

に制作されたアメリカのTVドラマ「刑事コロンボ」の主役。演じたのはピーター・フォーク。ヨレヨレのコート、ボロボロの車、くわえている葉巻がトレードマーク。小池朝雄による吹き替えの台詞「うちのカミさんがね」「すいません、もうひとつだけ」などを物真似する人が多い。

20 編集とかしない：『徹子の部屋』は収録番組。しかし、収録した映像は編集を一切行わず、そのまま放送することで知られる。このような収録・放送のスタイルは「完パケ撮り」「撮って出し」などと呼ばれる。

21 エガちゃん：お笑

卓球「すごいね」

●無事に？

瀧「無事に。調子にのれるぐらいには（笑）」

卓球「調子にのってるからなあ、ほんとに」

瀧「調子にのってる」

道下「石野さん、『ピンポンさん』って言われてましたよ、黒柳さんに（笑）」

●そうそう、それ聞いた（笑）。

卓球「ピンポンさんなんて山ほど言われてるっつうの。『黒柳さ～ん』だよな、マッチ[22]の（笑）」

瀧「ベスト盤のジャケット[23]見て、『あら怖い』って言ってた（笑）」

一同「（笑）」

瀧「『怖いですね～』っつって（笑）」

卓球「淀川[24]？」

瀧「淀川（笑）」

卓球「最後やった？　『サヨナラ、サヨナラ、サヨナラ』っつって（笑）」

瀧「（笑）。やったことないだろ、別に」

卓球「得意の（笑）」

瀧「なんで俺が淀川の気分でやんなきゃいけないんだよ（笑）」

卓球「『サヨナラ、サヨナラ、サヨナラ』は必ず3回だって知ってた？　昔は決まってなくて、子供が今日は何回言うかって、賭けの対象にしてて。ってどーでもいいけど（笑）」

7月号

瀧「昨日、こいつ朝9時まで飲んでたらしいよ」

い芸人・江頭2：50。上半身裸、下半身は黒色のスパッツ姿で過激なパフォーマンスを行う。

22 マッチ：近藤真彦のニックネーム。1980年代にアイドル歌手として一世を風靡し、『ザ・ベストテン』にも毎週のように出演した。

23 ベスト盤のジャケット：『電気グルーヴのゴールデンヒッツ～Due To Contract』のジャケット写真は瀧と卓球をイメージしたふたつの頭蓋骨。

24 淀川：映画評論家の淀川長治。『日曜洋画劇場』の解説者を長

●マジで?

卓球「俺、引っ越しの手伝いを知り合いの若い奴に頼んでて、そいつが今度、北海道に引っ越しちゃうんで――」

瀧「高校生の頃にかわいがってた奴いたじゃん。あれが大きくなって」

卓球「引っ越し手伝ってもらったあと、飯でも食いに行こうっつって、焼肉に行ったのよ。で、そこにLyoma[1]も呼ぼうっつって。もともと『オールナイト[2]』のリスナーで、瀧が泊まりに行った毛深い高校生(笑)。そいつらと焼肉食ってて、次の店行って飲んでたら、川辺[3]も中目黒で飲んでるって言うから川辺も合流して、そっから荒木くんっていう、ageHa[4]でテクノパーティをオーガナイズしてる彼がガールズバーを代官山でやってるから、そっち行こうっつって店出たら、こいつがちょうど店の前にタクシーで停まってて」

●マジで!?(笑)。

瀧「違う、こいつが来いって言うから」

卓球「調子にのってタクシーで現れて」

瀧「朝ドラの台本片手に」

一同「(笑)」

瀧「『か・け・き・く・け・こ・か・こ![5]』」

卓球「『ちょっとマスコミがうるさいから』(笑)」

瀧「『今、ドライ[6]中?』って」

卓球「はははは。で、おまえも来いっつって、タクシー降りた瀧をすぐまたタクシー乗せて。で、ガールズバー行ったら、DJのSODEY

年に亘って務めた。ホラーやサスペンスなど、恐ろしいシーンがある映画を紹介する際は、「怖いですね〜」という言葉がほぼ毎回飛び出した。番組エンディングのお決まりの台詞は「サヨナラ、サヨナラ、サヨナラ」。

1 Lyoma:テクノパーティー「Abend」主宰。1998年から2007年まで、ドイツのベルリンを拠点にキャリアを積む。後述の『電気グルーヴのオールナイトニッポン』のリスナー。瀧は同番組内の企画で当時高校生だった彼の自宅に泊まった。

AMAとかいて。その時、こいつもう帰ってたんだけどさ」
瀧「ガールズは全然つかないし、男連中で話してて。こいつはなんかそっち側でキャッキャ話してるから」
卓球「おまえは調子のってるしな」
瀧「何が一番調子のってるかって、帰ることだなと思って」
一同「（爆笑）」
瀧「黙って帰ることが一番調子のってるなって判断して」
卓球「それが性格俳優[7]だろ（笑）」
瀧「性格俳優として。やっぱあの人謎だわって言われたいからね（笑）」
卓球「深みを持たせるために。座ってる席がグッショリ濡れてたっていうな。ミステリアス（笑）」
瀧「今日来たことが間違いだったなと思って帰って（笑）」
卓球「で、こいつがいなくなってるから、あれ？と思って。そしたら川辺とLyomaと3人になってて（笑）。じゃあもう1軒飲んでから帰ろうっつって、近くのバーに行ったんだよ。そしたらなんと、CMJK[8]登場」
●えー!?
瀧「そうなんだ」
卓球「『うおーっ！』っつって、そこで4人で飲んで。そしたら川辺が帰るって言うから、JKん家行こうって言って。『絶対ダメ！』『いいじゃん、俺、行ったことないんだから。ダメっ[卓注1]

2 オールナイト：ニッポン放送の深夜番組『オールナイトニッポン』。電気グルーヴは1991年から土曜日2部の枠を担当。1992年10月に火曜日1部に昇格。1994年3月に降板するまで、毎週自由奔放なトークを展開。卓球がオススメのテクノをかけるコーナーも人気を集めた。

3 川辺：TOKYO No.1 SOUL SETの川辺ヒロシ。卓球とユニット「InK」を組んでいる。

4 ageHa：東京都江東区新木場にあるSTUDIO COASTで行われているク

つってもついてくぜ』っつって（笑）。ほんとについてって」
瀧「Lyomaから俺んとこに、『今、解散になりました』って連絡入ったのが、8時50分ぐらい（笑）」
●ははははは。
瀧「うわ～、帰って良かった！って（笑）。JKん家ってどんな感じなの？」
卓球「かなり豪華。調子にのってた（笑）」
一同「（笑）」
瀧「あいつも？（笑）」
卓球「おまえほどじゃないけどな」
瀧「へえ。何してたの？JKんちで」
卓球「音楽聴いて、YouTube観て踊ったりしてた（笑）」
瀧「大学生か（笑）」
卓球「最終的にJKの泣きが入って帰った」
瀧「『もう帰って』っつって（笑）」
卓球「あ、土井[9]くんからまた連絡が来て、『ベスト盤届きました。最後まで聴いて、なるほど、ジャケットの意味がわかりました』って」
瀧「どういうこと!?」
卓球「全っ然わかんない（笑）」
一同「（爆笑）」
卓球「訊きたいんだけど、もう怖くて訊けなくてさあ（笑）」
瀧「そうだ、土井くんが、被災地をボランティアで回ってんの知ってる？」
●ええ!?
卓球「マジで？」

ラブイベントの総称。
5 か・け・き・く・け・こ・か・こ！：俳優の発声練習の定番フレーズの一部。
6 ドライ：カメラを回さないで行うリハーサルを意味する映像業界用語。
7 性格俳優：演じる人物の心情やキャラクターを巧みに表現できる俳優のこと。容姿の良さや派手さなどではなく、純粋な実力で評価されている俳優に対して用いる呼称。
8 CMJK：電気グルーヴのかつてのメンバー。脱退後は自身のプロジェクトの他、浜崎あゆみ、SMAP、瀧「そう。俺、ミクシィで土井くんとマイミク登録してあって、日記にどうしたこうしたって書いてあるから、なんだろう?と思ってメールして、『土井くん、もしかして回ってんの?』って言ったら、車調達して、物資も調達して、被災地を回ってて。昨日はアンテナがなくて映らない避難所のテレビを、廃材の鉄骨を組み合わせてアンテナ代わりに使うっていう奇策で乗り切りましたとか、お年寄りの肩揉んだりしてるんだって。それで現地のボランティアの子の家に泊めてもらったりして、みんな優しいですみたいなことが書いてあった」

卓球「土井くんらしいね」

瀧「うん。で、おもしろかったのが、慰問だっつって来る連中がいるんだってさ。で、どっかの会社社長みたいな人が避難所に現れて、じゃあってマイク渡したら、そっからずーっと30分延々テレビの悪口なんだって(笑)。そういうことを散々被災者たちに叫んで、最後羽交い絞めにされて引きずられてったって」

卓球「報道されない部分って感じだよな」

瀧「そういうのが結構あるらしくて」

●土井くんってもともとそこまでピュアな人なの?

瀧「思い立ったら止まんないタイプなんじゃない」

卓球「上司に、『おまえ、組合やれ』[卓注2]って言われちゃうような感じ」

瀧「真面目は真面目なんだろうけどね」

卓球「突き抜けて真面目なんだよな(笑)。た

KICK THE CAN CREWなど、様々なアーティストのプロデュース、作曲、編曲などでも活躍。

卓注1 ダメっつってもついてくぜ:イヤだと言っても愛してやるぜ by 遠藤ミチロウ。

9 土井くん:電気グルーヴの元マネージャー。

卓注2『おまえ、組合やれ』:実際キューンであった話。

だ、ミッチーと違って自分の意思で動く感じ」
●あはははは！
卓球「ミッチーは上に言われて、ズクッズクッて刺すいいロボットって感じだけど（笑）」
道下「誰に言われてるんですか、僕は？（笑）」
卓球「陛下に（笑）」
道下「そうですよね（笑）」
卓球「鬼畜米英[10]をね（笑）」
瀧「未だに毎朝起きると〝君が代〟歌ってるんでしょ（笑）」
卓球「氷室調[11]で（笑）。あ、仏壇買ったんだけどさ」
●え？
卓球「仏壇（笑）。実家を取り壊した時に、実家のデカい仏壇を処分して、新たにちょっとちっちゃいのを買ったのね」
瀧「仏壇っていくらすんの？」
卓球「だろ？　もうピンキリ」
●楽しそうだね。
瀧「現代的なデザインのやつからクラシカルなやつまであるんでしょ」
卓球「あるある。すごいんだよ、もう全然仏壇に見えなくて、銀のメタルの板になってるのとか、それが70万」
瀧「えー!?」
卓球「まあ、青天井だから上見たらもっと高いのあるけど」
瀧「上は400、500万でしょ」
卓球「うん」
●かっこいいね、それ。

10 鬼畜米英：太平洋戦争中に日本国内で唱えられていた標語。敵国であったアメリカとイギリスを侮蔑する意味が込められている。

11 氷室調：ミュージシャン氷室京介風の口調という意味。氷室独特の歌唱法である巻き舌気味の言い方を指しているのだと思われる。

卓球「かっこいいけど、もう家に作りつけみたいな感じだから。でさ、仏壇の街[12]があるの知ってた？」

●浅草のほう？

卓球「そうそう。通り全部仏壇屋でさ。ちょっと迷っちゃうぐらいあって。おまえもいずれ買うんだろ？」

瀧「まあそうだろうね」

卓球「調子にのってるからな（笑）」

瀧「調子にのってるから買わなきゃ」

卓球「タータンチェック[13]の？（笑）」

瀧「真っ赤なやつ買おうかな」

卓球「はははは。赤く塗ってくださいだって（笑）。で、いろいろ回って、いいのがあったから買って。それが山口もえ[14]の実家で」

●へえ。でも選ぶの楽しかったでしょ。

卓球「おもしろかったけど、サイズと、あとはもう自分の満足度だよね、結局ね」

瀧「調子にのってるのはなかった？（笑）」

卓球「調子にのってるのはなかったけど（笑）。進んでるやつだとLED付きとかね。木の材質によっても全然違ったりとかさ。結構すごかった。あと、仏具もさ、いわゆる座布団に座ってチーンみたいなやつから、単なる金属の球体みたいなやつとか。棒でチーンってのじゃなくて、釣鐘みたいにコーンて叩くやつとかもあって、おもしろかった。『音もいろいろあるんですよ』っつってさ、『これはちょっと鋭い音なんですけど、こっちは優しい音で』って」

瀧「どれがお好みですか？　みたいな」

12 仏壇の街：仏壇、仏具店が軒を連ねる浅草の一部エリア。「浅草仏壇通り」と呼ばれている。

13 タータンチェック：スコットランド発祥の伝統的な格子模様。

14 山口もえ：東京都台東区出身のタレント。マツモトキヨシのCM「なんでも欲しが卓球「それで思い出したんだけど、この前マッサージ行ったら、隣のお客さんの会話が聞こえてきて、『初めてなんです』『わかりました。この気功[15]っていうのがすごいいいんで』って、店の人がすごい薦めてんの。『じゃあ、それやってみます』っつって、俺の隣に来て、『じゃあ、力抜いてくださーい』っつって、最初、コキッコキッみたいなのやっててさ。『じゃあ始めまーす』っつって、鐘をゴ～ンて鳴らして、『音に集中してください！』っつって鐘を延々叩くっていうさ。それを30分（笑）」

瀧「波動的なことなのかな？」

卓球「でも仕切り、カーテンだけなんだよ」

●隣が気になってリラックスできない（笑）。

卓球「そう。しかもそれがスーパーの一角にあって、思いっきり店内放送とか聞こえてんのね。そこでゴ～ンとかやっててさ。で、ちょっと離れてるところで叩いてるのとかわかるんだよね。遠く行ったりとかさ。調子のってるの（笑）」

●効きそう？

卓球「わかんない（笑）。そういうニューエイジ音楽[16]聴いてるのと一緒だよね。それでリラックスするかっていうのは」

瀧「こっちが一瞬でも疑ったらアウトだよね（笑）」

卓球「で、30分5000円だって」

瀧「高いじゃん」

卓球「要は鐘のライヴってことだよね。調子にのってるから」

瀧「調子にのってるからね。今、俺、すげえイ

るマミちゃんは」のシリーズで一躍人気者となった。

15 気功：中国の民間医療法の一種。「気」と呼ばれる一種のエネルギーをコントロールして治療を行う。

16 ニューエイジ音楽：リラックス、精神的な癒しを目的として制作されている音楽。自然音、環境音に近い穏やかな音色や響きを主体とした曲が多い。

キがってるから（笑）」

8月号

卓球「おまえ、加齢臭[1]がすごい」

瀧「ほんと？」

卓球「でも昔からだよな」

瀧「そうだね」

●そうなんだ（笑）。

卓球「身の周りで一番最初に加齢臭が出た人っていうか、加齢臭嗅ぐと瀧の臭いって思うんだよね。自分の枕とかからでも、『あ、瀧の臭いがする！　瀧、来たのかな？』って思う（笑）」

●あはははははは。

瀧「『瀧がこんなところにも！』（笑）。まあ、しょうがないね」

卓球「あと、すげえ汗かいてさ、風呂に2日ぐらい入れなくてやっと入った時に、風呂上がってバスタオルで拭いた時の、『うわ、瀧臭え！』っていう感じ（笑）」

瀧「なんで風呂入ったあと加齢臭がしてんの？」

卓球「風呂入ったあともするよ、瀧の臭い」

瀧「瀧の臭い？（笑）」

卓球「そうだ、1個いい話があるよ（笑）。この前、ブロスのアプリ[2]が出たじゃん。天久[3]とやったインタヴュー集をアーカイヴしたやつが。で、それを記念して、新作のインタヴューをやって。その取材が終わって、天久と3人で飲みに行って。結構酔っ払ってさ。『じゃあ、うち来

1 加齢臭：中高年になると発生する独特な体臭。皮脂の酸化、分解によって生まれる「ノネナール」という物質が原因。ノネナールは40歳前後から急増する。

2 ブロスのアプリ：雑誌「TV Bros.」に掲載された漫画家・天久聖一（後述）による電気グルーヴのインタヴューをアプリ化したもの。1997年から2011年までに行われたインタヴュー、計10本が収録されている。

3 天久：漫画家の天久聖一。電気グルーヴと親交が深く、彼らのPVも多数手掛ける。神戸拘置所で刑務官と

る?』っつって。うち、越したばっかりだから、瀧も見たいっつって、うちに来たのよ。で、こいつがうち見てさ、『じゃあさ』って、財布から裸の3万円出して、『はい、引っ越し祝い』って(笑)」

一同「(笑)」

卓球「で、冗談で『おい、たった3万かよ~』って言ったら、『しょうがねえなぁ』っつって、もう2万出して、5万円くれて。冗談だったから、『別にいいよ、俺もおまえに引っ越し祝いやってるわけじゃないんだから』『いや、出したからもう引っ込められないから』とか言って」

瀧「こういうもんだからっつって」

卓球「瀧節だなあと思ってさ(笑)。『酔ってるんだからいいよ』『いやいや、ほんといいからとっとけって』っつって。で、そのやりとりをしてる間で、天久がニコニコしながら座っててさ。間挟まれちゃって(笑)」

●ハハハハハ!

卓球「『じゃあこいつに』っつって、天久のシャツポケットの中に入れたの。それでゲラゲラゲラ~っつって、『なんでこいつだよ』っつって、また飲んで。んで、ふたりが帰って。翌朝起きて、『あれ? そう言えば昨日の5万円どうしたっけな?』と思ってさ、財布見たけどないんだよ。で、ポケットの中もなくて。『あれ? 瀧に返したっけ? いやいやいや、ちょっと待てよ……あ、天久だ!』と思ってさ。まあでも、5万円が服の中から出てくりゃ、電話かかって

して約2年間勤務していたというユニークな経歴の持ち主でもある。

くるだろうと思って、こっちから言うのもあれだなと思って、電話かかってくるの待ってたのよ。でもかかってこなくて（笑）。さすがに3日経って、これはもうないなって、天久んとこ電話したのよ。『あのー、ほんと、泥棒扱いするわけじゃないんだけど、瀧からもらった引っ越し祝いの5万円知らないかな？』っつったら、『ああ！　だからかー！』っつってさ。『いやいや、この前、卓球さんち行ったあと、酔っ払って家に帰って、次の日起きたら玄関から1万円ずつ5万円落ちてて』っつって。『なんでだろう？と思いながらも、気が大きくなって、昨日、焼肉食いに行っちゃいましたよ』って（笑）」

瀧「『神様からのボーナスだ！』（笑）」

卓球「『じゃあさ、今度会う時でいいから……』『いやいや、僕も持ってたくないんで！』『じゃあ、振り込んで』『いや、振り込むと僕からあげたみたいになるんで、現金書留で送ります』っつって（笑）」

瀧「え、マジで？（笑）」

卓球「振り込むと天久聖一っていうので俺のところに入っちゃって便乗したみたいになるのが嫌だったんだって。ちゃんとしてんだかしてないんだかわかんないけど（笑）」

瀧「気分的なもんなんでしょ（笑）」

卓球「そこに一緒にシールが何枚か入ってて、たぶんそれが天久からの引っ越し祝い。5万円とシール（笑）」

瀧「好きなところに貼ってください。まだ新しい家でシールも貼ってないでしょうから（笑）」
卓球「すごいわ。久しぶりに天久炸裂した」
瀧「したね～」
卓球「でも俺、最初、不安でこいつにも電話したの。『おまえ持ってった？』っつって」
瀧「そしたらこいつが、『ああ！ じゃあ天久だ！』っつって。その『天久だ』には、間違えて持って帰ったっていうのが半分と、『あの野郎！』っていうのが半分（笑）」
卓球「でも入れたのはこっちだからさ。いや、あと、そのまま酔っ払ってタクシーとかで落としちゃってねえかなと思って。でも使わずにとってあった（笑）」
瀧「んふふふふ」
●でも俺、それ未だにちょっと怪しいと思うけどね。家に、1万円ずつ落ちてたっていうのは。
瀧「なるほど。とりあえず家の感じに慣らして、臭いとりをして」
卓球「何、マネーロンダリング[4]？（笑）」
瀧「マネーロンダリングがあったらしい（笑）」
一同「（爆笑）」
瀧「十分、家の感じが染み込んだところで自分の金にするっていう（笑）」
卓球「でも、天久は自分でとったわけじゃないんだよね。うちらがねじ込んだから、おもしろがって（笑）」
瀧「『えーと、じゃあここで！』っつってな（笑）」
卓球「普通、こっから5万円出てきたら、なんだろう？と思うよな。『骨の髄まで漫画たい』[卓注1]（笑）。そうだ、棒で引っぱたいてっていうの

4 マネーロンダリング：資金洗浄。犯罪などで得た収入の出所を隠すために金銭を口座から口座へと何度も転々とさせる行為。

卓注1 『骨の髄まで漫画たい』：なんでんかんでん『骨の髄まで博多たい』。

は？」

●何々？

卓球「こいつの風評被害（笑）」

瀧「朝ドラ。俺の役が、井上真央[5]扮する陽子が教師になって赴任した先にいる、代用教員っつってさ、当時もう戦争が始まったからさ、尋常小学校が国民学校に変わって、代用教員なのよ。だから学校卒で来た女先生も気に入らないし、戦争中だから竹刀持ってバシバシ、スパルタ教育するっていう役回りなんだけどさ。で、スパルタ教育をやってる時に、陽子先生が思い余って叩かれそうになった生徒の前に飛び出して、俺が陽子先生を竹刀でぶっ叩いて気絶させちゃうっていう回があったのよ」

●観た！

瀧「で、その放送のあとネットの書き込みがものすごくて（笑）」

一同「（笑）」

瀧「ネットでドラマの話する時ってだいたい役名じゃなくて芸名で書き込むじゃん。だから『ほんとに今日は腹が立った。ピエール瀧が竹刀で井上真央をぶん殴るなんて！』みたいなことをみんなバンバン書いてて。そしたら、朝ドラ観てないやつが、『え！　そんなことあったの!?』っつってて（笑）」

●アッハッハッハッハ！

瀧「『あいつ、そんなひどい奴なの!?』『ピエール許せねえ！』って奴が、ズラーッと書いてあって。『え、それどこの芸能ニュース？』みたいなことになっててさ。今、日本中で『あの野郎』っ

5 井上真央：女優。瀧が出演したNHK連続テレビ小説『おひさま』のヒロイン。

てことになって、ネットを賑わし中（笑）。こないだ、『しょんないＴＶ』[6]で、『今回行くのは浜松の西部、静岡県の端っこにワニを養殖してるところがあるんですけど』っつって。『何それ？』って感じなんだけど、食材としてワニを個人の農家で養殖してるところがあるんですよっつって」

卓球「ああ、テレビで観たことある！」

瀧「で行ったわけよ。そしたら、ほんとに普通の農家の軒先の奥に、大きめの植物園みたいな建物があって、そこをギーッて開けて入るとプールみたいになってるんだけど、そこにもうワニがどっちゃりいるのよ（笑）」

●マジで？

瀧「2メートルぐらいのワニが、ウヨウヨウヨウヨしてて。ウワッて感じでさ。だから、いろんなとこが取材に来るんじゃないの？　その生産者のおじさんがだいぶ慣れちゃっててさ、テレビに。欲しいのはこういう感じだろ？みたいなのをバンバンやってくるのよ。口開けてるワニの頭をデッキブラシでパカーンッて殴ると、ポコーンって口閉めるのよ。だからそれを、パカーンッ、ポコーン、パカーンッ、ポコーンってやってて（笑）」

一同「（笑）」

瀧「もう『怖い怖い怖い！』って感じで（笑）。ザザーッてワニが急にこっち向いたりとかさ。平気でパカーンッとかやってるから、『これ大丈夫なんですか？』『まあ、大丈夫……でしょうね』みたいなこと言っててさ。頭がこんなデ

6　しょんないＴＶ：静岡朝日テレビで放送されている瀧のレギュラー番組。「しょんない」とは「しょうがない」「しょうもない」を意味する静岡弁。マニアックなスポットを訪れ、視聴者に紹介する。

カいんだよ。でっかい口のワニを捕まえて、口をビニールテープでクルクルクルクルって5周ぐらいして、チョンッと切って、『はい、もう大丈夫』とか言って。『マジですか!?』『ああ、大丈夫大丈夫。じゃあ、持ってみる?』『えー!?』っつって。そっからこう上げて(笑)」

●ああ、ハトヤのCM[7]だ(笑)。

卓球「おまえ、爬虫類ダメじゃなかったっけ?」

瀧「ダメダメ。もう怖くてさ、ほんとに」

卓球「そりゃ怖くない奴いないでしょ(笑)」

●オリもないの?

瀧「そのデカい温室みたいな中にフリーでワニがいるの。見てみ、これ(※写真を見せる)」

一同「ウワーッ!」

●今、マジで怖くなった(笑)。

瀧「でしょ? 超怖いんだよ!」

卓球「なんでジャイアンツの帽子かぶってんの?(笑)」

瀧「(笑)でさ、尻尾のとこのお肉食べたら、鶏肉ほどおいしくはないけど——」

卓球「どういう調理法で食べるの?」

瀧「シャブシャブとか、ステーキとか」

卓球「硬いの?」

瀧「ちょっと硬い。食うとやっぱ、ザクッザクッていう、繊維の歯ごたえがあって」

卓球「軍鶏みたいな」

瀧「そうそう」

●『しょんないTV』続いてるんだね。

卓球「DVD化?」

瀧「どうなんだろうね?」

7 ハトヤのCM:静岡県の伊東温泉で営業しているハトヤホテルのCM。活きの良い魚を両腕で抱えるシーンが有名。

卓球「しそうだね（笑）」

9月号

卓球「引っ越しが終わってからさ、いつも最新号送ってもらってるからと思って、俺、ロッキング・オン[1]編集部に電話したんだけど、知ってる？」

●知らない知らない。

卓球「え、知らないの!? 俺、電話したのよ。で、『いつも送ってもらってありがとうございます。電気グルーヴの石野と申しますけど、今回引っ越しまして、新しい住所に変更してもらいたいんですけど、よろしいですか？』っつって。で、新しい住所言って、『あと、JAPAN[2]も送ってもらってるんですけど』『ああ、大丈夫ですよ。こちらから伝えておきますんで』っつって切ったのね。で、ロッキング・オンはちゃんと来たのよ。で、会社に打ち合わせかなんかで行ったら、見たことないJAPANがあってさ。で、今度、JAPANの編集部に電話したのね。『電気グルーヴの石野と申します』っつって。昼間電話したんだけど、そしたら『今、全員会議に出てます』って言うから、折り返しくださいって言って切ったのよ。そしたら折り返し来なかったから、もう1回電話して、『すいませんが住所変更お願いします』って。そしたら『え、もう一度お名前をお願いします』『電気グルーヴの石野と申します』『えーと、どちらの会社の方ですか？』って（笑）」

1 ロッキング・オン：1972年創刊の洋楽雑誌『ロッキング・オン』のこと。

2 JAPAN：メロン牧場が連載されている邦楽雑誌『ロッキング・ジャパン』。1986年創刊。

一同「(笑)」
卓球「『そちらで連載しておりまして……』って、経理かなんかの人で、『すいません、存じ上げなくて』って言われて。で、今度、俺の携帯のほうに、『ロッキング・オン・ジャパン編集部の○○と申しますが、お電話いただいたそうで』って入ってて、もう済んでるのにって感じでさ。それが2回ぐらい入ってて、『もう！この会社！』って。それで俺もう1回電話して、『すいません、住所変更の件なんですけど、もう済んだんで電話しないでくださいと、山崎さんにお伝えください』って言ったんだけど、伝わってないんだね(笑)」
●失礼しました(笑)。
瀧「怒られる(笑)。言わなかったことがデカくなって山崎さんの耳に(笑)」
卓球「これメロンのネタ用に、わざと連絡してないんじゃねえかと思って。そういう仕込みやりそうだなと思って(笑)」
瀧「それ組織としてダメでしょ」
●ヤバいね。
卓球「でも俺、恥ずかしくなっちゃって。ご存知のみたいな感じで言ったのにさ(笑)。JAPANの編集部に電話して知らない人が出るとは思わなかったから。切ったあと、俺、顔真っ赤になっちゃってさ」
一同「(爆笑)」
瀧「『メロン牧場』っていう単語を出すべきか出さないべきかっていう(笑)」
道下「『メロン牧場でおなじみの』(笑)」

瀧「『単行本も最近出しました』（笑）。でも1ヶ月経ったら会うんだからさ、そこまでが我慢できなかったの？」

卓球「そうじゃなくて、住所変更したいんですけどっていうやりとりをすでに2回ぐらいしてるのに伝わらないから、俺もちょっとムキになったの（笑）。俺は私利私欲というよりも、ロッキング・オンのためを思ってっていうかさ」

●ちゃんと事務処理しないと迷惑かかるかなっていう。

卓球「そうそう」

瀧「多くの手を煩わせるよりは、自分でやったほうが話が早いだろうっていう」

卓球「結果、こっちも向こうも煩わす形になったんだけど（笑）」

瀧「よかれと思ってやったことが惨事を招くいいパターンだね（笑）」

卓球「何、この会社って（笑）」

●失礼しました。

卓球「いえいえ（笑）」

●そういえば、さっき吉井和哉[3]の取材だったんだけど、俺がちょっと急いでて、「なんでそんな急いでんの？」「いや、これから『メロン牧場』だから」「ああ！　今度入れてよ！」って言ってた。

瀧「（笑）」

●「なんで？」って言ったら、「俺、静岡じゃん。人生[4]とかも観てるよ」って。

瀧「観てるかもね」

卓球「サーカスタウン[5]だ」

3 吉井和哉：ミュージシャン。元THE YELLOW MONKEYのヴォーカリスト。東京都出身だが、少年時代を静岡県で過ごした。

4 人生：瀧と卓球がかつて組んでいたバンド。彼らが高校生の時に結成し、地元・静岡のライヴハウスでの活動を経て上京。インディーズブームで沸く当時のロックシーンで異彩を放った。

●サーカスタウンで学生服着て、牛乳置いてなんかやってるのを観たって。

瀧「1500分ライヴとかじゃない？　たぶん」

卓球「牛乳は置いてたと思う。それを頭からかぶったか」

瀧「かぶった可能性もある（笑）。学帽に注いで、そのままバシャッてかぶったか、そういう類の（笑）」

卓球「学ランは河井だな。うちらの後輩に河井って奴がいて、一時期、マジックペン持ち歩いて静岡のいろんなところに『狂人河井（小男）』って書きまくるっていう。今で言う、グ[6]ラフィティのはしりだよな（笑）」

一同「（笑）」

卓球「意外なところで見つけたりすると、『お、頑張ってんな』みたいなね（笑）」

瀧「『ここに書くとは通だな！』みたいなさ（笑）。人んちの植木鉢とかに書いてあったからね」

卓球「隣町のバンクシー。まったくヒップホップカルチャーのグラフィティのこと知らずにやってるっていう（笑）」

●自然発生だ（笑）。静岡、わけわかんねえ。それを吉井和哉が観てるっていう、その街ってなんだ？って感じだよね。

卓球「俺もあの人のバンド観たもん。ア[7]ーグポリスか」

●それは大人になってからでしょ？

卓球「いやいや、高校の時」

5 サーカスタウン：静岡県静岡市にあるライヴハウス。

6 グラフィティ：前衛芸術家によるスプレー塗料などを用いたストリートアート。建物の壁や電車の車体などに無許可で作品を描く。ヒップホップカルチャーの要素のひとつ。

7 アーグポリス：吉井和哉がTHE YELLOW MONKEY結成前に在籍していたヘヴィメタルバンド。当時の彼はベーシストだった。

瀧「当時、１５００分ライヴっていうサーカスタウンがやってた年末のイベントがあって、毎日、500分ずつ、ひとバンド30分で、３日連続でやるっていう、フェスじゃないけど、そういうバンドカタログみたいなのがあって」
卓球「フェスって言うとちょっとおこがましいと思っただろ（笑）」
瀧「うん。図々しいなと思った（笑）。そこでいろんなバンドがバーッて出るから、それこそアーグポリス、ひとつ挟んで人生とかっていうようなタイムスケジュールも可能だったから、たぶん、そういうので観てるんじゃないかな？」
卓球「それ以外ないもんな、一緒にやったの」
●両方静岡出身ってことは知ってるけど、絶対結び付けてイメージしないよね。
卓球「実際来られても話すことないっていうかさ（笑）」
瀧「向こうも来るんじゃなかったって思うと思うよ、ほんとに（笑）」
卓球「だって共通項、静岡だけだもんな。静岡[卓注1]で見たことある、以上！だもん（笑）」
瀧「そうだね（笑）」
卓球「『ところで今回のアルバムは……』みたいなさ。おまえとか、聴かずに来そう（笑）」
瀧「気遣って、うっかりそういう球投げて墓穴掘っちゃってな（笑）」
卓球「『こいつ聴いてねえな』みたいな（笑）」
瀧「『ああ！』だって。向こうが試しに言ったありもしない曲のこと、『ああ！』とか言っ

卓注1　静岡で見たことある：お茶サイダー

ちゃって」
一同「(爆笑)」
卓球「まんまとトラップに引っかかっちゃって」
瀧「引っかかったことすら気づかないで進んでく一番恥ずかしいパターン」
卓球「そうそう、岡村[8](靖幸)ちゃんに久しぶりに会った話ってしたっけ?」
●知らない。
卓球「ちょっと前に都内でゲイナイトっていうのがあって、そこに呼ばれてDJやったのね。それが結構、ガッシリした系のホモのイベントで」
瀧「俺、ホームページ見たけど、すごかった、ほんとに(笑)。シャレになんない感じの」
●いわゆるゲイナイトみたいなのとは違うんだね。
卓球「ゲイナイトもいろいろあるからさ」
瀧「ゲイナイトっていうか、ホモナイトって感じでしょ」
卓球「そう。なんで俺呼ばれたのかよくわかんないんだけど(笑)、いたく気に入られて。そんな大きいハコじゃないんだけど、その主催者の人に、『控え室ないんで、近所の営業してないゲイバー借りてあるから、そこで待っててください』って言われて行ったら、カウンターバーみたいになってて、でも中にも同じ体型の関係者みたいな人が並んでて。その一番奥に、『あ、ちょっと待ってください、場所空けますから』って、ガッ、ガッて一斗缶を置いて、ゴンッ

8 岡村(靖幸):ミュージシャン。卓球とユニット『岡村と卓球』を結成し、2002年にシングル『Come Baby (Original Mix)』、2003年に『The Album』をリリースした。

てビールケース置いて、『はい、どうぞ』みたいな感じで。で、横でみんなカウンターで話してるんだけどさ、『違う違う、あの子が好きなのはもっとクマ系』みたいな（笑）」
瀧「なるほど、どえらいとこに来たと（笑）」
卓球「すごいとこ来たなあ！みたいな。で、会場に移ったらビッチリで、しかも通常だったら300人入るところが250人ぐらいしか入らないんだって、体型的な問題で（笑）。でもすげえ盛り上がって。で、ＤＪやってたらブースにバッて人が来て、『卓球くん、久しぶり』って、周りと似たような体型の人が言うから、あれ？と思ったら岡村ちゃんでさ。『うっわ、久しぶり！』っつってさ」
瀧「体型も変わってたの？」
卓球「だいぶすっきりしてたよ。その中だと、ちょっと痩せてる部類な感じ」
瀧「肉の鎧を脱ぎ捨ててって感じだ」
卓球「ＤＪ終わってさ、『久しぶりだね〜』っつって。向こうもあんまりにも久しぶりだから、ちょっと積もる話もあるしっつって、話そうよとかって言ったのよ。だけど、会場もいっぱいだから表出て、『どっかお店知ってる？』『俺もこのへんよくわかんないから……』ってパッと見たら、カラオケボックスがあったから、『じゃあここでいいじゃん』っつってカラオケボックスにふたりで入って（笑）」
●マジで!?
卓球「で、岡村ちゃんと話してさ。『歌う？』とか言ってた（笑）」

●でもすごい偶然だね。

卓球「ほんとほんと。俺もびっくりしたよ。でもまた、ゲイナイトで岡村と再会っていうのが、合わせ技でおもしろいっていう」

瀧「岡村ちゃんもね、男だらけのとこからまた男だらけのところに行くっていうね」

卓球「アッハッハッハッハッハッハ！」

瀧「違和感なくいられるんだろうな（笑）」

卓球「その店行ったら、おまえとか、結構モテるかも」

瀧「はははははは」

卓球「この体型、結構モテるってことよ」

瀧「ああ、ちょっとだらしないところも、またそれもいいみたいになるってこと？」

卓球「だらしなさはない」

瀧「じゃあダメじゃん、俺」

卓球「違う、体型、体型」

瀧「ああ、ガッチリしてるほうがいいみたいなこと？」

卓球「うん」

瀧「そこに行ってハマる、おまえもおまえって感じだけどな」

卓球「おまえなんか、もうセクシーって感じだと思うよ（笑）」

一同「（笑）」

卓球「この前の『メロン牧場』の、ミッチーがエロいじゃないけど。おまえがいて、いやらしい目つきで見られる珍しい場所（笑）。だって普通、こいつ見て舌なめずりなんかしないでしょ？」

●あはははは！

瀧「次回やる時、俺も行っちゃったりしてな（笑）」

卓球「そしたら舌なめずりだよ（笑）」

瀧「『おお！ 文敏[9]遅いよ！』とか言っちゃってな（笑）」

卓球「スタッフサイドに回っちゃって。『次から俺も制作関わることになったから』だって（笑）」

瀧「企画の段階から手伝うことになったから（笑）」

10月号

卓球「前回の話だけどさ（※最近引っ越しをした卓球。それに合わせてJAPAN編集部に送本先住所変更の連絡を電話で入れたのだが、たらいまわしにされた挙句、山崎への伝言も伝わっていなかったという、ロッキング・オンの杜撰な組織体制に卓球が巻き込まれたエピソード）」

瀧「まだ引っ張ってんの、その話？」

卓球「そのあと怒ったんだって（笑）」

●怒ったっていうか「どうなってんだ!?」って。

瀧「誰に怒るの、それは？」

●編集会議で全員に。

瀧「全体責任だ！っつって？（笑）」

●歯を食いしばれ[1]って？

瀧「ポカッ、痛ーっ！っていう（笑）」

卓球「何も解決してねえじゃん、それ（笑）」

9 文敏：卓球の本名は石野文敏。

1 歯を食いしばれ：旧日本軍の上官による鉄拳制裁の際に発せられる言葉。

●「なんで俺に伝わらないの？」って事情を訊こうと思ったら、みんな、「いや、知らない……」みたいな感じになって。

瀧「受けてませんと」

●そうそう。そんなわけないじゃんっつって。「確か、〇〇さん受けてましたよね？」「ああ、受けたことは受けたんですけど、その時全員会議でいなくて、伝言は残したんですけど……」「じゃあ、その伝言は誰に残したの？」「えーと……」っつって。

瀧「なんとか尻尾は捕まえて」

●そう。「誰にどうやって伝言したの？」「山崎さんの部屋[2]に、〝石野さんという方から電話がありました〟ってメモを貼っておきました」って言われて、ようやくわかったの。俺、「〇〇という方から」とか、会社名もなくてまったく知らない苗字だけだと、メモすぐ捨てちゃうわけ。

卓球「じゃあ伝言行ってたんじゃん！（笑）」

一同「（爆笑）」

卓球「うわ〜、なんか俺が印象悪いって感じじゃん」

瀧「……まあ、そうだね（笑）」

卓球「俺、なんにも悪くないじゃん！」

瀧「でも事務的処理としては、定期購読のユーザーさんみたいなもんじゃん。定期購読のユーザーの住所が変わりましたっつって、編集長に持ってってどうすんだよってのはあるけどね」

卓球「でも『連載をしております石野と申します』って言ったんだよ。そしたらそれが経理の

2 山崎さんの部屋：株式会社ロッキング・オン社内には山崎洋一郎専用の個室がある。

人かなんかでわかんなかったの」
●そこがなんか変なエアポケットみたいになってて。定期購読の手続きだったらわざわざ俺のとこには来ないで確実に処理されるわけ。
瀧「下々の者がやっておくもんね」
●そう。でもミュージシャンからの俺への電話って、よっぽど「今度のアルバムの件で」とかさ。
卓球「エレカシ宮本[3]的なやつだろ。『すごい曲ができた!』っていう（笑）」
瀧「〝ガストロンジャー〟[4]的なこと？（笑）」
一同「（笑）」
●人がVIPなら内容もVIPなわけよ、だいたいが（笑）。
瀧「なるほどね（笑）」
●普通だったら「宮本さんから重要な一件で連絡がありました」とかさ、それなりの文体があるんだけど、「石野さんという方から電話がありました」っていうさ（笑）。
一同「（爆笑）」
卓球「なんか、結果的に俺が恥ずかしいっていうか」
瀧「ミュージシャン対応は山崎さんが直々にやるってことになってるんだよね？」
●編集部宛で片付くような内容でミュージシャンから電話がかかってくることって、まずないからさ（笑）。
卓球「だって、2号連続で転送されてきたもんだから、これはちょっと言ったほうがいいなと思って。でもわざわざマネージャーから言って

3 エレカシ宮本：エレファントカシマシの宮本浩次。山崎洋一郎とはデビュー当時から親交が深い。

4 ガストロンジャー：1999年にリリースされたエレファントカシマシの22ndシングル。

もらう話でもないしと思って言ったのが、結果的に……編集部の人に謝っといて（笑）」
瀧「おまえじゃないでしょ。こいつ（山崎）が悪いんだよ（笑）」
卓球「はははははは」
瀧「クシャクシャ、ポイッてやったから」
卓球「捨てた挙句、『誰だ、俺に言わねえ奴は！』っていう（笑）」
●あのね、「〇〇という方から」って、だいたいが不動産の売り込みとかなんだよね。
卓球「『電気グルーヴの』って言ったんだけど、そこが伝わってないんだね」
瀧「そういうことだね。まだまだ頑張らないかんなって話でしょ（笑）」
卓球「あと俺、石野卓球って言ってたんだけどね」
瀧「卓球業界の石野さんと思ったんじゃない？世界卓球みたいな、石野卓球ってところから電話があって、なんだろうな？　コラボの話かな？みたいな（笑）」
卓球「俺の苗字が氏神とか国分とかだったら、一発でわかったんだけどな（笑）」
●すごいトリッキーな展開だった。
瀧「おまえ、洋楽アーティスト扱いなんじゃないの、ロッキング・オン社の中で（笑）」
●あははははは！
卓球「連載してるのに認知度低いってなんだよって感じだけどね。まあ、わかるけど」
瀧「連載どころか、単行本まで出してるんだけどね。でもこの前、書籍が送られてこないって言ってたじゃん」
卓球「それは俺が直接頼んだの。だけど買おうかなと思って（笑）」
瀧「これから買ってきて請求書送ればいいじゃん」
一同「（爆笑）」
瀧「それが一番いいよ、マジで」
卓球「買う瞬間に電話するんだよ。『あ、領収書の宛名、[5]前株ですか？』とかさ（笑）」
瀧「『今、本屋なんですけどー』って。家のリビングで」
卓球「あっはっはっはっはっは！ で、送られてきたやつの封筒を開けながら[6]ブックオフ行くんでしょ（笑）。あ、そうだ、思い出した。この前[7]野音でライヴやったじゃん。そこで、『[8]おひさま』の衣裳をNHKから借りてきて（笑）。それを瀧が着て出るっつって。で、ちょうどレディー・ガガの来日直後だったから、[9]ガガの目描いて出ろよっつってさ（笑）」
瀧「『そうだな、いいね〜』っつって」
卓球「当日、いろんな人が出たのよ。[10]ソウルセットから、[11]麒麟とか[12]ネゴシックスとかも出て。で、うちら、『芸人があんだけ出るんだから、下手すりゃ誰かレディー・ガガやってそうだよな』っつって」
瀧「うちら夕方ぐらいに入ったんだけど、イベント自体は昼からやってたからさ、出番終わってる連中もいくつかいるから、もしかしたら先にやった奴いるんじゃないかな……って思って誰かに訊こうって、うっかりネゴシックスに訊

5 前株：領収書などを書く際に用いられる省略形。「株式会社」を「(株)」と表記する。会社名の前に（株）と書くのが「前株」。「株式会社ロッキング・オン」の場合は「(株)ロッキング・オン」となる。

6 ブックオフ：全国展開する古書販売チェーン店。

7 野音：東京都千代田区にある日比谷野外大音楽堂。電気グルーヴは7月3日にスチャダラパーが企画したイヴェント『オール電化フェア』に出演した。

8『おひさま』の衣装：国民服。戦時中の男性が着用した衣服で、物資が乏しい当時の状況

きそうになって。それは失礼だからやめた（笑）」
卓球「『ネゴくん、もうレディー・ガガやった？』だって。それ、失礼な話だよね（笑）。相当、芸風下に見てるよね（笑）」
瀧「『もうそのカード切っちゃった？』ってのどまで出かかって『あっ！ いけねえ、いけねえ』と思って（笑）。写真あるよ」
●あはははははは！ いいね！
卓球「レディー・ガガが来日したのが前の週で、しかも朝ドラで瀧の役が死んだのがその前の週だったの。だからこの週しかなかったの」
瀧「今やるしかない！っていう（笑）」
卓球「前に春日[13]の格好して大阪のスチャのライヴに出て、その時はオッケーだったんだけど、もう1回、ライジング[14]でやった時に完全に旬を過ぎちゃっててさ（笑）」
瀧「だいぶこっぱずかしかったもんな。おもしろがってるんじゃなくて、人気を借りてる感じになっちゃったからさ（笑）」
卓球「ただ単にうとい人みたいな感じになっちゃってな（笑）」
瀧「そう（笑）」
卓球「しかもこいつ、国民服でガガやってって打ち合わせも盛り上がってたのに、登場した瞬間に、『あ、手ぶらで来ちゃった！』っていうさ（笑）」
瀧「登場してから、『これ、完全に出オチじゃん！』って（笑）。次の手ないなあってさ」
卓球「俺、袖で観てたんだけど、どんどんトー

下で考案された。軍服に容易に転用できるデザイン。

9 ガガの目：2011年6月にレディー・ガガが来日した際の奇抜なメイク。瞼に目玉を描いて記者会見に登場し、大きな話題となった。

10 ソウルセット：TOKYO No.1 SOUL SET。BIKKE（Vo）、渡辺俊美（Vo・G）、川辺ヒロシ（DJ）による音楽ユニット。

11 麒麟：田村裕と川島明によるお笑いコンビ。

12 ネゴシックス：吉本興業所属のピン芸

ンダウンしてくんだよ（笑）」
瀧「あれ!?って（笑）。『なんか言うんだっけ？　なんにもないわ！』と思って」
●ははははは。
卓球「1分半ぐらいあったもんな」
瀧「うん。『レディー・ガガ決め台詞あったっけ？　ねえわ、そんなもん』っていう。まあ、それも毎度のことだけどね（笑）」
卓球「しかもまた出番前に袖で撮影会みたいになって。で、『リストバンドはしてないの？』って誰かに言われて」
瀧「『[15]Pray for Japan』のやつね」
卓球「『誰か持ってなーい!?』って大騒ぎになって。で、パッて袖から客席見たら、一番前の客がしてて。で、スタッフがそこに行って借りてきたの（笑）。『すいません、ちょっと貸してください』っつって（笑）」
瀧「これで完璧だっつってね。出オチとも知らず（笑）」
一同「（爆笑）」
卓球「もう完璧だった。そこがピークだったよな（笑）」
瀧「袖ででき上がっちゃったんだよ」
卓球「あっはっはっはっは。客の前出た時、もう帰り道だったもんな（笑）。そういえばおまえ、3週間くらい前、午前中、世田谷公園で野球やってた？」
瀧「やってた」
卓球「そこにアニ[16]来たでしょ？」

人。

13 春日：お笑いコンビ、オードリーの春日俊彰。ピンク色のベストがトレードマーク。瀧はかつて彼のコスプレをしてスチャダラパーのライヴに出演した。この時のエピソードは『メロン牧場――花嫁は死神4』の2010年8月号の回を参照。

14 ライジング：1999年から毎年夏、北海道小樽市の石狩湾新港樽川埠頭横野外特設ステージで開催されている『RISING SUN ROCK FESTIVAL』。

15 Pray for Japan：レディー・

瀧「来た。そのあと海行ったんでしょ？」

卓球「そう。川辺とアニとかと海水浴行くっつって、連絡ミスで、アニん家の前に着いて『迎えに来たよ』っつったら、今、世田谷公園で野球やってるっつって（笑）」

瀧「で、終わって、『じゃあ、今日はこれで！』っつって急いでるから、結構忙しいんだなと思ってたんだけど、後々聞いたらそのあと海行ったっていう。小学生かよ！（笑）。午前中は野球やって、午後から海水浴って」

一同「（笑）」

卓球「ソウルセットとスチャダラパーと電気グルーヴの、〝じゃないほう〟が（笑）」

●どういうこと？

卓球「メインじゃないほうっていう。俊美、ボーズ、瀧、とかじゃないほう（笑）」

一同「（笑）」

卓球「もうキャッキャ言って遊んじゃって。水鉄砲2個買ったもん（笑）」

11月号

卓球「これいいだろ。マキタ[1]のラジオ」

瀧「音すげえいいな。もらったの？」

卓球「買った。本体が1万3000円くらいで、バッテリーと充電器が別売りで、結局2万ちょっとぐらい。いいでしょ？」

●すっげえいい！ コンセプトはなんなの？

卓球「工事現場用」

●ああ、なるほどね！

ガガは東日本大震災の際、「WE PRAY FOR JAPAN 日本の為に祈りを」というメッセージが書かれたチャリティブレスレットを制作。被災地支援を行った。

16 アニ：スチャダラパーのメンバー。

1 マキタ：株式会社マキタ。電動ドリル、電動ノコギリ、草刈り機などを製造している総合電動工具メーカー。工事現場などで使用できる防水仕様の充電式ラジオの人気も高い。

卓球「雨風しのげるっていう」
瀧「よく職人のおっちゃんたちが現場に持ってって、こういうのドンッて置いて聴いてるじゃん。あの感じでしょ」
●前に言ってたやつも結構流行ったよね。
卓球「[2]チボリ？ そうそう。うち今、チボリ5台ある（笑）。で、次はこれ。AM専用ラジオ。[3]ソニー製で86年からモデルチェンジしてなくて、メイド・イン・ジャパン。ラジオでメイド・イン・ジャパンって今ないよね」
●ないねえ。
卓球「おまえ、[4]ラジオに身を置く者として、これぐらいは持ってないと」
瀧「俺は送るほうだから（笑）」
卓球「これ、[5]ワイドレンジっつってさ、1700キロヘルツくらいまで入るのよ、灯台の無線とか。だから灯台情報もばっちり」
瀧「[6]トウダイって何？」
卓球「光のほう。大学じゃないよ。そういうコンプレックスはない（笑）」
一同「（笑）」
卓球「東大が授業発信してると思った？ わざわざ[7]中波で（笑）。今日、メロンの前の取材で最近凝ってるものっていう」
●[8]マイブーム？（笑）。
卓球「そうそう、マイブーム（笑）」
瀧「[9]電波系だからね（笑）。絶対おまえんちの家の広さよりも、そういうのがカヴァーしてるレンジのほうが広いよな（笑）」
卓球「どういうこと？」

2 チボリ：チボリオーディオ。人の声をきれいに表現する「良質な音」、最新の技術が実現した「受信感度の良さ」、操作性を重視した「使いやすいデザイン」をコンセプトとしている。

3 ソニー製で：「86年からモデルチェンジしていなくて」と言っているところから、このラジオはソニーICF-EX5 MK2だと思われる。2009年に若干のマイナーチェンジが行われて「MK2」となったものの、ほぼ変わらない仕様で製造が続けられている。

4 ラジオに身を置く者：この頃の瀧はTB

瀧「ラジオ6台って、おまえん家そんなにポジションなくない？」
卓球「6台じゃないよ。ラジオは23台ある」
一同「(笑)」
道下「集めてるんですか？」
卓球「集めてるわけじゃない、別に」
瀧「集めてないのに23台って、もう病気のレベルじゃん（笑）。意識してないってことでしょ？」
一同「(笑)」
卓球「別に、今後もいろいろ買ってくって感じではないよ。とりあえず今はこれで」
瀧「何を言ってるの？（笑）。だって2台以上同時についてることないだろ？」
卓球「あるよ」
●そうなの!?
卓球「ついてるよ。階段の踊り場のところのチボリはだいたい常についてて、あとはリビングのチボリ。最近はこのふたつがよく鳴ってるけど。あと、寝室のチボリも鳴ってるし。風呂場にも防水のやつがあって、風呂場のドアを閉めると洗面所では聞こえないから、洗面所にも軽い防水のがあって、その間を移動するためのちっちゃいのもある（笑）」
●あはははははは。
瀧「病気じゃん（笑）。おじいちゃんもそんな聴かないよ(笑)。しかもさ、ちょうだいって言っても絶対にくれないんだよね。そんだけあれば1台もらえそうなもんじゃんねえ」
卓球「おまえ、子ども3人いて、『3人もいる

Sラジオ「小島慶子キラ☆キラ」の木曜日レギュラー出演者。現在は赤江珠緒がパーソナリティーを務めるTBSラジオ『たまむすび』木曜日に出演中。

5 ワイドレンジ：一般的なラジオよりも受信できる周波数の幅が広い仕様。

6 トウダイ：「灯台」とは別に東京大学の略称「東大」も意味する。

7 中波：AM放送のラジオのこと。その他、短波、超短波＝FM放送などがある。

8 マイブーム：自分内のブームを意味する和製英語。漫画家みうらじゅんが使い始め、

んだからひとりちょうだい』って言ってんのと同じだよ、それ」

瀧「子どもとラジオを一緒にすんなよ（笑）。騒がしいって点では同じだけど」

●だから、コレクターだよね。

瀧「コレクターだね」

卓球「でも同じのを並べて悦に入ってるわけではないよ」

●ちゃんと使ってると。

卓球「使ってる使ってる」

●そこがまたコレクターだよね。必ずそう言うもん。

瀧「でしょ？　音質が違うとか」

卓球「音質はあんまりこだわりはない。見た目（笑）。あとさ、タクシー乗って無音で運転してる運転手とか、こいつキチガイかな？とか思うもん」

道下「でも無音のほうが多くないですか？」

●最近ね。

卓球「ああ、客が来たからっつって急いで止める人もいるから。で、『いや、いいですよ、つけておいて』って言うと、『すいませんね。お客さんでうるさいって言う人がいるんでね』って、結構聞くよ」

瀧「ながら運転はダメ的なことなのかな？」

卓球「聴きたくない人は聴きたくないでしょ。俺もナイター[10]とかだと嫌で変えてくれって言うけど」

瀧「なんで？」

卓球「野球興味ないもん」

一般化した。

9 電波系：幻聴や幻覚をキャッチして異常行動に走るタイプの人物。

10 ナイター：夕方から夜間にかけて行われるスポーツ競技を意味する和製英語。

瀧「ああ、ナイターね。成田に向かう時かと思った」

卓球「違う違う（笑）」

●心の準備がとかいうことかと思った（笑）。

瀧「外国行くから英語の話みたいなことかと思った」

一同「（笑）」

●何を聴きたいの？（笑）。

卓球「違う、鳴ってて欲しいの」

瀧「音声にしろ音楽にしろ、スピーカーからなんか流れてないと嫌なんでしょ」

卓球「あとね、自分で選べると気が休まらないのよ。『次これ聴きたい』とかなって、結局、ずーっとそれをやり続けちゃうから、もう身を委ねるっていうさ、ラジオだと。その良さ。そういう感じ」

道下「選べない感じが」

卓球「うん。で、『キラ☆キラ』のおまえの日は、あんまおもしろくない」

●あははははは。

瀧「聴いてんだ（笑）」

卓球「おまえ、ちょっとダメだよ。もうちょっと頑張らないと」

瀧「どう頑張ったらいい？」

卓球「もっと下品なことガンガン言ったほうがいい。気遣ってるし、やたら返事が良かったりするんだよね。『ダメだなこいつ、今日流してんな』って思って大竹まこと[11]に変える」

瀧「大竹さん聴いてたほうがいいんじゃない、ほんとに（笑）」

11 大竹まこと：俳優。『キラ☆キラ』の裏番組、文化放送『大竹まことゴールデンラジオ！』のパーソナリティー。

卓球「おまえそういえば、佐渡島[12]行ってたよな?」
瀧「行った。NHKの『にっぽん釣りの旅』っていう番組があって。いろんなとこに行っていろんな人が釣りをするってやつで、前に1回出たことあるんだよ。その時は山形の川で岩魚[13]をルアー[14]で釣るみたいなやつをやって。それが4年ぶりぐらいにまた依頼があって。佐渡島の川で岩魚が釣れるんですよっつって。佐渡島ってあんまり沢のイメージないじゃん。で、『オッケーですよ』っつって行ったら、ものっ凄いハードでさ(笑)。佐渡島ってそれこそ島だから、あんまりなだらかなとこがなくて、結構全部、沢なのよ。もう海からすぐ沢みたいな感じで。じゃあ、沢を登りますっつって、デッカい岩をよじ登ったりとかしてくんだけど、途中で崩落の跡とかあってさ。で、ガイドの人が、『ああ、これ、この間来た時はなかったなあ』とか言ってて。足場が15センチぐらいで、片側は崖みたいなとこを登ってくんだよ」
●もちろん登山の準備はしてないよね?
瀧「一応沢に入るための胸までのカッパ[15]みたいなやつだけ着て、竿持って山登りするんだけどさ(笑)、もうヤバくてさ、ほんとに。完全にジャングル」
卓球「釣れたの?」
瀧「その山奥まで行って、ほとんど知られてないから岩魚もそんなすれてないし、デカいのがいて、30なんセンチの、事件!って感じのデカさの岩魚が釣れて、やったー!って。『瀧さん、

12 佐渡島:豊かな自然が広がる新潟県の島。江戸時代以降、金の採掘で栄えた。
13 岩魚:イワナ。サケ科の淡水魚。渓流釣りで最も一般的な魚のひとつ。
14 ルアー:魚が食べる昆虫などを模した疑似餌。
15 胸までのカッパ:「ウェーダー」と呼ばれる水中作業用の衣類。足から胸の部分までが一体化していて、身体が濡れないようになっている。

これでオッケーです』っつって、『いやあ、これで終われるなんて最高ですよ！』っつって。で、『じゃあ帰りましょう』っつってまた同じとこ帰ってきた（笑）」
●そりゃそうだよ（笑）。
瀧「沢４本登ったんだよ、２日間で。で、帰ってくる時に、井長さんっていう女の子のマネージャーが来てたんだけどさ、彼女も頑張って登って来たわけ。で、登りはまだ頑張れるじゃん。だけど下りは飛び降りたりしなくちゃいけないし、かわいそうだから手貸してあげなきゃと思って。で、デッカい岩と岩のところを、両手で踏ん張って、なるべく下のほうまで足をやっておいて、着地までの距離を縮めてピョンって降りるとこがあって。『よし、井長さん、今！はい！』っつったらさ、井長さんの体からメリメリメリッていう、すごい音がしてさ。『井長さん、今、ものすごい音がしたけど、体大丈夫？』『ほんとに今、びっくりするくらい肩が開いて……』っつって」
卓球「あ、骨の音？」
瀧「１回脱臼してはまったんだって（笑）」
一同「（爆笑）」
瀧「『今、あんまり女の子から聞かない音したよ』っつって（笑）。あのね、必殺シリーズで[16]聞いた音（笑）」
卓球「ゴキッ、ゴリリリッていう（笑）」
瀧「『今、私ものすごいびっくりしました』って言って。『帰ったら絶対に医者に行ったほうがいいよ』っつったら、『動くんですけど回す

16 必殺シリーズで聞いた音：『必殺』シリーズとは1972年から73年にかけて放送された『必殺仕掛人』から続く時代劇のシリーズ。依頼を受けた世直し集団が弱者のために悪を討つストーリーが基本。仕事人が背骨などを折って悪者を殺す時はレントゲン写真が映し出され、「メリメリメリッ」「ゴキッ、ゴリリリッ」という音が流れる。

17 照英：俳優。1998年に特撮ドラマ『星獣戦隊ギンガマン』で主演を務め、子どもたちからの人気を集めた。以降、時代劇やバラエティ番組などでも活躍。

と痛いんです』とか言って。で、東京帰ってきて医者に行ったら、やっぱり1回脱臼してて、腱だかが1回伸びてますって言われたって（笑）」

●え～（笑）。

瀧「でも終わって帰って来てさ、『いやぁ、すっごいハードでしたね』って。前日、雨が降ってぬかるんだりもしてたからさ。『でも、釣れて良かったですね』『ほんとですよ、瀧さん。この番組、7年半ぐらいやってますけど、今日のロケが今までで一番過酷でした』だって（笑）」

一同「（笑）」

瀧「『マジで!?』っていう」

卓球「頑丈そうなところを。うーんと、こういうとこに行っても壊れなさそうなのは……こいつかっていう」

瀧「『えーと、瀧かなー』みたいな」

卓球「照英[17]と山下真司[18]に断られておまえんとこ来た（笑）」

瀧「頑丈ライン（笑）」

12月号

卓球「瀧が車を買ったっつって。こいつ、家族用のバン[1]も持ってるのに」

瀧「ワンボックス[2]ね」

卓球「で、買ったのが2シーター[3]だって言うのよ。100%浮気用じゃん！」

一同「（笑）」

卓球「おまえ、3人家族で2シーター買うって、

18 山下真司：俳優。1984年から85年にかけて放送されたTVドラマ『スクール☆ウォーズ』での熱血教師役が有名。

1 バン：大量の荷物が積める仕様の車を意味する「キャラバンカー」の略。バンドの機材車として人気が高いハイエースは、バンの代表的存在。

2 ワンボックス：「ワンボックスカー」の略。

子供はトランク？」
瀧「……子供はなしだね」
卓球「なかったことに？　じゃあ奥さんもなかったことに？（笑）」
瀧「そうそうそう（笑）」
卓球「なんでまた、2シーターなの？」
瀧「その車がずっと欲しくてさ。で、中古の値段も下がってきたから買えるなと思って。普通に素朴に買っただけ」
●なんか言われなかった？
卓球「素朴な浮気用だって（笑）」
瀧「カミさん？『買ったの？』って」
卓球「気持ちもちゃんと普通にあった上での、セックスと……」
瀧「誰にしゃべってんだよ？　俺に向かってしゃべってんのかよ（笑）」
卓球「ははははははは！　40代で子持ちが2シーターって」
●ちょっとね、穏やかじゃないよね。
瀧「そう？」
卓球「すごい車好きなら別だよ。所さん[4]的な。だけど、全然所さん的要素ないじゃん」
瀧「だから家族用の車があーるっつってんじゃん」
卓球「嵐山光三郎[5]？『家族用の車がR』（笑）」
瀧「そうそう、『家族用でR』（笑）。山崎さん、車の免許持ってないんだよね？」
●持ってない。
瀧「とろうと思ったこともないの？」
●ないねえ。助手席乗るのはすっげえ好き。

車体の形が箱型で通常の乗用車よりも座席数が多い。

3 2シーター：ふたり乗りの自動車。スポーツカーはこの仕様が多い。

4 所さん：所ジョージ。シンガーソングライター、コメディアン、俳優、司会など、幅広く活躍している。カーマニアとしても有名。

5 嵐山光三郎：小説家、エッセイスト。彼が自身の著作に導入したくだけた文体は「昭和軽薄体」「ABC文体」と呼ばれた。「〜である」を「〜でR」、「気持ちいい」を「気持ちE」などと表記する。

卓球「助手席いいよね」

●信じらんないでしょ、免許ないって。

卓球「俺もない」

瀧「やっぱさ、免許あると一気に行動範囲が半径200キロぐらい増えるじゃん」

●ふーん。

瀧「そこが広くなるとちょっと楽しいなっていう……全然響いてないなあ」

一同「(笑)」

卓球「響いてないね(笑)」

瀧「汗ひとつかいてねえもん(笑)」

卓球「ヤノマミ族[6]に向かって関西弁で話しかけてる感じ(笑)」

瀧「ヤノマミ族にDS[7]のこと説明する感じ」

一同「(笑)」

瀧「『画面がふたつなんだ? へえ』っていう感じ。だからそういう人からすると、俺が2シーター買うのは浮気のためだろっていうふうに思うのは、なるほどなって感じ」

卓球「だって(免許持ってる)ミッチーとかだって浮気だなって思うでしょ?」

道下「いや、でも瀧さんその車欲しいってずっと言ってたんで」

卓球「(舌打ちして)肩持ちやがって」

瀧「ほら。そう!」

一同「(笑)」

●免許持ってないでしょ?

キューン池田[8]「僕、持ってないです」

●持ってない人って共通点あるよね。

瀧「どういう? 肝臓が悪そうとか?」

6 ヤノマミ族：アマゾンに広く居住している南米の原住民族の一部族。

7 DS：任天堂が製造販売している携帯型電子ゲーム機。本体を開くと上下にふたつの画面が現れる。

8 キューン池田：キューンレコードの電気グルーヴ担当。

卓球「ああ、好きなだけ酒が飲める、そして肝臓を傷める、そして顔の色が土色になっていくと（笑）」

瀧「そういうことかなと（笑）」

卓球「『あいつ、茶色いから免許持ってないだろ』っつって（笑）。まあでも、100％ではないけど、あながち間違ってないと思う」

瀧「っていうことでしょ？」

卓球「『っていうことでしょ？』ではないよ！　おまえ」

瀧「だから、こっちが遠くをドライヴして『知らないとこ来ちゃった、楽し～』ってストレス発散してる感じを酒でっていう」

卓球「違うよ！　それ極論！（笑）」

瀧「違うの？　酒・トゥ・トリップで解消してるんじゃないの？（笑）」

卓球「でもいくら俺たちが大酒を飲んだって、人を殺すことはないからな」

●そうだね（笑）。

卓球「おまえは事故って人を殺す可能性があるよ。おまえ、殺人予備軍だもん」

一同「（笑）」

瀧「人殺しの列に並んでるってことだろ？」

卓球「そうそう（笑）。おまえの理論で行くとこれぐらいのたとえだよ」

瀧「そうだね。そっちからこっちを見ると殺人予備軍？（笑）」

卓球「そうそうそう」

●そっちからこっちを見ると、酒を飲んで脳内トリップして、いろんなとこに行ってる生物みたい？
瀧「そう」
卓球「朝からLSD[9]食ってる感じだろ（笑）」
瀧「遠くに行けないから（笑）」
卓球「ゴム管と注射器持って出掛けるみたいな（笑）。でも俺からしたら、おまえとかもう、人の顔の皮を剥いだマスクをつけて、チェーンソー振り回してるっていう（笑）」
一同「（笑）」
瀧「県道沿いで待ってる感じでしょ（笑）」
卓球「無差別殺人だもんねえ！」
瀧「2シーター買っただけじゃねえかよ」
一同「（笑）」
卓球「逆に車があるがゆえの制約っていうのもあるじゃん。酒が飲めないのもそうだし、車停める場所がないから仕方なく目的が達成できない的なさ」
瀧「停めるとこがなくて？」
卓球「うん。たとえば遠くまで行って、すげえダルくなったけど、車置いて帰るわけにいかないっていうさ。うちらだったら電車で帰ってくるなり、飛行機で帰ってくるなりできるけど、その融通が利かない感じ」
瀧「だって車で寝ちゃえばいいもん」
卓球「乗ってると駐車違反にならないの？あ、駐車違反とかもそうだな。スピード違反とかな。罰金的なもの」
●車運転すると、煩わしいことがいっぱいあるように見えるんだよね。
卓球「そうそう」

9 LSD：強力な幻覚剤、麻薬の一種。効果的な使用方法は様々だが、ゴム管で腕を縛り、浮き出てきた静脈に注射するスタイルの人気が高い。

●「今日、車なんだよなあ」とか。

卓球「『駐車場が見つからなくてさあ』」

●「あそこいっつも渋滞でひっかかるんだよ～」。

卓球「『ガソリン、また値上げだよ～』」

一同「(笑)」

卓球「だってさ、飲みに行った店の酒が今まで700円だったのが1000円になろうと、そこで文句言わねえもん。おまえら言うだろ？　ガソリン飲めもしねえのにさ」

瀧「おまえ、700円が1000円になったら絶対言うって！」

一同「(笑)」

瀧「何言ってんだよ、おまえ。『300円一気にはないと思うわ～』みたいなこと、絶対言うだろ(笑)」

卓球「『駐車場がまた値上げで、高くてさあ』とか、『小銭がなくて駐車場代が出せなくて……』とか」

●「もう車検だよ」。

卓球「『高速で止まっちゃって』」

●飯食ってても、心配で見に行くとかね。

卓球「バカじゃねえの？」

一同「(笑)」

卓球「『車見てくる』だって(笑)」

●でもファミレスで、「ちょっと車見てきます」っつって無銭飲食する技がうちの地元で流行ったことがある(笑)。

瀧「また犯罪予備軍だ(笑)」

卓球「あと『こすっちゃった』。何言ってんだ、おまえっていう（笑）」
瀧「『こすっちゃった』はあるね」
卓球「『バッテリー上がっちゃった』とかも。じゃあ普段下がってんのか？（笑）」
●ははははは。
瀧「でも車がバッグの代わりになったりとかするから、そういうのはいいけどね」
●車に乗ってる時以外は手ぶらってこと？
瀧「走りながらiPhone充電できるし」
卓球「そこ？　細けえなあ（笑）」
一同「（笑）」
卓球「でも、それって降りるの前提じゃん」
瀧「車は降りるだろ？」
卓球「まあ、そうだけど（笑）」
●車がないのって考えられない？
瀧「もう今は考えられないね」
卓球「ノーカー、ノーライフ？（笑）」
瀧「ノーカー、ノーライフだわ、ほんとに。普段の生活の範疇が、それこそ郊外のホームセンターとか、広く点在してるから」
卓球「ホームセンターに行く概念ないよね」
●そういうの行く時は必ず人に便乗。
卓球「だからBBQ[10]を自主的にやった経験ないもん。おまえあるもんな、主催」
瀧「あるある」
卓球「ピエール瀧杯」
瀧「杯じゃない。BBQで何決めんだよ（笑）」
卓球「でも、行っても飲めないんでしょ？」
瀧「そうだけど。おまえ、よく伊豆[11]行くじゃん。伊豆までは新幹線で行くだろうけどさ、そこで

10 BBQ：肉、魚介、野菜などの食材を火であぶって食べる「バーベキュー」を意味する略語。

11 伊豆：静岡県の東部にある半島のエリア。

降りて伊豆の名所とかへはどうやって行くの?」
卓球「バスと電車。あとタクシー。西伊豆のほうは電車も通ってないから、あっちはもう行けないね」
瀧「っていうことでしょ?」
卓球「でもね、俺たまに思うんだけど、タクシーでもないやつが欲しい」
瀧「白タク[12]ってこと!?」
一同「(笑)」
卓球「違う違う。静岡からものを運びたい時とかさ、知り合いとかに頼まざるを得ないじゃん。それがない場合とか、タクシーだと運ぶものより金額が高かったりとかするじゃん。それを中間ぐらいでやってくれるといいよね」
●要するに、運転手つきレンタカーね。

卓球「そうそうそう」
瀧「だったら免許とれよ(笑)」
一同「(笑)」
瀧「おまえが免許とりゃ、あとはレンタカーで済む話だろ。そこは嫌なんだ(笑)」
卓球「車はいらないもん、だって。あとさ、ビデオ屋の会員でもなんでもいいけど、『じゃあ、運転免許証を』って、当たり前のように言ってくるのも、俺はちょっと解せない」
瀧「だから運転免許がないと、『あ、持ってねえんだ、こいつ(笑)』って感じなんだよ」
卓球「みんな持ってて当然みたいなね。だから俺、最近、住基ネット[13]のカード作ったのよ。あれ、写真入りで結構使えるよ」

12 白タク:事業許可を受けていない無資格営業のタクシー。自家用車を使用するため、ナンバープレートの色は白(事業用自動車は緑)。したがって「白タク」と呼ばれる。

13 住基ネット:「住民基本台帳ネットワークシステム」のこと。各種行政手続きを容易に行えるICカードは「住民基本台帳カード」、通称「住基カード」と呼ばれ、銀行の口座開設の際など、多くの事業者に対する身分証明書として使用できる。

2011年ボーナストラック

5月号

卓球「うちの事務所のスタッフが、1台20万する発電機[1]を2台買ったんでしょ?」

瀧「なんで?」

卓球「知らないよ(笑)。停電に備えてじゃない? 電気が切れると相当困る事があるんだろうね。なんだろう?」

道下「充電ができない、みたいな?」

●そういう病気あるんだよね。

卓球「ああ、フルにしておかないとっていう」

瀧「不安になっちゃうんだ」

●そういう強迫観念みたいな。俺も携帯とか1目盛りでも減ると、もうなんか嫌だもん。

卓球「家出る前に100いってないと嫌だよね、わかるわかる。100にして家を出て、出た瞬間に電話とかかかってきて、タクシー乗る時に98とかなってると戻ろうかと思うもん」

一同「(爆笑)」

卓球「すげえ損した感じがするっていうかさ。風呂入ったあとにウンコするみたいなさ(笑)」

●あと、もうちょっとで充電が完了するっていう時に電話がかかってきたりとかすると、充電器を外すの嫌だよね(笑)。

卓球「そうそうそう!」

瀧「そうなんだ? そっちは車で移動しないからっていうのもあるよね。俺なんか最悪、車のシガーソケットで充電できるから」

●じっくり1ヶ所にいることがあんまないからさ、家にいる時ぐらいしかない。

1 発電機:東日本大震災を機に需要が増大。ヤマハ発動機、ホンダ発動機といった有名メーカーの製品の他、比較的手頃な価格のものが店頭に並ぶようになっている。ソーラーパネルによる携帯電話の充電器、手回し充電式の非常用ラジオの人気も高い。

卓球「新幹線乗る時とか、必ず差しちゃうもんね、横のところに。[2]別に乗ってる間になくなることなんてないのにさ」

●しかもそれ、すっごい嬉しいでしょ。

卓球「そうそう、頼もしいっていうかね」

●すごくいいサービスだよね。

瀧「なるほど、満たされてないと嫌ってことなんだ。よくあるじゃん。コップに半分入ってる水をさ、半分しかないって考える人と、まだ半分もあるって考える人とだと、半分しかないって考えるパターンの人なのね（笑）。あ、でもおまえ、前に、よくタバコ持って作業してたじゃん。こいつ作業する時、だいたいタバコとライターを持ったまま作業をするのがクセだったの。で、『それ何？』って訊いたら、次にやることと、タバコを吸うんだってことが決まってないと――」

卓球「違う違う、臨戦状態に置いてるんだよ。そうすると、すぐにでも吸えるっていう安心感プラス、今、タバコを吸うっていう行為をスタンバってるぞっていう、その自分に対する警告（笑）」

瀧「次にやることが決まってないと嫌だってことでしょ」

卓球「でも俺、もうスタジオでタバコ吸わないからね」

瀧「そうだけどさ。だからなるほどなと思って」

●詰まってる感ね。

卓球「詰まってたほうがいい。予定入ってて、間ちょっと空いたりするの、すごい嫌じゃな

2 横のところに：新幹線の座席の横には、コンセントが設置されている。しかし、古い型の車両だとない場合もあるので注意が必要。

い？」

●ものっすごい嫌。それですごい疲れる。50分空きとかさ、40分空きって、一番肩が凝るっていうか、すんげえ疲れる。

瀧「じゃあ、ちょっと空いてるからビックカメラ[3]でも行ってくるか、みたいなやつとか全然無理ってこと？」

卓球「ビックカメラはビックカメラで行くもん」

●そう。真剣に行く。

卓球「だって買いもしねえのにビックカメラ行ってもしょうがねえじゃん。俺、ウインドウ[4]ショッピングがさっぱりわかんないんだけどさ。買う時だよね、店行く時は」

瀧「なるほどね」

●長男でしょ？

卓球「長男[5]。関係するのかな？ でもこいつも長男だよ（笑）」

瀧「長男[6]だけど、でも末っ子じゃん」

卓球「どうせお姉ちゃんが充電してくれるっていう、甘えた考えがあるんだよ」

瀧「（笑）まあ、でもそうなのかもね。最悪、泣きつけばどうにかなるっていう」

8月号

●朝ドラ[1]、兵庫[2]が毎朝観てるよ。

道下「ブログ書いてますよね（笑）」

瀧「あ、そうなの？」

道下「はい、瀧さんが出た回は」

3 ビックカメラ：家電量販店。東京の池袋店が本店。家電の他、寝具、自転車、玩具、酒類、メガネなど、幅広い商品を扱っている。

4 ウィンドウショッピング：店内やショーウィンドウに展示されている商品を見て回ることだけを楽しみ、何も購入しないこと。

5 長男：卓球には妹がひとりいる。

6 長男だけど、でも、末っ子じゃん：瀧には姉がひとりいる。

1 朝ドラ：瀧が出演していたNHK連続テレビ小説『おひさま』。

瀧「書いてんの？　気持ち悪～（笑）」

卓球「兵庫大好きだからな。業界いちの瀧ファンじゃない、あいつ？　ほんとに、冗談抜きで（笑）」

瀧「そこまで好かれると嫌いになってくしかない、こっちは（笑）」

●あはははははは。

卓球「それやればいいじゃん、企画で。兵庫と瀧がどっか旅行行ったりすんの（笑）」

一同「（笑）」

瀧「ああ、ふたりっきりで？」

卓球「うん。もう兵庫嬉しいぜ～（笑）」

瀧「んふふふふふ」

卓球「泊まりで（笑）」

瀧「どこ行こうか、じゃあ？」

卓球「『屁クライナ』[3]の」

瀧「めんどくせえな～」

卓球「兵庫んち行くっていうね（笑）」

瀧「『兵庫に泊まろう！』にする？（笑）。いやあ、そんだけ観てくれるのはありがたいとは思うけど、ただなあっていう（笑）。じゃあ、いつかなんかで兵庫んち行く？」

●行こうか。

瀧「うん、いいよ。兵庫の実家行く？」

卓球「親と会ってこいよ、おまえ（笑）」

瀧「なあ？」

●あはははははは。

瀧「それが一番いいよな（笑）」

卓球「だから、おまえが兵庫を徹底解剖するっていう。どういうところからあのキャラクター

2 兵庫：株式会社ロッキング・オン社員の兵庫慎司。広島県出身。彼が担当していたロッキング・オン公式ウェブサイトのブログのコーナーで、度々『おひさま』のことに触れていた。

3『屁クライナ』：2001年に出版された『ピエール瀧の！　屁で空中ウクライナ』。雑誌「TV Bros.」の連載を書籍化したもの。バリ島やコスタリカといった海外も含む様々な場所についてレポートした小旅行記。サンリオピューロランド、日光江戸村、国立科学博物館、ヘビセンターなどを独自の視点で紹介している。

が生まれたのかっていう。それに読者が興味あるのかっていう点は謎だけど（笑）」
瀧「じゃあこっちも深く知ってやるわっていう（笑）」
卓球「それで結局、向こう引いちゃってな（笑）」

10月号

卓球「おまえ、兵庫と旅行行かなきゃだもんな」
瀧「ああ、そうだね（笑）」
卓球「兵庫と釣りに行くとか（笑）」
瀧「あの一件以来、兵庫の『おひさま』のブログ読んでみようと思って」
●読んだ？
瀧「最後の長台詞しゃべった回の後だったかな、今日はすげえ書いてるだろうと思ったら、すげえあっさりしてて、逆に寂しくなった。なんだ、書いてくれてねえじゃんって（笑）」
卓球「乙女心と同じだよな。追いかけるとそっけない、冷たくすると寄ってくるっていう（笑）」
瀧「そうなんだよ。なんだ、俺恋してんのかな？と思ったもん」
一同「（爆笑）」
卓球「何その駆け引き!?って感じの（笑）。そこであっさりしておくことによって、おまえの注意が引けるからな、兵庫は。で、そこで終わってんだろ？」
瀧「うん、そこで終わってる」
卓球「おまえのほうが今、兵庫にぞっこんだもん（笑）」

瀧「ほんとに。ちょっと電話かけようかぐらいの。でも電話番号は知らないから、じゃあ、メールでみたいな（笑）」

卓球「もうおまえ、完全に向こうの思うツボだよ。なんか買ってやれよ、誕生日に（笑）」

瀧「そうだな」

卓球「セーターとか（笑）」

瀧「編んじゃってな」

2
0
1
2
年

1月号

瀧「おまえ、ロシアに行ってものすごかったたってツイッター書いてなかった？」

卓球「そう。サンクトペテルブルク[1]だったんだけど、俺、10時に空港に着いて11時からＤＪだったのよ。で、会場着いてすぐやってさ。デカいスタジアムのフェスだったから、1時間だったのね。そしたら10時に着いて12時にはもう仕事が終わって。だけどチケットの関係でもう2泊しなきゃいけなくて、残りの日まるっきりオフじゃん。で、空港まで迎えにきてくれた24歳のアレックスって奴が、残りの日全部俺がケアするからっつって。終わってホテルに送ってもらって、『明日どうする？』って言うから、とりあえず買いたいものがいくつかあったから『オッケー、オッケー、連れてってやる。じゃあ、明日昼の1時に』っつって。で、迎えにきて、店とかいろいろ回ってくれて街も軽く紹介してもらったんだけど、やることがなくなっちゃってさ。『じゃあ、俺の地元が車で30分ぐらいのとこにあるから、そこ行って飲む？』『ああ、行く行く』っつって行ったら、ロシアン・レストランみたいなところで。そいつの幼なじみが5〜6人来て、そいつらと昼の3時ぐらいから酒盛り。ものっすごいんだよ。ロシア人はほんと酒強いね」

●そうなんだ？　ウォッカ[2]？

卓球「ウォッカ。で、とにかくそいつら若いし、日本人が珍しいからもう質問攻め。それこそ、

1 サンクトペテルブルク：ロシア西部に位置するレニングラード州の州都。

2 ウォッカ：ロシアで飲まれている蒸留酒の一種。日本の焼酎同様、様々な原料が使用されているが、穀類やジャガイモから製造されるのが一般的。アルコール度数は40度以上。

長野の山奥にゾマホン[3]が来たみたいな感じ（笑）」
瀧「『待ってほんとにいるの？』みたいな？」
卓球「そこまでじゃないけど、『グレート・ティーチャー・鬼塚[4]って有名なの？』みたいな（笑）」
瀧「『GTO』ってこと？（笑）」
卓球「そう。ひとりがすごいアニメが好きで、日本に興味があって、『タダイマ〜』とか言ったりすんのね。『どこで覚えたの？』『全部アニメで覚えた』っつって。そいつ、すごい真面目そうな気さくな奴で、全然酒飲まないのね。『飲まないの？』『いやいや、俺は』っつってビールだけ飲んでたんだよ。そいつ怪我してるから『どうしたの？』『昨日、あそこのパブでケンカして人殴っちゃって』『ああ、そうなんだ』なんつって。で、『ちょっとウォッカ飲んじゃおうかなあ』っつって飲み始めたら豹変。アル中で（笑）」

●ロシアにもいるんだね（笑）。

卓球「ロシアはめちゃめちゃ多いじゃん。だって、つい最近までビールはソフトドリンクだったんだよ、法律で（笑）。そいつに『ビールはソフトドリンクだったんでしょ？』っつったらさ、『え、だってそうだろ？』って感じで」
瀧「へえ」
卓球「俺がそいつに最初に話した時は、『ロシア人はウォッカをガンガン飲んで酔っ払ってるイメージでさ』『全然違うよ！』っつってたのに、全然そうじゃんっていう（笑）」
一同「（笑）」

3 ゾマホン：ゾマホン・ルフィン。西アフリカに位置するベナン共和国出身のタレント。

4 グレート・ティーチャー・鬼塚：『週刊少年マガジン』に連載されていた漫画『GTO』。破天荒な教師・鬼塚英吉が活躍する学園モノ。TVドラマ、映画化もされた。

●もちろんストレートで？
卓球「もちろん」
瀧「なんで日本酒割るの？って感覚に近いんじゃない（笑）」
卓球「そんな感じだった。『割らないの？』『え、なんで!?』っていうか。で、8時ぐらいにホテル戻ってもうベロベロ（笑）」
瀧「3時から飲み始めてね（笑）」
卓球「ウォッカだもん、だって」
瀧「ウォッカで酔っ払うこと、あんまねえもんなあ、日本で（笑）」
●ないねえ（笑）。
卓球「日本で24歳の奴の幼なじみ6人に囲まれて飲むこともねえよ（笑）」
瀧「ねえな（笑）」
卓球「すごかった。でもいいウォッカだから、やっぱ次の日残んないんだよね」
瀧「へえ」
卓球「おまえ、どっか行ってないの？」
瀧「俺は、『しょんないTV』のロケで富士の、[5]松明を投げて上空のカゴを燃やす祭りっていうのに行ったぐらい（笑）」
●上空のカゴ？
瀧「川原でやるんだけどさ、20mぐらいの竹が1本あって、その上に鳥の巣みたいに竹と木で作ったカゴがあるのよ。で、松明とは名ばかりの細い薪を5、6本束ねて針金で結んで縄をつけたやつの先っちょを燃やして、グルグル回してそのカゴに放り投げて火をつけるっていう祭りがあって、それに参加してみようって（笑）」

5 富士の、松明を投げて上空のカゴを燃やす祭り：静岡県富士市で毎年10月第1土曜日に行われている『かりがね祭り』。

卓球「静岡で？」
瀧「静岡で。で、静岡朝日テレビのロケの技術さんたちは、静岡でずっとやってる人だから、『今年もこの祭りに来たかって感じですか？』って聞いたら『いやいや、初めて来ました！』って言ってて（笑）。それこそ、自分の親ぐらいのおっさんたちが、みんな祭り半纏着て、川原で薪の準備とかぶんぶん振る練習とかしてるんだけどさ、おっさんすげえテンション上がっちゃってて、みんなポケットに爆竹持ってるのよ、箱で。で、実行委員みたいな連中が集まって、『このあとどうします？』『8時からやるから、それまで前倒しで……』とか話してると、シュ－ッと火をつけて、後ろからポイッて来て（笑）」
一同「（笑）」
瀧「バチバチバチッてなるじゃん。『ウワ～ッ』て言ってるのを見てワッヒャッヒャッヒャッヒャッて笑っててさ。すげえファンキーだなと思って。で、いざ祭りが始まると、要は玉入れじゃん。で、みんな火がメラメラ燃えてるやつをオラ－ッて投げて、『ああ、惜しい～』なんてやってるんだけど、輪になってやってるから向こうから松明がバンバン降ってくるのよ。『危ない！』っつって（笑）」
卓球「なんかかぶるの？」
瀧「一応ヘルメットかぶる。でもそれも数年前からで、それまでみんな生身でやってたっていう」

●何を競うの？

瀧「最初にそこに火をつけた人がラッキー（笑）」

一同「（笑）」

●聞いたことも見たこともない。

瀧「俺も何それ!?っつって。『投げ松明』っつってさ。いいのこれ？っていう。結構おもしろかったよ」

●奇祭だね、完全に。

瀧「静岡、たまにそういうのあるんだけど、だいたい浜松[6]とか西のほうなんだよね。手作りの手筒花火を、周りを藁で作って木で組んで、要は1メートルぐらいある巨大ドラゴン花火を手製で作って、それを手で持ってシュワ～ッてやる祭りとか」

●なんで手で持たなきゃいけないの？

瀧「それは気合いの表れなんだって（笑）」

卓球「そこが奥さんの地元だから、旦那であるこいつはやらざるを得ない（笑）」

●やったの？

瀧「『やる？』って言われて、『えっと、やめておきます』って（笑）」

一同「（笑）」

瀧「危なすぎるだろ、だって。『立場上、やっちゃいけないと思うんですよ』って（笑）」

卓球「歴史あるの？」

瀧「投げ松明はずっと何百年もやってたんじゃないかな。で、夜店みたいなのも出てるんだけど、基本的には全部、○○小学校PTAとかっていう。だから盆踊りとすげえデカい祭りのちょうど中間って感じの祭りなんだよね。手作

6 浜松：静岡県の西部に位置する街。ウナギの養殖で有名な浜名湖に面している。

りなんだけど、やってることが物騒っていう（笑）」

卓球「ははははは」

●変わってるね。

卓球「あと俺、母親と旅行に行ってきた」

瀧「ええ!?（笑）」

●マジで?

卓球「ロシアの前の前の日」

瀧「どこ行ったの?」

卓球「箱根[7]。しかも台風とかち合っちゃって。俺はギリギリ東京に戻ったからよかったんだけど、母親はまさにその台風に向かっていく新幹線で帰って、三島[8]で降ろされて、静岡まで19時間だって」

瀧「え〜」

卓球「で、母親連れてったから、スーパー銭湯の旅館版みたいなデカい温泉ホテル、飯も付いててそこ入ったら浴衣で全部できますよみたいな」

瀧「お財布も持ってかなくていいっていう」

卓球「そうそう、そういう感じのとこでさ。楽じゃん、年寄りとか。だからそこ行ってさ。物真似ショーとか観て（笑）」

瀧「いいね」

卓球「物真似っつっても全部誰かがやったことあるようなやつで。武田鉄矢[9]、田原俊彦[10]、谷村新司[11]みたいな。それ観て、母親がいたく『あんたも勉強になるでしょ!』って言ってて」

一同「（笑）」

卓球「『ほんとに頑張ってて、感動しちゃった

7 箱根：静岡県境に近い神奈川県の西部のエリア。多数の温泉施設が並ぶ観光地として有名。

8 三島：静岡県の東部。通常時ならば三島駅〜静岡駅間は新幹線で30分弱。

9 武田鉄矢：歌手、俳優。代表作はTVドラマ『3年B組金八先生』のシリーズ。

10 田原俊彦：俳優、歌手。1980年に"哀愁でいと"でデビューし、瞬く間に当時のトップアイドルとなった。

11 谷村新司：シンガーソングライター。フォークグループ「ア

よ』って。で、終わって、物真似芸人が入り口で、『最後、みなさんと握手しますんで～』っつったら真っ先に走ってってさ。『すごく良かったです～』って握手してて。すげえな、盛り上がってんなって感じで。じゃあ部屋戻ろうっつったら、『ちょっと待って、手洗ってくる』だって（笑）」

一同「（爆笑）」

卓球「ひでえ！っていう（笑）」

瀧「なんだろうなあ（笑）」

卓球「その前に1回、熱海[12]に甥を連れて海水浴に行って、うちの母親も一緒についてきてさ。で、甥と海水浴して遊んでたんだけど、母親がずっと浜辺のほうにいたら熱中症になっちゃって。でも俺、最初、母親が熱中症になってるっていうのも気づかなくて。部屋戻ってもずっと具合悪いって言ってて。そしたら、ふすまを隔てて、オエーッて吐いてるから、俺、呼ばれたと思って、『え？』っつって開けたら、さっき飲んだ野菜ジュースの赤いのを吐いてて、『うわっ』と思って（笑）」

一同「（爆笑）」

卓球「それ見て、『1日休んでな』っつって。で、せっかく伊豆に行ったのに遊べなかったから、リベンジで箱根をプレゼントしたのよ。母親のゲロとか、結構来るぜ」

瀧「ああ、来るね。返事するのもわかる（笑）。『え？　え？』って（笑）」

卓球「『オエ～ッオエ～ッ』『あ、赤い……』（笑）」

瀧「『血、血だ……』って。切ねえ話だなあ（笑）」

リス」のメンバーとして活躍した後、ソロ活動も開始。『昴-すばる-』などが大ヒット。

12 熱海：神奈川県との境に位置する静岡県東部の町。

●来るね、結構（笑）。
卓球「そしたら、帰り台風にあたって箱根から19時間かかって静岡帰るっていう（笑）」

2月号

卓球「俺このあと札幌[1]でDJで。最近、サンちゃんってマネージャーが現場全部ついてきてんだけど、札幌だけミッチーが来んの」
瀧「急に」
卓球「今日になって『今日、道下さんが行きますんで』って言われてびっくりして」
瀧「俺の現場とか一切来ないし。最近、ねごと[2]の現場行ってんだよ。で、女の子にキャッキャ言って、半分親気分を味わいながらも、おいしい札幌だけは行くっていう」
●なんでおいしいの？
卓球「飯うまいでしょ」
●ああ、そういうことか。
卓球「あと絶対、ホテトル[3]とか呼んでるんだよ」
瀧「肉食って女を抱くっていう。シンプルすぎるっつうの」
卓球「はははははは！」
道下「ちなみに、土曜日は沖縄[4]行くんです」
卓球「なんで？」
道下「まりん[5]のライヴがあるから」
卓球「うっわー！ おいしいとこだけ！ 俺の時なんか、秋田、松山、高松とかもう全っ然、来るかけらもないもん」
瀧「『何するんすか？』って感じの」

1 札幌：北海道庁所在地。新鮮な海産物、農産物を味わえるグルメスポットとしても有名。

2 ねごと：電気グルーヴと同じレコードレーベル「キューンレコード」所属の4人組ガールズロックバンド。

3 ホテトル：店舗を構えない出張型の性風俗サービス。

4 沖縄：日本国内の最西端の県。様々な娯楽を楽しめるエリアであるため、出張先として人気が高い。

5 まりん：ミュージシャン。電気グルーヴの元メンバー。本名は「砂原良徳」。

卓球「『それ、なんすか？』って（笑）」
瀧「『まあ、レコードはどこでも回せますからね』って」
道下「えーと（笑）」
卓球「札幌だけは渡さないっていう。ミッチーのいいとこ取り（笑）」
瀧「ねごとのツアーは高松だなんだとかも行ってなかったたっけ？」
道下「運転しなきゃいけないんで」
瀧「別の人間だって運転できるでしょ」
卓球「『あんな若い子と車移動は大変ですよ』なんつってたけどね」
瀧「ハタチそこそこの子とキャッキャ言っちゃってると思うよ、ほんとに。『え～、冬限定のチョコォ!?』みたいな（笑）」

一同「（爆笑）」
瀧「『ちょ～だい、ちょ～だ～い！』って」
卓球「はははははは！」
瀧「『ほんとだぁ！　メープル[6]味がちょっとするぅ』みたいなこと言って」
卓球「そりゃあ来ないよな」
瀧「来ない理由もわかるけどね。面倒くせえおっさんといるか、若い女の子4人といるかって言ったら絶対そっちがいいもん」
道下「だって今話してるの妄想でしょ（笑）」
瀧「妄想だけど、ほぼ正解に近いと思うよね（笑）。そう、この間西表島[7]行ってたんだよ、10日間ぐらい」
●なんで？
瀧「映画の撮影でさ、『ぱいかじ南海作戦[8]』っ

6 メープル：カエデの一種。樹液の「メープルシロップ」は甘味料として使用される。

7 西表島：多くのエリアに熱帯雨林が広がる沖縄県内の島。

8『ぱいかじ南海作戦』：離婚と失業のダメージを同時に受けた中年男性を主人公とした物語。阿部サダヲが主演。

ていう、椎名誠[9]原作の小説を映画に――」
卓球「シーナ&ロケッツ[10]の（笑）」
瀧「シーナ&ロケッツの。〝レモン・ティー〟」
卓球「スキャンティー[11]（笑）」
瀧「甘くて酸っぱい[12]（笑）。ふふふふふ」
卓球「椎名誠率いるシーナ&ロケッツ（笑）。くだらない」
瀧「で、なんだっけ？　もう頭、スキャンティーしか出てこない（笑）。ああ、その映画の撮影に行ってたんだけどさ」
卓球「携帯入んないんだろ？」
瀧「ホテルの近くだけ入るけどそれ以外はそんなに。ホテルの近くもバーが1軒しかなくて、日が暮れたら撮影終わりだから必然的にそのバーに毎日入り浸ることになって。そうしたら自然と島民と仲良くなってさ（笑）。何日か過ぎたぐらいの頃、バーの裏に住んでる20代半ばぐらいの男の子んちに上がり込むようになってさ、普通に他の島民と一緒に豚ホルモン鍋とかごちそうになったりとかして。それで1回、その子が烏骨鶏[13]を飼ってるんで、烏骨鶏の卵かけご飯だ！って言って。みんなもうベロンベロンに酔っ払って夜中に裏に行ってさ、烏骨鶏の鳥小屋の中探して『あったあった！』なんて言って卵を持ってきて、『じゃあ、いくぜー』っつって、茶碗置いて、せーの、コンッてやったらポンッて卵が爆発して」
卓球「なんで？」
瀧「そしたらそのあと、ぷ～んってクソと屁が混ざったような臭いが店内に立ち込めてさ。『な

9 椎名誠：小説家。代表作は『岳物語』。

10 シーナ&ロケッツ：1978年に結成され、現在も活躍しているロックバンド。代表曲〝レモン・ティー〟は、同バンドのギタリスト・鮎川誠が所属していたサンハウスのヴァージョンがオリジナル。電気グルーヴでカヴァーしたこともある。

11 スキャンティー：布地の面積が著しく少ないセクシーなパンティーのこと。

12 甘くて酸っぱい：〝レモン・ティー〟の歌詞の一節。

13 烏骨鶏：ニワトリ

の一種。綿毛が全身に生えている風貌が特徴。肉、卵が美味。

んだ!?』って見たら、中から死んだヒヨコがデロ〜ンって出てきて、みんなでゲラゲラゲラゲラって(笑)。あと、夜中に飯食いに行こうっつってレンタカー借りたんだけどさ、何かあるほうに行くのに車で1時間ぐらいかかるのよ。で、島の外周の1本道を延々行くんだけどさ、途中で1回ライト消したら、1メートル先もわかんないような漆黒の闇で。しかも160キロ走って、途中、信号2個(笑)。『これ、マジでイリオモテヤマネコ[14]いるよね』なんて言いながら走ってたら、道に注意書きがあるじゃん、『止まれ』とか。それが『ネコ注意』だもん(笑)。でさ、道に30センチぐらいの塊がゴロンって転がってて、『危ねえ!』って停めて見たら、こんなデカいヤシガニでさ」

●カニ?

卓球「ヤドカリのデカいのみたいなやつ。食えるんだろ?」

瀧「そう。『ヤシガニってうっかり手出すと、指とか切られるから危ないよ』っつって、『へぇ〜』なんて言って、帰ってきてそのバーに行ったら、普通にグラグラグラって茹でて食っててさ」

卓球「うまい?」

瀧「結構うまかった。普通のカニと違ってミソがすっごいいっぱい入ってんのよ。フォアグラ[15]とか、レバーパテ[16]とか、あっち系の味がして、ちょっとトーストしたパンとかにつけて食って」

卓球「おまえ、高校生までカニ食えなかったの

14 イリオモテヤマネコ：西表島に生息する特別天然記念物。原始的な生物の特徴を帯びているため貴重な研究対象となっている。

15 フォアグラ：強制的に大量の餌を与えて肥大させたガチョウやアヒルの肝臓。

16 レバーパテ：豚や鶏などの肝臓を野菜、調味料、スパイスなどと混ぜてペースト状にしたもの。

にな」

●そうなの!?

瀧「うん」

卓球「姉さんの結婚式に行ってカニ食って、おいしいってなって（笑）」

瀧「『うまー!』ってなって。それまでは生臭くて食えなかったんだよ」

卓球「甲殻デビューな（笑）」

瀧「それは掘らなくていいよ（笑）」

一同「（笑）」

●ダイビングとかやらなかったの？

瀧「いやいや、そんな暇ないから。夜が明ける前から仕度して、日が出たら1日中撮影して。で、日が暮れたら終わりっていう」

卓球「短足だから？（笑）」

瀧「短足だから。『短足の順に終わりまーす』って感じ」

卓球「すぐに終わっちゃって（笑）」

瀧「3時半ぐらいに終わっちゃって」

一同「（笑）」

卓球「時間持て余しちゃってな。佐々木希[17]なんか深夜までだろ？（笑）」

瀧「明け方5時ぐらいまでやってたよ。『短足で良かった!』って（笑）」

卓球「（笑）。今のファブリーズ[18]のCMのこいつの短足ぶり、すごいよね！武田鉄矢が分身し[19]てダンスするCM知らない？」

瀧「ああ、あるね」

卓球「あれと同じ体型！三頭身[20]（笑）」

瀧「んふふふふ」

17 佐々木希：女優。『ぱいかじ南海作戦』は、佐々木希、永山絢斗、貫地谷しほりなども出演している。

18 ファブリーズ：P&Gが販売している消臭剤。瀧がCMに出演。穏やかな父親を演じていた。

19 武田鉄矢が分身してダンスするCM：武田鉄矢とGReeeeNがコラボレーションをして制作された『マルちゃん 赤いきつねうどん・緑のたぬき天そば』のCM。ストリートダンサー風の服装をした4人の武田鉄矢が踊る。ユニット名は『緑のたけだ』。

20 三頭身：頭が全身

卓球「昭和の人の体型（笑）」
瀧「まあね、そうだろうねえ（笑）」
卓球「そうだ、俺、駒沢公園[21]の東京ラーメンショー行ったよ」
瀧「あれ食べれんの？」
卓球「俺は平日の昼間行ったから全然並んでなかったし普通に食えたよ。しかも俺、一番並んでない福島のとこに行ったから」
●並ぶ人だと2時間とか並ぶんでしょ？
卓球「土日とかはね。すごいよね。そこで俺ガリガリ君[22]と写真撮ったの」
瀧「何、ガリガリ君と写真撮ったって？」
卓球「ガリガリ君のブースがあって、そこで写真撮って」
●ガリガリ君の着ぐるみ見たことない。

卓球「これ（※2012年2月号『ロッキング・オン・ジャパン』P-X、P158の写真を見ている）」
●ああ、いいねえ！
瀧「いいじゃん！　いいなあだって（笑）」
卓球「ショーみたいなのもやってたよ。インディーアイドル[23]みたいなのが歌って踊って（笑）」
瀧「俺、アイドル好きがよくわかんない。最近、あるじゃん」
卓球「中3トリオ[24]とか新御三家[25]とかな（笑）」
瀧「（笑）AKB48[26]の亜流みたいな、ちょっとマイナーアイドルみたいなほうがいいって言う奴がいて、『なんで？』って訊いたら、一生懸命やってるからみたいなこと言うじゃん」

の比率のうちの1／3を占めている状態のこと。ズングリとしたコミカルな印象を与えるスタイル。

21 駒沢公園：正式名称は『駒沢オリンピック公園総合運動場』。東京都世田谷区にある。広大な敷地内で、1年中様々なイヴェントが行われている。

22 ガリガリ君：赤城乳業株式会社が製造販売しているアイスキャンディー、および同商品の広告などに登場する少年のキャラクター。電気グルーヴが1997年にリリースしたアルバム『A』には"ガリガリ君"という楽曲が収録されている。それが縁でのちに

●でもほとんどそれだよね。
瀧「でしょ？　まあまあおっさん連中みたいなのが真顔で良さを説いたりするじゃん。あの感じがよくわかんなくてさ。アイドルのファンになったことある？」
●ない。
卓球「ない」
瀧「俺もないんだよね」
●部屋にポスターとか貼ったことない。
瀧「俺も貼った記憶全然ないな」
卓球「おまえの部屋にはユニオンジャック[27]しか貼ってないもんな。俺、この前ふと思い出したんだけど、高校生の時おまえんち行った時にさ、天井に蓄光のシールを貼ってあって、電気を消すと星空になってたっていうさ。何その繊細ゴリラっていう（笑）」
●アハハハハハハ！
瀧「あれ貼ったの中1とかだからさぁ」
卓球「繊細ゴリラの瀧の部分（笑）」
●違うよ。瀧の繊細ゴリラの部分でしょ（笑）。
卓球「そうそう（笑）」
瀧「貼ってた。最近それにすごい感心したのがうちの子どもだから（笑）。実家で同じ部屋で寝るんだけど、暗くした時にパッと見たら星が光るんだよ。そしたら『うわ～』って子どもが喜んで」
●まだ貼ってんの!?
瀧「違うよ、中1の時に貼ったやつがまだ残ってんの」
卓球「今の家もやってんのかと思った（笑）」

電気とガリガリ君はコラボ。電気の曲を収録したノベルティーCDを抽選でプレゼントするキャンペーンが、ガリガリ君の購入者を対象に行われた。このへんのエピソードに関しては、『メロン牧場——花嫁は死神』1998年3月号の回を参照。

23 インディーアイドル：インディーズでCDを制作して販売、主な活動場所がライヴハウスや小規模イヴェントであるアイドル。「地下アイドル」とも称される。

24 中3トリオ：オーディション番組『スター誕生！』から同タイミングでデビューし

瀧「やらないよ（笑）」
●でも中学の頃に貼ったのがまだ光るの？
瀧「まだ光るの」
●へえ、すごいね。
瀧「驚くとこ、そこ？（笑）」
卓球「すごいよ。だって30年前だもんね」
瀧「まあね、まだ光るよ、全然」
卓球「何ちょっと自慢げになってんの（笑）」
一同「（爆笑）」
卓球「出た。おまえ、自分の労力でもないのに自分の手柄にしていばるっていうのあるよな。便乗いばり（笑）」
瀧「いばってるかどうか今、自分に訊いてみたけど、なんにもいばってなかった（笑）」

3月号

瀧「この間、うちの子どもの運動会があって。年長さんなのよ」
●大きくなったねえ！
瀧「そう。で、幼稚園から頼まれて、『続いては、年少さんによる徒競走です』みたいな事を言う放送係をやって（笑）。あんまり園の仕事やってなかったから、最後ぐらいはやりますかっつってやったんだけど」
卓球「自分なりにアレンジして」
瀧「そうそう、ちょっとこれ期待されてるのかな？ おもしろくしたほうがいいのかな？と思って。で、いざ始まったら――」
卓球「緊張で（笑）」

た山口百恵、桜田淳子、森昌子のこと。正式には「花の中3トリオ」。3人とも当時、中学3年生だったため、この呼称が付けられた。

25 新御三家：1970年代に大人気だった3人の男性アイドル歌手、西城秀樹、郷ひろみ、野口五郎に対して付けられた呼称。元祖『御三家』は橋幸夫、西郷輝彦、舟木一夫。語源となっているのは、江戸時代の「尾張徳川家」「紀伊徳川家」「水戸徳川家」。

26 AKB48：2005年に秋元康プロデュースで活動を開始した女性アイドルグループ。

一同「(笑)」

瀧「それがさ、やっぱ俺も子どもが年少さんの時の初めての運動会でも思ったんだけどさ、入場してくるだけで衝撃じゃん。『うわ、人の言うこと聞いてる!』っていう。年少さんの親御さんとか、それだけでもうじんわりとかしてるわけよ。そこをおもしろくするのは違うなと思って」

卓球「『え~、短足でおなじみの、ピエール瀧の~』(笑)」

瀧「そこで目立っちゃまずい(笑)」

卓球「『ここで一句。バミューダ[1]を 折って穿くのが ピエール流』(笑)」

●はははははは。

卓球「でもそれ、最初にちょっとやりかけてやめるのが一番かっこ悪いよな(笑)」

瀧「『うわ、これは!』と思ってな」

卓球「1歩踏み出す前にやめたの?」

瀧「やめておいた。だけど、お母さん達が出るリレーみたいなやつがあって、ここはいいだろうと思って、そこは軽くいじらせてもらったんだけど」

卓球「下ネタで?(笑)」

一同「(笑)」

卓球「『きたないヴァギナ[2]を引きずりながら……』っていう、きっついやつでしょ(笑)」

瀧「それは言えないから、『各家庭で最強のみなさんが集まっています』とか」

卓球「『家庭裁判所からやってまいりました!』(笑)」

27 ユニオンジャック:イギリスの国旗。

1 バミューダ:半ズボンよりも若干丈が長め、膝頭が軽く見えるくらいのズボン。イギリス領バミューダ諸島でよく穿かれていたのがこの名称の起源とされている。

2 ヴァギナ:女性器の膣のこと。

瀧「そんなの言えるわけないでしょ！　まあ、『お母さんは怖いですからね』っていうぐらいのギャグをちょっと入れるくらいだけど、それを1日キッチリやって。そしたらツイッターに、『今日、子どもの幼稚園で運動会があったんだけど、なんと司会がピエール瀧で、ものすごい普通のことしか言わなかった』って書かれてて（笑）」

●あはははははは。

卓球「『ピエール瀧がやってました。仕事選ばないんですね』（笑）」

瀧「ああいうのダメね、ほんとに（笑）」

●ああいう場、一番難しいでしょ。

瀧「難しいも何も、結婚式のスピーチと一緒で、何をやっても正解はないっていうさ」

卓球「そつなくやるのが一番いいよな。でもそつなくやったらやったで、そうやって言われるしな（笑）」

瀧「ほんとに（笑）」

卓球「話変わるけど、俺、年末に上海[3]行って、空いた時間にビデオ屋に連れてってもらったの、海賊[4]ビデオ屋。1枚150円ぐらいで、もうなんでもあるんだよね。向こうの連中に訊いたら、レンタルビデオより安いからみんな買って観て捨てるっつってさ。俺が行ったのは日本人が結構住んでるエリアのビデオ屋だったから、それこそ『アメトーーク！』だとかのテレビ番組もあって。あと、タバコとかも偽物が多くてさ、よくクラブの前でおばちゃんとかが屋台みたいに店広げて売ってたりするのね。『お

3 上海：中国の都市。古くから交易で栄え、現在も様々なビジネスの中心地となっている。

4 海賊：ここでの「海賊」は違法コピー商品である「海賊版」のこと。

客さんはこれを偽物だって承知して買ってるわけ？』『そうそう。店に行くのめんどくさいから、偽物だけどいいやって買う』って」
瀧「味は？」
卓球「味は全然違うし、値段も高いんだって。もうわけわかんないよね」
瀧「へえ。味違うのはすごいね（笑）」
卓球「ほんとやりたい放題」
●中国はなんで行ったの？
卓球「ＤＪで」
瀧「ＤＪも偽者とか出そうじゃない？（笑）。だって、前にこいつがＤＪした時のライン録っておいて、それを流しながら、ぽい奴がやったらいけそうじゃん。中国でおまえみたいな奴探すのラクそうだし（笑）」
卓球「おまえみたいにちゃんと短足とか、特徴がはっきりしてると大丈夫だけどな。ワン・アンド・オンリーだもんな（笑）」
瀧「別に短足で売ってねえよ（笑）」
卓球「ほんと、何度も言うけどファブリーズのＣＭ観て、その短足さに衝撃を受けたもんね。俺、『こいつとステージ立ってんだ、恥ずかしい！』と思って。『おいおい、大丈夫か？』って（笑）」
瀧「ブーツ買ってやろうかって感じの（笑）」
卓球「今までやってこれたの、もしかしてこいつの見た目の見世物小屋的な部分で来たのも、あながちなくないなっていう（笑）」
瀧「みんなそこからは目をそらせないからね、短足すぎて（笑）」

卓球「ははははははは！」
瀧「あのCMさ、俺が『男魂』って入ったTシャツ着てハチマキしてるじゃん。それが、俺『全日本コール選手権』[5]に、飲みのコールにちゃちゃ入れる審査員役で出て。第1回から第3回まで優勝してたのが横浜市立大学[6]の男子寮ってグループなんだけど、そいつらがコールする時に『男魂』っていうTシャツ着て、ねじりハチマキでやってるのよ。俺、まったく同じ格好して、撮影しながらそういえばそうだなと思ってて。で、それを最近ツイッターとかで、『ピエール瀧はついに男魂へのオマージュを表明し始めた』とか書かれてあって（笑）」
卓球「素人のアイディアをパクったピエール瀧」
瀧「っていうことになってて、『違う違う違う！』って」
卓球「違わないよ。違わない（笑）」
●地上波で逆襲を果たしたみたいな（笑）。
瀧「そうそうそう。だから、ピエール瀧がファブリーズのCM制作スタッフ全員をだまして、これを着たいからって持ってきたんだってことになってて（笑）。あれはピエールなりの回答なんだなって（笑）」
卓球「んなわけねえだろ」
瀧「んなわけねえじゃん」
卓球「深読みしすぎと、理解力ない奴ほんっと腹立つな！」
●ははははは。
卓球「そうそう。この前ね、大阪でエアアジア[7]っ

5 全日本コール選手権：全国有名大学サークルが飲み会の席で行われる一気コールを競い合う大会、およびそのDVDタイトル。

6 横浜市立大学：神奈川県横浜市にある公立の大学。

7 エアアジア：2001年にトニー・フェルナンデスがマレーシアの航空会社を買収して誕生。格安運賃で知られる。

ていう航空会社の記念パーティに呼ばれてDJやったのよ。で、その航空会社の企業カラーが赤だからドレスコードが赤で、赤いシャツと赤いヘッドフォンで行ったんだけど、その翌日にツイッターで『ドレスコードが赤だから毛沢東[8]の格好で行きました』って書いたのね。そしたら、『うわ、それ見たかった！』みたいな。バカだよな！」

一同「(笑)」

瀧「でも、おまえが毛沢東の格好してんのは、ちょっと見たいよ(笑)」

卓球「やりかねん(笑)」

瀧「でもツイッターとか、冗談と本気の見分けがついてない奴、結構いるよね」

卓球「怖い。毎日『おはようございます』ってメッセージ送ってくるブスとか(笑)」

瀧「ブスかどうかは見てないでしょ(笑)」

卓球「ブスに決まってんじゃん、そんなの！だって、100%ブスの行動だもん」

瀧「まあ、ほぼブスだけどね。ブスがスッピンで送ってくるんだろ」

卓球「食欲めっきりなくなるっつうの。これ、載せておいてね(笑)」

瀧「『おはようございます』なんて言われちゃうんだ？」

卓球「知らねえっつうのな。あんたはこっちに興味があっても、こっちはそっちに興味ねえっつうの。おまえはファンを大事にするよな」

瀧「大っ事にする、ほんとに」

一同「(笑)」

8 毛沢東：黎明期の中国共産党の中心的存在。日中戦争、蒋介石率いる中国国民党との内戦を経て、中華人民共和国を建国した人物。中華人民共和国の初代国家主席。共産主義のシンボルカラーは全世界で赤色。

卓球「ファンありきのピエール瀧だもんな（笑）」

瀧「こんだけ短足の奴のファンなんて、それは大事にしないと（笑）。珍味好きだもんね、だって（笑）」

●今日、すごい短足言うね（笑）。

卓球「だってほんとに衝撃受けたんだもん！短足だなあって。最後の玄関でわたわたするシーンが」

瀧「ああ、腰かがめてるから、さらに短足に見えるってことでしょ」

卓球「そうそう」

瀧「まあね、そういうシーンだしね」

卓球「あ、役作り？（笑）」

瀧「そう、役作りだよ。ほんと、泣く泣くだよ（笑）」

4月号

卓球「年末のカウントダウン[1]、なんで（瀧の格好が）初音ミク[2]だったか知ってる？」

●わかんなかった。なんで？

瀧「リハのスタジオで、みんなで衣裳何着るかって話になって、『どうせシルクハット[3]はかぶるんだろ？』『かぶるよ』『じゃあ、シルクハットに合うやつ考えよう』って」

卓球「じゃあおまえは美空ひばりの子ども時代[4]の、バニーガール[5]にシルクハットで、ステッキ持ってハイヒール履いて出てこいよっつって（笑）」

1 年末のカウントダウン：株式会社ロッキング・オンが開催している音楽イヴェント「COUNTDOWN JAPAN」のこと。電気は「COUNTDOWN JAPAN 11／12」に出演した。

2 初音ミク：デスクトップミュージック用のヴォーカル音源「ボーカロイド」の製品名。水色のロングヘアーの少女が同製品のキャラクターとして使用されている。

3 シルクハット：紳士が正装時に着用する帽子。

4 美空ひばりの子ども時代の：歌手・美空ひばりが1950年に

一同「(爆笑)」
瀧「『ああ、それいいな！　いいじゃん！』ってなって。で、決まりかけたんだよな」
卓球「そしたらａｇｒａｐｈ[6]の牛尾がさ、あいつアニメ系とか詳しいから、『そういえば最近、初音ミクもその格好してるの知ってます？』って。『あ、じゃあ初音ミクだ！』って(笑)。そっちのほうがグロテスクでいいっつって(笑)」
瀧「ひばりはミクに取られたから、じゃあミクを取ろうっつって(笑)」
道下「しかも裏でちょうどコミケ[7]やってたんですよね」
●そうそう、それかなと思った。
卓球「全然違う、美空ひばり」
一同「(笑)」

●でも、意外とコスプレとしては初音ミクってベタだから、逆になんで!?って。
瀧「それはリハスタで盛り上がったから(笑)。それをやり始めたら牛尾が、初音ミクはネギ持ってるんですよとか、しましまパンツ穿いてるんですよとか言うから、じゃあそれも全部やろうって(笑)」
卓球「しかも衣裳売ってんのね、こんなサイズも。で、水色のしましまパンツもマストなんだけどさすがに売ってなくて。スタイリストのうやまんが前日、徹夜して作ったんだって。だからステージで見せてあげてって(笑)」
瀧「『パンツ見せてあげて』って、44のおっさんに向かって(笑)」
卓球「それを舞台袖で見守るこいつの娘。パパ

主演した映画『東京キッド』の劇中にシルクハット、燕尾服姿でスティックを持って歌うシーンがある。

5 バニーガール：ウサギの耳を模したカチューシャ、タイトなレオタードを着用した女性。

6 ａｇｒａｐｈの牛尾：「ａｇｒａｐｈ」とは、ミュージシャン・牛尾憲輔のソロユニット。卓球のソロ、電気グルーヴのレコーディング、ライヴのサポートもしている。

7 コミケ：漫画、アニメ愛好家による同人誌の即売会『コミックマーケット』の略称。正確にはコミックマー

のひのき舞台を（笑）」
瀧「んふふふふふ」
●お父さんの生舞台観るのもそんなにないでしょ？
瀧「そんなにないね。前に観たのは犬プリオ[8]の時の〝ガリガリ君〟。ステージに出てきた俺観て、顔伏せて泣いた」
一同「（爆笑）」
●それまだ2歳ぐらいの時じゃない？
瀧「2、3歳だね。母親にしがみついて『怖い』っつって。そりゃそうだわ（笑）」
卓球「オヤジの違う側面見て理解できなかったんだ（笑）」
瀧「『（ロボット声で）リカイフノー、リカイフノー』でしょ（笑）」
●あれだけテレビ出てたら、一応お父さんってこういう役回りで出る人だって、なんとなく安心感があるだろうけど、あのステージ観たら衝撃だろうね（笑）。
瀧「しかも、聞いたらそっちが本業だって言うじゃんっていう」
卓球「はははは！　余興に近いほうが本業っていうな」
瀧「『え、ファブリーズとか朝ドラじゃないの!?』っていう（笑）」
卓球「あ、ミッチーがラジオ出たの知ってる？　しかもBOØWY[9]のファン代表で」
瀧「TBS[10]の『Dig』？」
道下「そうなんです。収録の前日にディレクターの人から電話がかかってきて、『ロッキング・[11]

ケット準備会が主催するものが『コミケ』だが、これに類するイヴェントも『コミケ』と称されることが多い。『COUNTDOWN JAPAN』の会場である幕張メッセでは、頻繁に漫画、アニメ系のイヴェントが行われている。

8 犬プリオ：『電気グルーヴツアー2008〈叫び始まり　爆発終わり〉』の最終日・渋谷AX公演の模様を収録したDVDは、『レオナルド犬プリオ』というタイトルでリリースされた。

9 BOØWY：国内音楽シーンに多大な影響を与えたロックバンド。人気絶頂の中、1

オンの兵庫さんからのご推薦でご連絡させていただいたんですけど、BOØWYのことは道下さんに訊いたほうがいいって兵庫さんが言ってるんで』って言われて。で、『大根[12]さんの番組で、津田大介[13]さんと3人でBOØWYのことについて話して欲しいんですけど』って言われて」
卓球「『しょうがないな』って押入れを開けて、また衣裳を出して（笑）」
一同「（笑）」
瀧「ロングコート[14]を出して」
卓球「奥さん呼んでメイクして（笑）」
瀧「『髪立てて！』『どこ立てればいいの？』（笑）」
道下「しゃべってきましたよ、1時間」
瀧「1時間しゃべれるんだ」
卓球「どういう感じなの？」
道下「基本はこんなことがあってっていう成り立ちをアナウンサーの方が読んでいって、それに対して、実はこういうことがあってみたいな検証をしつつ、評価していくっていう。大根さんはあまり詳しく知らないっていう体のスタンスだったんですけど、実は大根さんも昔から大好きですごい詳しいんですよ。で、津田さんはもともと大好きで、みんなそれぞれ年代は微妙に違うんですけど、クロストークって感じで」
卓球「そこに、電気グルーヴマネージャーっていうプラカードを持って出ていく感じ！（笑）」
瀧「信憑性があるんだかないんだか（笑）」
道下「ほんと楽しかったです。曲もかけられて」
●自分の好きな曲を。

987年に解散。

10 TBSの『Dig』：TBSラジオで放送されていた『ニュース探究ラジオ　Dig』。テーマに沿ったゲストを招き、徹底的に背景や本質を掘り下げる内容だった。

11 ロッキング・オンの兵庫さん：兵庫慎司。株式会社ロッキング・オンの社員。『メロン牧場』のかつての担当編集者。

12 大根さん：映画監督の大根仁。『モテキ』や『まほろ駅前番外地』など、数々のTVドラマや映画を手掛けている。

13 津田大介：ジャー

道下「はい」

●何かけたの？

道下「〝BAD FEELING〟[15]をかけました」

一同「……」

卓球「知らない」

道下「ええ～!?（笑）」

瀧「どんな曲？」

卓球「『わかってるね～！』っていう反応でも欲しかった？（笑）」

道下「ライヴバージョンで（笑）」

一同「（笑）」

卓球「こだわりの（笑）」

●電気グルーヴで言うと何？

道下「ええ～？……〝誰だ！〟[16]ですかね？」

●〝誰だ！〟か。

卓球「ついてこないのはリスナーだけ（笑）」

道下「いやいや、リスナーにも好評で」

●そんなコアなリスナーが聴いてもドンと来いぐらい、トークに自信があるんだ。

道下「そうですね」

瀧「ファンクラブ入ってた？」

道下「入ってました」

瀧「そうなんだ!?」

道下「リアルタイムでも観に行ってたんで。津田さんは、好きになった頃にはもう解散してて。で、大根さんは僕よりも全然前から観に行ってて。だからちょうどいいバランスで話ができたんですけど」

卓球「俺は一番中心にいるぞ的な？（笑）」

ナリスト、メディア・アクティヴィスト。IT、SNS関連の事柄を専門としている。

14 ロングコート：BOØWYのヴォーカリスト・氷室京介の代表的なステージ衣装。氷室のコスプレをする際、逆立てた髪の毛と黒いロングコートは欠かせない要素。

15 BAD FEELING：1985年にリリースされたアルバム『BOØWY』に収録。ライヴの定番曲であった。布袋寅泰による独特のノリを持ったギターリフは、「どうやって弾いているのか？」と、ギタリストの間で度々話題となる。

一同「（爆笑）」

卓球「後追いと先走りの中で」

瀧「一番いいとこを観てるって感じの（笑）」

●どっち派なの？

道下「布袋」

●そういうのって気遣ったりしなくてよかったの？

道下「全然ないです。まあ、どっち派っつってもすぐ答えられますしね。全然スタンス違いますからね、ふたりとも」

卓球「でも会った人がBOØWY好きで『やっぱヒムロック[17]かっこいいよねえ！』っつったら、ちょっと下に見ちゃう感じでしょ？（笑）」

瀧「ああ、やっぱカラーの写真ページのほうが好きなんだっていう（笑）。文字んとこじゃねえんだって感じ」

卓球「こいつ本質は掴んでねえな、上っ面だなっていう」

道下「思わないですよ、そんなこと（笑）」

●コアであればあるほど、逆に1周してヒムロックの評価が高かったりするのかなと思ったんだけど。

卓球「ミック・ジャガー[18]的な？」

●そうそう、そういうのはないの？

道下「ないです」

卓球「あるわけないじゃん、ミッチーは！　そういう深みはないよ、ミッチーは（笑）」

道下「あはははははははは」

卓球「ふたりいるうちの布袋を選んだところでもうデッドエンドだもん、ミッチーは。さらに

16 誰だ！：電気グルーヴが1996年にリリースしたアルバム『ORANGE』の収録曲。

17 ヒムロック：氷室京介のニックネーム。

18 ミック・ジャガー：イギリスのロックバンド、ザ・ローリング・ストーンズのヴォーカリスト。

それを一回りとかないよ。ないのがミッチーだもん（笑）」

瀧「赤[19]レンジャーよりは青レンジャーっていう感じでしょ（笑）」

●なるほどね（笑）。

瀧「すごい納得いったでしょ？（笑）。そのほうがクールっていう（笑）」

道下「そうですね、そこは大いにあります」

卓球「それはやっぱ次男だからだよ。ひとつエピソードがあって、『宇[20]宙鉄人キョーダイン』っていう、ふたり兄弟知ってる？」

瀧「ロボットの」

卓球「で、兄貴のほうが赤で、空飛ぶ飛行機に変身して、弟のほうが青でタイヤが付いてる、パワーで押す系なの」

瀧「発射台をやる役（笑）」

卓球「兄貴が飛んで行って倒すっていう、縁の下の力持ち的な。で、当時、そのおもちゃが流行った時に、迷いなく弟のほうを買ったんだって」

道下「青をね。まさに青なんですよ」

卓球「それってあんまないじゃん。まず赤いの買って、次に青に手を出すでしょ」

道下「赤は買わなかったですもん（笑）」

●何か惹かれるわけ、やっぱ？

道下「それは子どもの頃の感覚だからよくわかんないですけど」

卓球「兄ちゃんが赤買うからみたいな？」

道下「兄貴は別に赤買ってなかったですね」

瀧「兄弟で青？（笑）」

19 赤レンジャーよりは青レンジャー：1975年〜1977年に放送されていた特撮TVドラマ『秘密戦隊ゴレンジャー』の登場キャラクター。赤、青、緑、黄、ピンクの戦隊メンバーのうち、「赤レンジャー」がリーダー。「青レンジャー」はNo．2のポジション。

20 宇宙鉄人キョーダイン：1976年〜1977年に放送されていた実写版ヒーロー番組。

一同「(爆笑)」

道下「それはないです(笑)」

卓球「兄貴もBOØWY好きだったでしょ?」

道下「好きじゃなかったです」

卓球「ああ、そうなんだ」

道下「BOØWYは日本のビートルズです」[21]

●なるほど。

卓球「やっぱポールは氷室?」

道下「ん~、かな?」

●布袋さんがジョンだよね。

道下「そうですね。なんか記事書きましょうか?」

●いやいやいや(笑)。

瀧「ビートルズに重ね合わせて(笑)」

道下「寄稿しますよ(笑)」

●浅ーいのを(笑)。

道下「はははは。失礼な!(笑)」

卓球「その先を掘り下げるでもなくね(笑)」

●みんなBOØWY好きなんだね。

卓球「そこまでBOØWY好きな人にうちらの仕事やってもらってんの、なんだか悪いね」

瀧「うん、悪い気がする」

一同「(爆笑)」

瀧「なんか、ごめん」

卓球「ごめんね」

5月号

瀧「ロッキング・オン・ジャパンに韓流が載るなんてことは……ちょっと手出そうかなとか考

21 ビートルズ:イギリスのロックバンド、ザ・ビートルズ。ジョン・レノン、ポール・マッカートニー、ジョージ・ハリスン、リンゴ・スターがメンバー。

えてる？（笑）」
●ないない。
卓球「でも韓国では韓流のアイドルの反動でロックバンドが流行ってるんでしょ？　ちょっとオルタネイティヴ[1]な感じのロック」
●それを今推そうとしてるよね、韓国は。
卓球「でもそういうサブカルチャーっていうか、カウンターカルチャー的なとこは求めてないんじゃない？」
道下「でも日本では人気ありますよ」
卓球「韓流とかで騒いでる人たちは、そういうのは求めてないっていうか」
●開き直って完全にアイドルに徹してるほうがいいっていうか、そういうの日本にはあんまないからね。嵐[2]なんかもちょっとサブカル的なアプローチだったりするじゃん。
瀧「嵐が!?」
卓球「いや、全然知らない」
瀧「嵐、どメジャーなんじゃないの？」
道下「サブカル的なこともやってるってことですよね」
●そうそう。
卓球「それ言ったらだって、SMAP[3]がやってこなかったって感じのことでしょ？」
●そうそう。
卓球「でもSMAP、俺に依頼してんだよ（笑）」
道下「サブカル」
●だからもっと突き抜けたものが欲しい人が韓流アイドルに行ってるんでしょ。
瀧「安心なんだろうね、韓流アイドルって」

1 オルタネイティヴ：世間で広く支持されている存在ではなく、知る人ぞ知る通好みのものを表す言葉。音楽業界でよく使われる。

2 嵐：ジャニーズ事務所所属の5人組男性アイドルグループ。

3 SMAP：嵐と同じくジャニーズ事務所所属の5人組男性アイドルグループ。SMAPのほうが嵐よりも先輩。

●そうそう。
卓球「でもちょっと下に見てるのあるでしょ。たとえばつたない日本語でかわいいとか言うのって絶対そうじゃん……何、納得いってないの？　俺のとらえ方は違うわけ？」
道下「いやいやいや（笑）。キラキラしてるのがいいんじゃないですか、やっぱり。突き抜けてキラキラしてるっていうか」
卓球「あと、根本的にごっそりいこうっていう感じがあるじゃん。そのごっそりいこう＝アイドルビジネスっていう、その感じがやっぱ違うよね。日本もそういう感じあるけど、それだけじゃないじゃん。そこが考え方として違うっていうか」
瀧「韓国ってフェスあるの？」
●あるある。
卓球「キムチフェス」
道下「それ違う（笑）」
卓球「なんでよ!?　そんなこといったらジャーマンロックのクラウトロック[4]はどうなのよ？」
●そこから!?（笑）。
卓球「あれなんてモロじゃん。ザワークラウトはよくてキムチはダメっていうのはわかんないよ」
瀧「うわ、優秀な弁護士が出てきたって感じ（笑）」
卓球「だから日本だったら梅干ロック（笑）」
道下「梅干ロックって言葉ありました？」
卓球・瀧「ないよ！」
瀧「たとえるとだよ！　だから、韓国の人が日

4 クラウトロック：ドイツのロック。ジャーマンロックの別称。「クラウト」とはドイツの名物である酢漬けキャベツ「ザワークラウト」から来ている。

本なんて梅干ロックだろって言ってても、そうかもなって思うっていう」
●スシロックとかさ。
卓球「だから今、漬物だからっていう流れじゃん！　スシ関係ない！」
道下「じゃあ、今のところは梅干で（笑）」
卓球「話変わるけどさ、こいつがＴＢＳでラジオやってるじゃん」
瀧「『キラ☆キラ』ね」
卓球「あのパーソナリティの小島慶子[5]さんが辞めるっていう話がスポーツ新聞に出たんだっけ？」
瀧「そう、スポーツ新聞で『小島慶子、キラ☆キラ降板』っていうのがすっぱ抜かれちゃったのよ」
卓球「その翌日がこいつが出る生放送で、こいつを前に長い時間かけてそのことの説明をされちゃって、それに付き合わされてるこいつっていう。実はその前の日に電気でスタジオ入って、仕事もそこそこに昼の3時半から6時までしかやってないモツ焼き屋行こうっつって。で、そこのカウンターに座って『小島さんが辞めるっつってさ』って話してたんだよ。それでうちらお会計して店出ようとしたら店のおばちゃんが『ラジオいつも聴いてますよ〜』って」
一同「（笑）」
卓球「うわ〜ってなって、さらに『今日も電話番号の末尾のやつ応募したんだけどはずれちゃって』っつって。あれ？　これ瀧の番組じゃなくて、その前の大沢悠里[6]の番組だってなって

5 小島慶子：元ＴＢＳのアナウンサー。現在はフリーランス。

6 大沢悠里：元ＴＢＳのアナウンサー。『キラ☆キラ』より早い時間帯に放送されている『大沢悠里のゆうゆうワイド』のパーソナリティー。

（笑）」
瀧「『ゆうゆうワイド』の話じゃんっていう（笑）」
卓球「こいつもわかって『あ！』ってなったんだけど、『次から優先的に当てちゃいます！』とか言って（笑）」
一同「（爆笑）」
瀧「大変だったよ、生放送」
卓球「はぐらかそうはぐらかそうとしてるんだけど、戻されちゃってな（笑）」
瀧「戻されちゃって。まあね、言えることも言えないこともあるからさ、しかるべき時に言えばいいんだけども、新聞にすっぱ抜かれちゃったから、今日ある程度言わなくちゃいけない。でも今、全部話すことは出来ないっていう感じで。で、始まる前に『今日の放送で言いますよ』って言われて。だけど俺、降板するのは知らなかったことにするっていうのは嘘つく感じで嫌だなと思って」
卓球「だって前の日、そのモツ焼き屋で話してんだもんな（笑）」
瀧「そう。それで、『じゃあ一応フォローはするけど嘘は言わないですよ』っつって始まったら、もう止まらなかった」
●何が？
卓球「なぜ辞めるのかっていう話」
瀧「ラジオの前にいる人に自分の声が届けばいい、理解する人と理解しない人がいるけど、そういう人に届けばいいと思ってやってたって言うから、『でもそれは表に出る人はみんなその感じで出てるんじゃないですかね』とかいろいろ言ってたら、『局から40代50代の自営業の男性が引っかかるようなトークをしてくれって言われた』っつって。『だけど私は目の前にいもしないリスナーのためにはしゃべれない』みたいなことを話してて、『まあ、今、関係ないですけどね、その話はね』みたいなことを言ってお茶を濁したんだけど、ブワーッとしゃべり始めちゃって。で、放送が終わってから『はぁ〜』ってなってたら、こいつからメールが来て、『おまえ、今日巻き込まれてたな!』って（笑）」

一同「（笑）」

卓球「おまえが言ったギャグ、ふたつっていうさ（笑）」

瀧「そうそう。『おまえもそこでギャグを返すのが精一杯だな』、ウヒャヒャヒャヒャヒャって感じでメール来るから、『ほんとそうだよ』って返したら、『今からツイッターするわ』っつって（笑）。『今日午後、ピエール瀧さん（45）ラジオ生放送中に事故に巻き込まれる』っつって」

●でも生でそれは大変だね。

瀧「大変だよ。局と小島さんとの話でさ、こっちは途中の経緯なんて一切知らないし。それで決まったやつを、今日いよいよ発表するっていう人の横にいる俺の気にもなってくれよっていうか（笑）」

卓球「たまたまね。ロシアンルーレット[7]で弾出ちゃったって感じのな（笑）」

瀧「ほんとそうだよ」

7 ロシアンルーレット：回転式の弾倉に1発だけ装填した拳銃をこめかみに押し当て、引き金を引く度胸試しの遊び。

卓球「月～金であるのにな（笑）」

●リスナーからの反響もすごかったんだ？

瀧「やっぱさ、AMラジオってさ、俺も『オールナイトニッポン』とか、そういう深夜のしかやってなかったから知らなかったけど、昼のAMラジオは結びつきがすごいんだよね、みんな。昼のAMラジオに対する自分の居場所感というかね」

卓球「生活の一部になっちゃってるんだよね、惰性で聴くから」

瀧「そうそう。思い入れもあるから、そこにやっぱ反応が強くて、小島さんもいろいろ書かれてたみたいだけどね」

卓球「たまたまちゃぶ台をひっくり返すとこにいたっていう（笑）。はっきり言ってこいつはなんの罪もないのにな。普通に学校指定のヘルメットかぶって、自転車通学で赤信号でこうやって待ってたら、大型トラックの内輪差でグワーッて感じで、無言の帰宅[8]（笑）」

瀧「でも、こいつにギャグで突っ込まれて、若干気が楽になったことはたしか（笑）」

卓球「ははははは、やり場のない怒りが」

瀧「そこで茶化されでもしないと浮かばれねえなと思った、ほんとに（笑）」

6月号

●ZEUS[1]のCM観たよ。いいCMだよね。

卓球「撮影もやってさ、ほんとにここに電極を付けて、レーザーの雷が落ちるっていう」

8 無言の帰宅：「死」を意味する婉曲表現。

1 ZEUS：株式会社ロッテが製造販売しているガム。強いメンソールの刺激を味わえる。CMに様々なミュージシャンを起用して話題となった。卓球と瀧が出演したCMの音楽は、電気グルーヴの〝SHAMEFUL〟。

●あ、合成じゃないんだ？
瀧「ここの筋肉を動かす微弱な電流をセンサーが感知して、それがスイッチになって雷が落ちるっていうシステムなの」
道下「おふたりは周りから反応なかったんですか？」
卓球「親戚から電話がかかってきた。『あれ、そう？』って（笑）」
●ははははは。
卓球「確認の電話だった（笑）。『まさかとは思うけど』みたいな。もっと知らない人はさ、『あれ？　あの人、ファブリーズ出てたお父さんじゃん』みたいな。『今度はバンドの役なんだ』みたいな感じでしょ（笑）」
瀧「『この横の奴誰？』って感じでしょ（笑）」
卓球「あ、おもしろい話があるんだけどさ、猛毒[2]の復活ライヴがあって。THE CRAZY SKB（＝バカ社長）ってリーダーと昔から知り合いだから、ツイッターで連絡取り合ってたのよ。それで電話がかかってきて、『ライヴ出てくんないかな』って話になり、俺はDJで友情出演ってことで出たのよ。で、『瀧くんも出てくんないかな』ってなって、瀧も『ああ、全然出るよ』っつって」
瀧「で、俺は何しようかっつって」
卓球「『瀧くんには始球式やって欲しいんだけど』って（笑）」
瀧「俺のいないところで話が進んでてさ（笑）。で、当日リキッドルーム[3]に行ったら、台本みたいなのができてて。『始球式のコールをしたら、

2 猛毒：インディーズレーベル『殺害塩化ビニール』のバカ社長・THE CRAZY SKBのバンド。1997年に解散したが2012年4月5日のライヴで復活。バカ社長は『666』というプロレス団体も主宰している。

3 リキッドルーム：東京都の恵比寿にあるライヴハウス。

会場がまず割れて広くなります』っつって。『え、会場が割れて広くってどういうこと？ 始球式どこでやんの？』『いや、客席で』『マジで!?』（笑）」

一同「（笑）」

●客席の真ん中で投げるってことか（笑）。

瀧「そう。『スタッフが客を分けてスペースを作るんで、そこに瀧さんは出てってください』。『相手は？』『相手はこの人です』って言われたのが、ハウス加賀谷[4]（笑）」

●あははははは。

瀧「奥にハウス加賀谷がいて、始球式だって言いながら。俺がハウス加賀谷にデッドボールをぶつけて。そしたらハウス加賀谷が怒ってくるんで、こっちも『なんだこの野郎！』ってなって」

卓球「乱闘」

一同「（笑）」

瀧「『場外乱闘をしていただきます』みたいな。で、場外乱闘が終わったら、うちのバカ社長が出てくるんで、そこで、『おまえら、ケンカはやめろ！ 勝負をつけるんだったらこれでつけろ！ トントン相撲[5]だー！』って言われて、『そのあとは瀧さんとハウス加賀谷さんでトントン相撲をやっていただきます（なるべく長く）』って書いてあった（笑）」

一同「（爆笑）」

瀧「で、そっからトントン相撲まで全部やって、最後、ステージからこのままトントントントトンってはけてくと1曲目が始まるっていう

4 ハウス加賀谷：お笑いコンビ『松本ハウス』のメンバー。パンクバンド『密売KGYダビッドソン』のメンバーでもあり、殺害塩化ビニールからCDをリリースしている。

5 トントン相撲：土俵に見立てた箱や缶の裏側に紙などでできた力士の人形を置き、取り組みを行う古典的遊び。向かい合わせに複数の人形（多くの場合は2体）を置いて箱や缶の端を叩く。先に倒れたり土俵から落下したほうが負け。

（笑）」

●それ全部、THE CRAZY SKBが考えてんの？

卓球「そう」

●すごいね！

卓球「あと、こいつもこいつで、始球式っていうんで、会場の入り方もジャイアンツ[6]の帽子かぶってきてて（笑）」

●はははは。

瀧「そっちのほうが盛り上がるだろっていう、そのナゴム[7]時代の感覚のまま（笑）」

卓球「すごかったなあ（笑）」

●それ、行った人、大喜びだね。

卓球「あと他のゲストは猫ひろし[8]とかさ、時の人（笑）。あと氣志團[9]とか」

瀧「あとはちゃんといる掟ポルシェ[10]ね（笑）」

卓球「最後アンコールはみんな出てきて〝YOUNG MAN〟[11]をやって、掟がメインで歌うっつってさ。袖で掟がずーっと歌詞カード見ながら不安そうな顔して歌詞覚えてた。律儀だな、こいつっていう（笑）」

瀧「その労力っていう（笑）」

一同「（笑）」

●客は入ってた？ パンパン？

卓球「まあまあね。あれ以上入っちゃったら乱闘はできないよな（笑）」

●割れない（笑）。

瀧「ハウス加賀谷にヘッドロック[12]しながら客席にワーッてなだれ込んでる感じとかさ、あと客との近さと客の興奮度。ヘッドロックしなが

6 ジャイアンツ：読売ジャイアンツ。日本のプロ野球球団。ジャイアンツの帽子は、黒字にオレンジ色のマークが入っているデザイン。

7 ナゴム：ナゴムレコード。卓球と瀧が電気グルーヴを結成する前にやっていたバンド「人生」が所属していたインディーズレーベル。

8 猫ひろし：お笑い芸人。マラソンランナーとしても有名。このライヴが行われた当時、ロンドンオリンピックへの出場権を得るためにカンボジア国籍を取得していたことが判明。その後、諸事情により、結局オリン

ら、『うわ、この感じ久しぶりだな！』っていう（笑）」
卓球「あはははははは！」
道下「そして嫌いじゃないっていう（笑）」
瀧「嫌いじゃないぞ、この感じ。上がるわー！っていう（笑）」
卓球「自分のライヴでもフェスでも絶対にあり得ないもんな、それ。ほど良いマイナー臭っていうか（笑）。しかも、そこから来た俺たちっていう」
瀧「俺、この畑の人間だったわ！っていう。知ってる知ってる、この感じ！　ここで怪我しないやり方も知ってる！（笑）」
一同「（爆笑）」
卓球「俺、袖のほうから見てて、最後に乱闘でみんなでしっちゃかめっちゃかになってる時に、おまえがハウス加賀谷をヘッドロックしながらシンバルをこうやって（叩いて）やってんのがすげえ印象的だった（笑）」
瀧「んふふふふ。こういうのいるでしょって感じの」
卓球「ダチョウ倶楽部[13]だよな、やってることは（笑）」
瀧「茶番には正統な茶番のやり方があるっていう（笑）」
卓球「THE CRAZY SKBって今、プロレス団体やってんじゃん、自分で」
●そうなの!?
卓球「うん、インディのプロレス団体やってるから、もうまさに彼の畑っていうかさ」

ピックへの出場は実現しなかった。

9 氣志團：ロックバンド。リーゼント、長ランなど、1980年代頃の日本の不良学生風のコンセプトを採り入れている。

10 掟ポルシェ：音楽ユニット『ロマンポルシェ。』のメンバー。

11 YOUNG MAN：アメリカのグループ、ヴィレッジ・ピープルの"Y.M.C.A."が原曲。1979年に西城秀樹が"YOUNG MAN(Y.M.C.A.)"というタイトルで日本語カヴァーして大ヒットした。

12 ヘッドロック：両

瀧「そうなんだよね。茶番にも正解はあるっていう（笑）」
卓球「茶番なりの（笑）」
●もはや自分たちでもそういうことやるってことはないもんね。
卓球「逆に正しい瀧の使い方をしてたって感じ（笑）」
瀧「うん、ほんとに」
卓球「瀧を買った時に付いてる取扱説明書の正しい使い方って感じ（笑）」
●ははははは。
卓球「あと、スタンガン高村[14]（静岡の地元レスラー）の後日談」
瀧「スタンガン高村っているじゃん、前話した。で、俺、今、静岡で『しょんないTV』やってるじゃん」
●うん。まだ続いてるんだ（笑）。
卓球「『しょんT』（笑）」
瀧「それが、『次の企画の日が2月29日のうるう日だから、うるう年ベイビーを取材に行くってどうですか？』っつって。で、『それだけだとちょっと弱いんで、うるう年の日に生まれるベイビーを祝福する安産祈願ってことで、お寺でプロレスやろうと思うんですよ』。で、『その相手がスタンガン高村さんです』っつって、出たー！って感じで（笑）」
一同「（笑）」
瀧「で、静岡の田舎のほうにある寺の境内で、そのスタンガン高村と、この間話した高村の引退試合の時に会った、『おめえ、まだ試合やり

腕を使って相手の頭部を締め上げる関節技。

13 ダチョウ倶楽部：肥後克広、寺門ジモン、上島竜兵によるお笑いグループ。

14 スタンガン高村（静岡の地元レスラー）の後日談：以前語られた彼に関するエピソードは『メロン牧場──花嫁は死神4』2010年4月号の回を参照。

てえんだろ!』っつった、佐野がふたりでプロレスやってて(笑)」
卓球「リングとかあるの?」
瀧「リングがないから、下にマット敷いて(笑)」
卓球「草プロレス?(笑)」
瀧「野良プロレス(笑)」
卓球「あはははははは」
●で、解説したの?
瀧「俺は一応解説をやるんだけど、そんなもんさ、プロレスっつったってさ」
卓球「中年が暴れてるだけ(笑)」
瀧「中年がじゃれあってるだけじゃん、ほんとに(笑)。で、若いアナウンサーの男の子が来たんだけど、プロレスとか観たことないんだよね、今の若い子は。で、何言っていいかわかんないみたいな感じだから、途中から『俺が実況やってやるわ』っつって実況をやって。『おーっと、高村が今、本堂の柱にぶつけたー!』って感じで」
●はっはっはっはっは。
瀧「『墓参り用のひしゃくを持って、何をするんだ? 何をするんだ!?』みたいな」
卓球「はっはっはっはっは!」
瀧「『ひしゃくで殴ったー!』(笑)」
卓球「それ、休み時間にやれよな(笑)」
瀧「放課後に(笑)。『今、高村が、お、線香を持って、どうすんだ? どうすんだ? そなえたー!』って感じのやつを」
一同「(爆笑)」
瀧「全部俺が実況をやって。小鳥がチュンチュン鳴いてるところで。農家のおばちゃんがなんか声が聞こえたからって見にきちゃって。『なんか今、声がしたから来たけど、プロレスやってんの？　上手ねえ』みたいなこと言われて（笑）」

●ベイビーは関係ないの？　生まれた赤ちゃんが見てるとかじゃないの？

瀧「一応、安産祈願だからね」

卓球「赤ちゃんはいないんだ？　それだけじゃもたねえからってことか。まったく関係ねえじゃん（笑）」

瀧「生まれるかどうかもわかんないし、じゃあ一応プロレスやるかっつって（笑）」

●全然意味わかんない（笑）。

瀧「意味わかんないでしょ、まったく（笑）」

●お寺の境内だから願掛けってことか。

瀧「そうそう、願掛けの奉納プロレス。で、最後、『1！　2！　3！』カンカンカンカーンッ、『終了でーす！』ってなって、楽屋みたいになってる小屋に戻ってからスタッフに、『生まれた？』っつったら、『いや、まだ全然連絡が来ないんですよね』『じゃあ、もう1試合やるか！』っつって（笑）」

一同「（笑）」

瀧「計3試合やった（笑）」

卓球「ははははは」

瀧「同じ内容で（笑）」

卓球「近いものがあるよな、猛毒と（笑）」

瀧「ああ、こないだTHE　CRAZY　SKBがプロレスやってるから、『スタンガン高村って知ってる？』って訊いたら、『知ってる知ってる！』って言って（笑）」
卓球「知ってんだ！（笑）」
瀧「全然知ってた（笑）」
道下「つながった（笑）」

7月号

卓球「先週末、仙台[1]に行って帰ってきたんだけど。マネージャーのサンちゃんと一緒に東京駅に着いたら、いつも大丸[2]の地下で買い物して帰るのが習慣になってるんだよ。で、レコードも持ってて、混んでる店回るのめんどくさいから、荷物見てる人と買いに行く人と、順番にして行こうってなって。俺が先に買ってきたんだけど」
瀧「そのシステムって感じだよね（笑）」
卓球「長年培ったフォーメーションができてるからさ。俺は先に行って海鮮丼を買ってきて（笑）。で、戻ってきてサンちゃんを待ってた時に、俺、クソ漏らしちゃって」
道下「えー!?（笑）」
瀧「なんで？」
卓球「まあ、腹ゆるかったのもあるけど、屁かなと思ったら結構大掛かりで」
一同「（笑）」
卓球「破裂して、『あ、ヤバい！』と思って。チビると漏らすの違いってあるじゃん。完全に漏らすだったんだよ。っていうのは、臭ってきたんだよ（笑）」

1 仙台：宮城県の県庁所在地。
2 大丸：百貨店。東京駅の八重洲北口改札を出てすぐの場所に東京店がある。地下1階は食料品売り場。

一同「(爆笑)」
瀧「門が完全に開いた瞬間だったんだ(笑)」
卓球「で、これはヤバいと思ったら、サンちゃんがシュウマイを買ってタッタッタッタッて戻ってきて。『サンちゃん、俺、ちょっとトイレ行ってくるわ』って何食わぬ顔で言って、トイレ行ったらもうベットリで。しょうがないからケツをウォシュレットで洗って、パンツで拭いて、そのカルバン・クライン[3]のパンツを捨てて戻ってきてさ。その時に、あえて言わなかったのよ。っていうのも、大丸で買ったあとにインディアンカレー[4]を食いに行こうって話をして」
一同「(笑)」
瀧「でもおまえ、海鮮丼買ってるんだろ?」
卓球「それは夜。だからカレーを食いに行く前にクソを漏らした話っていうのはマナー違反だなと思って黙ってたんだよ。で、何食わぬ顔をして結局カレーを食って帰ってさ。後日、サンちゃんとメールしてて、『そう言えばこの前、シュウマイを買ってた時にある事件があったんだけど、今度会った時に話す』って送ったら、向こうも我慢できなくて電話かけてきてさ。でも『今度会った時話すわ』って。それで後日、『実はあの時、クソ漏らしてて』、『あ、やっぱり!』っつって。戻ってきた時にただならぬ表情だったんだって、俺が(笑)。だからサンちゃんも『なんかあったな』って」
一同「(笑)」
卓球「あと、サンちゃんを途中で降ろしてから

3 カルバン・クライン：アメリカのファッションブランド。衣類、時計、香水など、幅広い商品展開を行っている。

4 インディアンカレー：1947年創業のカレー屋。本店は大阪。東京で唯一の支店が丸の内にある。

電話があって、『車のトランクにさっき買ったシュウマイを忘れてきちゃったんで、食べていいですよ』っつって。で、家で夕飯の海鮮丼とシュウマイを食べてる時に、『あ、このシュウマイを買ってる時に俺はウンコを漏らしてたんだなあ』と思いながらそれを食べたっていう話（笑）」

●その海鮮丼とシュウマイの間にクソがあるっていう（笑）。

瀧「本来ならテーブルに載るはずの（笑）」

卓球「で、俺、大人だなって思ったのが、たとえば小中学生ぐらいだったら、ウンコを漏らしたことを隠すじゃん。それ自分が恥ずかしいからでしょ。でも今回の場合は相手を気遣った隠し方っていう。これは今まであんまなかったなって思って」

瀧「対象があると」

卓球「そう。俺、サンちゃんに対して、『俺ウンコ漏らしちゃった』っていうのは、なんも恥ずかしいことはないんだけど――」

瀧「それはそれで問題あると思うけど（笑）」

一同「（笑）」

瀧「何慣れてんだよっていう（笑）」

卓球「（笑）ただ、これからカレーを食いに行くっていう時にこの話はなしだっていう気遣いがあって。こういうウンコ漏らしのごまかし方もあるんだなって思った」

瀧「社会性があるってことか、クソの漏らし方にも（笑）」

卓球「紳士的なクソの漏らし方（笑）」

瀧「『俺も大人になったなあ』って、フルチンで（笑）」
卓球「実際ノーパンでね（笑）」
●あっはっはっは！
瀧「なんで漏らしちゃうの？　あ、そういえば俺も漏らしてた！　3日ぐらい前に」
道下「最近じゃないですか！（笑）」
瀧「夜寝てて、自分でもその音でびっくりして目が覚めたんだけど。寝てる時に夢の中で力んでて。そしたら普通、ブーッとか出るじゃん。ビチーンッて音がしたの（笑）」
一同「（爆笑）」
瀧「なんかすげえ音の屁したと思ったら、横にいた嫁さんもその音で起きて。ふたりパッて目開けて、ゲラゲラ笑っちゃって。『何、今の音!?』『なあ』っつって」
卓球「『なあ』じゃねえよ（笑）」
瀧「その後また寝て、次の日の朝起きて見たら、クソ漏らしててさ、やっぱ（笑）」
卓球「もうだいぶ広がってたの？」
瀧「いや、そんなドカーンッじゃないんだよ」
卓球「ビチーンッなんだ（笑）」
●5ccぐらいの感じだ。
瀧「そんないってない、2ccとか」
卓球「[5]魚の形の醤油入れぐらい？」
瀧「その半分ぐらいがパーンッてはじけてた（笑）。霧状になってたと思うんだけど」
卓球「クソの漏らす単位は、魚のあれと、あとサービスエリアのフランクフルトのケチャップとマスタード？　折って出すやつ。あとはウィ

5 魚の形の醤油入れ：「たれびん」や「ランチャーム」と呼ばれるポリエチレン製の小型醤油入れ。弁当によく添付されている。

スキーボンボンの中に入ってるブランデーの量（笑）」

道下「それが一番少ない量ですね」

瀧「じゃあボンボンでいいじゃん、単位（笑）。

卓球「1bb（笑）」

瀧「あと最近何やってたかなあ？」

卓球「キューンの20周年（記念ライヴ・イベント『キューン20イヤーズ&デイズ』）観にきたんでしょ？」

●もちろん。最高に楽しかった（笑）。

瀧「超おもしろかったね」

卓球「でも、結局一番はしゃいでるのはスタッフだった」

●だってリキッドで20日間やろうってこと自体が、もうはしゃいでるじゃん（笑）。

瀧「この前ミッチーの『キューン20二次会中！』みたいなツイート見て、はしゃいでやがんなあって感じだった（笑）」

卓球「だからそれもある種のフェス走り[6]」

●ハハハハハ！

卓球「『ああ、これも形を変えたフェス走りだな』って感じだった」

道下「はしゃいでないですよ、別に」

卓球「フェス走りに自覚なし。走ってたよ〜。韋駄天！[7]（笑）」

道下「マジですか？（笑）」

●会場入ったらすぐ、「もうちょっと奥のほうに行きましょうよ」って言われてさ。

卓球「フェス走らせようとしてんの？『僕が並走しますから！』みたいな（笑）」

6 フェス走り：マネージャー道下が音楽フェスではしゃぐ様を表す言葉。このことに関するエピソードは『メロン牧場──花嫁は死神4』2009年8月号の回を参照。

7 韋駄天：足が速い神様。足が速い人を表す言葉としても用いられる。

●「おまえもはしゃげよ」って（笑）。
卓球「けど、全体的にフェス走ってたよ。『石野さん、キューンのTシャツ、売れてます！』ってガッツポーズしやがって（笑）」
道下「売れてない売れてない！（笑）。言ってないでしょ、怖いわ」
卓球「いや、たとえばインディで、レーベルカラーがはっきりしてるとこだったらわかるよ？　キューンはメジャーレーベルでいろいろやりますっていうところじゃん」
道下「後ろにアーティストのロゴが入ってるんで、それが良かったみたいですよ」
卓球「スタッフだって嫌々着てるのをさあ」
道下「でもスタッフが着てるのとは違うんですよ。微妙にね（笑）」

●でも会場、独特の雰囲気はできてたよね。
瀧「新人オーディション[8]やってたじゃん」
卓球「また偉そうな顔して審査とかやってたの？」
道下「やってました。地方も行きました」
瀧「氷室のコスプレで？（笑）」
道下「はい、もちろん（笑）」
瀧「応募してきた子たちはほんとに『デビューのチャンスだ！』って思ってるの？」
道下「そうですね。地区大会を勝ち抜いた11組がリキッドでライヴして、さらに1組の優勝バンドがアジカン[9]のフロントアクトができるっていう」
卓球「でもやらせでしょ？（笑）」
道下「出来レース[10]じゃないですよ（笑）」

8 新人オーディション：この時、グランプリに輝いたのは、2013年にデビューした大阪出身のロックバンド・KANA-BOON。

9 アジカン：ロックバンド・ASIAN KUNG-FU GENERATIONの略称。キューンミュージック所属。

10 出来レース：事前に結果、勝敗が決まっている試合、コンテストのこと。

卓球「ライヴする中で、『絶対優勝しないな』っていう振れ幅だけで選ばれてるバンドもいるわけじゃん」

瀧「当日のイベントのバランス的にとか」

卓球「俺たち、いつもそれだったもん」

一同「（爆笑）」

卓球「高校時代のバンドコンテストっていうと、必ずそれ！　もうそれ狙いに行ってたところもあるんだけど（笑）」

瀧「話題賞みたいなやつな（笑）」

卓球「あと俺、あのキューンの看板にまだサイン書いてないの知ってた？」

道下「知ってますよ（笑）」

卓球「デッカいキューンの看板があって、アーティストがみんなサインしてんじゃん。で、書け書けうるさいから、俺もかたくなに書いてないんだよ。瀧の横がちょっと空いてたな（笑）」

瀧「ここに書くかなと思って空けてて。さっき俺、パッて看板が目に入って、『あ、あいつまだ書いてねえな』って思った（笑）」

卓球「アッハッハッハッハ！」

瀧「あれ見た人も、おまえがかたくなに書いてないことに気づけばいいけどね（笑）」

卓球「気づきゃしないっつうの。枯れ木も山の[11]にぎわいでしょ」

道下「あれをそう言ったら元も子もないじゃないですか（笑）」

●でも、さすがにキューン[12]に対するウェットな思い入れって、ちょっとはあるでしょ。

卓球「会社に対しては別にないよ。やっぱ人

11 枯れ木も山のにぎわい：「つまらないものの、役に立たないものでも、ないよりはまし」という意味を表すことわざ。最近は「人がたくさん集まるとにぎやかになって良い」という意味で用いられる場合もある。

12 キューンに対するウェットな思い入れ：電気はデビュー時からずっとキューンに所属している。

じゃん、みっちゃん（中山道彦／キューンミュージック代表取締役）とかにはあるけど。対会社にあっちゃヤバいでしょ。いつ切られるかわかんないんだから」

瀧「たしかに」

卓球「食うか食われるかって感じの、敵ぐらいに思ってたほうがいいよ（笑）。たまにいいことがあった時に、『あ、こいつもなかなかいいとこあるんだな』っていう（笑）。親を殺されたぐらい思っておかないと」

道下「ええ!?　そんなに対立するんですか？（笑）」

卓球「はははは」

●でもちょっとなるほどねって思った（笑）。

道下「先輩ミュージシャンからの助言って感じで（笑）」

8月号

卓球「昔っからのソニー[1]のワイワイやってる感じってあるじゃん。大学のサークルっぽい。それね、俺、苦手」

道下「でもワイワイしてなんぼでしょ、この仕事は」

卓球「だからそこが嫌い。そこがもう相容れない。『ワイワイしてナンボだぜ、おまえ』？　要はワイワイしてりゃなんでもいいってことでしょ？　ワイワイハウスに住めばいいじゃん、じゃあ」

●あはははは!

1 ソニー：キューンはソニー・ミュージックレーベルズ内の1レーベル。

道下「何、ワイワイハウスって（笑）」
卓球「あ、それでY-3[2]のTシャツよく着てんの？　ワイワイワイってこと？（笑）」
瀧「ワイワイワイ（笑）」
卓球「『カンパーイ！』だって。いっつもジョッキ持って歩いてんだよ（笑）」
道下「いつでも乾杯できるように？（笑）」
卓球「フェス走りと乾杯だけに生きてる（笑）。フェス走りができればフェスなんてもうなくてもいいでしょ？」
●はははは！
瀧「ジョッキ持って走れってことじゃん」
●それいいね、ゲートだけ作ってね（笑）。
卓球「ゲート作って、ジャミロクワイみたいにベルトコンベアー置いてジョッキ持って走ってんでしょ（笑）」
道下「頭おかしいでしょ（笑）」
卓球「たまに向き変えて（笑）」
道下「『ワーイ！』だって（笑）」
卓球「『山崎さん、もっと奥へ！』（笑）」
瀧「『ベルトコンベアーのスピードもっと上げて！』って感じでしょ（笑）」
道下「すごいですね、1ヶ月スタッフとして働いただけなのに、この言われよう（笑）」
卓球「いや、スタッフで働くのはいいんだけど、明らかに本人が無意識のところでフェス走ってんなあって。それを言ったらちょっとムッとするっていう。『俺はやってない！』って、返り血をベットリ浴びて（笑）」
瀧「たしかに出演アーティストよりもスタッフ

2 Y-3：ファッションデザイナー・山本耀司とアディダスのコラボレーションによるブランド。

のほうがワイワイしてんなっていう瞬間はちょいちょいあったよ」
卓球「だからフェス走ってたでしょ、アーティストそっちのけで。『こっちです！』って言いながらも、踊りながら、『あれ？　いない？』っていう（笑）」
道下「そういうのなかったでしょ、別に」
卓球「でも加速してったよ、後半に行くにつれて。うちらのリハとかでスタジオ入ってて、たまにスタジオに来るじゃん。そうすると明らかに加速してるのが手に取るようにわかったぜ。最初の頃は『大変です』って感じだったんだけど」
瀧「今日は行かなくてもいいんじゃないの？っていう時も行く感じ。『祭りやってますから！』っていう」
卓球「まんざらでもないっていう」
瀧「『実行委員なんですよ、こっちは！』」
卓球「嬉しい悲鳴だろ（笑）」
瀧「『あてにされちゃってんすよねえ！』みたいな（笑）」

●空気の温度差をこれ見よがしに見せつける感じでしょ。

道下「あながち間違ってないです（笑）」
瀧「『ああ、ここでこんなことしてる場合じゃないな。行かないと。じゃあ僕、行きますね！』っていう」
卓球「うちらはそん時ライヴのリハをやってたから、祭りの準備をしてて。準備のとこはつまんなくてしょうがないんだよ。向こうで本番やってて、祭囃子は聞こえてきちゃってるから（笑）」
道下「ここはまだ準備かあって感じ（笑）」
卓球「服の下にハッピも着てきちゃってるから、もう上着を脱ぎ捨てたくてしょうがないっていう（笑）」
●そういう体質ってあるよね。ちょっとイベンター体質に近いよね。
卓球「芝居系と違って、芝居系ってやりあげたあとにみんなで感動したりするじゃん。そこがゴッソリない。そこがまだマシ。その知能もないっていう（笑）。でも祭り感は低いもんね、芝居の舞台って。音楽のほうが祭り感が強いじゃん」
●でも一番最初にW[3]IREを始める時に説明に来たんだけどさ、その説明も俺、おかしいなと思いながら聞いてたわけ。「テクノはもういろいろイベントがあって、小さい会場とかでもたしかにありますよ。でもこれだけね、大規模にいろんな人を集めてワーッてやる、それは史上初ですよ！」って、やたらそこを言うんだよ（笑）。
卓球「ハッピを着た奴が（笑）」
●たしかにレイヴとかじゃなくて、祭りなんですよ！っていう感じだった（笑）。
卓球「祭り好き（笑）」
道下「でもそれを言うのは普通でしょ？　WIREの説明をする時に」
●もうちょっと違う言い方があるじゃん。「海外からこれだけのアーティストを呼んで」と

3　WIRE：卓球が1999年から主催しているテクノレイヴ。屋内型レイヴとしては日本最大規模。毎年、国内外の有名ミュージシャンが多数出演している。

か。音楽誌の編集長に説明するんだったら、音楽的な意義とかさ、「テクノミュージックを石野卓球はこういうふうに考えてるんですよ」って話になるだろうけど、「山崎さんって、そもそもああいうの行ったことあります？」って（笑）。

一同「（笑）」

●「ラヴパレード[4]とか、観たことないでしょ？」って（笑）。

卓球「うわあ、目に浮かぶ（笑）」

瀧「その、ちょっと上からっていうか、そんな感じでしょ？」

卓球「自分もつい数ヶ月前までは知らなかったのに。数年前まではリキッドルーム[卓注1]の楽屋が怖いとすら思ってたのに（笑）」

瀧「たしかにミッチーはその感じがある。メイキングのカメラが回ってると積極的に映っていくっていう。会場入りの時とかも、真っ先に自分が降りるみたいなさ」

卓球「あるある」

瀧「まず真っ先に自分が降りて、『おはようございまーす』って言うっていう。ちょっと太陽がまぶしいみたいな」

卓球「わっはっはっは！　ポケットからサングラスを出してかけるとこまで」

瀧「真っ先に降りてメイキングに映っていく。なぜならここは現場だからって（笑）」

卓球「で、またひとつミッション達成っていう（笑）」

道下「出たがりマネージャー（笑）」

4 ラヴパレード：ドイツで開催されている世界最大規模のレイヴ。卓球も度々DJとして出演している。

卓注1 リキッドルームの楽屋が怖い：詳しくは「あとがき座談会」にて。

卓球「出たがりでもないんだよ。お祭りマネージャー（笑）」
道下「架空の話ですよ、今の！」
●架空なんだろうけど、あまりにもピンと来る（笑）。
卓球「ペットボトルもさ、海外のミネラルウォーターなんだよな、舶来の（笑）。六甲のおいしい水とか、お〜いお茶じゃないんだよ」
道下「持ったことないじゃないですか！　そうだったらもっと憎いのにって話でしょ」
卓球「そうそう。エビアン[5]のデカいやつ（笑）」
一同「（笑）」
瀧「いいねえ」
卓球「うろ覚えのニューヨーカースタイル（笑）」
瀧「でもこれは冗談抜きで、今、ミッチー若干演出してんなっていう時はあるよ（笑）」
道下「それはちょっと自覚もありますね」
瀧「雰囲気に酔っちゃってるっていう。ザワザワムードに持ってかれちゃってる感じ」
卓球「そうそう、だからそれが前にも言った、真面目な日本兵[6]っていうさ。銃剣[7]でザクッ、ザクッて感じの（笑）」
瀧「周りのグルーヴがそれだったら刺すほうが正解っていう（笑）」
道下「すぐやります[卓注2]って感じの（笑）」
●打ち合わせの途中でしょっちゅう涙ぐむし（笑）。
卓球「怖いね」
道下「ないですよ、そんなこと（笑）」

5 エビアン：フランスのミネラルウォーター。

6 真面目な日本兵：職務に対してまっすぐなマネージャー道下の性格を喩えた表現。この件に関しては、『メロン牧場——花嫁は死神4』2010年11月号の回で言及されている。

7 銃剣：銃の先端部分に装着するナイフ、剣のこと。

卓注2 すぐやります：すぐやる課

瀧「その日のイベントが成功したピークの瞬間を横から見てる姿を想像して、感動して泣いてるんでしょ（笑）。『素晴らしいんですって、このお祭りは！』っていう」

卓球「一番やりたいのは、ステージの袖で立ってて、瀧がマイクスタンド倒したら直す役でしょ？　いっぱい映れるから（笑）」

道下「ステージのカメラにね（笑）」

●そういうの好きでしょ？

道下「やったことないですよ、そんなの！」

卓球「ギタリストの弦が切れたらチューニングして渡すみたいな（笑）」

道下「職変わってますよ[8]（笑）」

●だって、前までは大晦日、時間をオーバーする卓球にもっとやってくれっていう客席の声を背中に背負いながら、泣く泣く止めるっていうのが大好きだったじゃん。

道下「ああ、それはありますけど」

卓球「上半身と下半身で別の人格だよね」

瀧「上は建前で下は本音ですっていう（笑）」

9月号

卓球「ちょっと前にＤＪやりに台湾行ったのね。で、ホテルに戻ってきて、俺、すっげえ酔ってたのよ。もうベロッベロで。部屋に入ってすぐ服脱いで全裸になったら吐き気がして。トイレに走ってって便器のとこにかがんでオエッて吐いたら、今度便意も来て。オエーッて吐いて、『どうしよう!?』ってなって、そのままブリブ

8 職変わってますよ：切れたギターの弦を交換してミュージシャンに渡すのは「ローディー」「ギターテクニシャン」と呼ばれる職業。

リブリブリッて出て（笑）」
一同「（爆笑）」
卓球「もうしょうがねえ、しちゃえ！と思ってオエーッて吐いてパッて見たら、結構な量出てて（笑）」
●おわ〜。
卓球「そこでハッと気づいたのが、『あ、これゲーッじゃなくて、こうだわ！』[卓注1]って」
瀧「確かにな（笑）。あとのことを考えると」
卓球「時すでに遅しでさあ。それと、前にションベン漏らした時の、漏らす前には靴を脱げっていうのと。で、クソ片付けて（笑）。それが僕の武勇伝」
一同「（笑）」
道下「すごいっすね。絵としては今までの中で一番すごいかも（笑）」
瀧「普通そこで、『もういいや、クソもしちゃえ』って思わなくない？」
●「思わなくない？」って、ちょうど10[1]年前ぐらいに同じエピソード話してたよ。今日、完全にシンメトリーができたなと思ってたもん（笑）。
道下「でも、その時は思い浮かばないかもしれないですけど、一番ベストなのはバスタブに入ると良かったですよね」
卓球「そうそう！ バスタブだね！ そしたらサーッと流せるっていう」
瀧「両方ね」
卓球「でも、自分のゲロとクソが混ざったものを見るのもな（笑）」

卓注1 こうだわ：普通に便器に座る

1 10年前ぐらいに同じエピソード話してたよ：『メロン牧場——花嫁は死神』2001年3月号の回を参照。

瀧「でも腹のどっかではその瞬間があるんだから。グラデがかかってるから（笑）」

卓球「いや、同時にはいないよ。共存はできないもん、あれ」

●でもそんなデジタルにウンコになるわけじゃないからさ、どっかではさ、カフェオレみたいにね。

卓球「グレーゾーン？（笑）」

瀧「半分クソになりかけてる状態があるっていう。それをシャワーで流すっていう」

道下「それで最終的にシャワー浴びればいいっていう（笑）」

●その絵はすごいよ。それ自分で片付けたんだ（笑）。

瀧「『サイコ』[2]のバスタブのシーンみたいに（笑）」

一同「（笑）」

●昔あったよね、その話。

卓球「『宇宙空間だったら静止する』ってやつでしょ。俺もその瞬間に瀧のその『宇宙空間だったら静止する』っていうのがリヴァーブ[3]がかかって聞こえてたもん（笑）。『メロン牧場で言ってたっけ……』って、異国の地でおまえに思いを馳せてた（笑）」

瀧「あと、一瞬圧力で背が縮むっていうね（笑）」

卓球「はははははは」

瀧「キュッていう（笑）。ナノレベルで背が縮む感じ」

●でもそれ、一番早い悪酔い冷ましの方法だよね。

2 サイコ：アルフレッド・ヒッチコック監督が手掛け、1960年に公開されたサスペンス映画。シャワーを浴びている美女が殺人鬼に刺殺されるシーンが有名。

3 リヴァーブ：音声にエコーをかけるエフェクターのこと。

卓球「そうそう。あと、意外に吐いた後のビールってうまいよね」
瀧「とりあえず泡で清涼感をっていう（笑）」
卓球「おまえはどっか行ってないの？」
瀧「いや、何したかなと思って、最近」
卓球「城巡り？」
瀧「城巡りだなあ」
●なんで？
瀧「俺、最近、城巡りの番組やってるの知らない？」
●知らない。
卓球「え、言ってなかったっけ、それ？　全国の城を巡ってるんだよ」
瀧「そう。ＢＳ朝日で『城下町へ行こう！』っていう番組が始まって、お城とその城下町を探訪する番組を今やってんの」
卓球「通称『Ｐ散歩』[4]。ピエールのＰ（笑）」
瀧「ナビゲーターって名前になってるけど、要は俺が城下町を散らかして歩くっていうやつをやってて」
●へえ、楽しそうじゃん。
瀧「よく考えたらこんないいデアゴスティーニ[5]はないなと思って。行けば城のことは知れるわけだし、そこの武将なりお殿様のことも詳しくなるわけだし、そこの文化もわかるわけじゃん」
卓球「で、またそれを最後はＤＶＤにまとめるんだろ」
瀧「ＤＶＤになるかもね」
卓球「ちゃっかりしてるよねえ、ほんと！　観

4 Ｐ散歩：俳優・地井武男が出演していた散歩番組『ちい散歩』のタイトルをもじっている。

5 デアゴスティーニ：様々な細かいテーマに特化した雑誌を一定期間刊行し続けるスタイルで有名な出版社。扱うジャンルは映画、漫画、歴史、乗り物など多岐に亘る。

光して飯食ってそれまとめて売るって！」
瀧「しかも訊いたら金くれるって言うじゃん。普通金払うんだけど（笑）」
卓球「あ、それであったじゃん、ネットのニュースで」
瀧「1回、新聞の人が取材に入って、『どうですか、こういうの？』『そうですね、まあ、テレビのバラエティとかは芸人さんたちが座ってますけど、それとは違って（この番組で会うのは）素人の人が相手なんで、何しゃべるかわからないから、そのおもしろさがありますね』なんて、真面目にインタヴューを受けてさ。番組の番宣だと思ってるからさ。で、その記事が上がってきたら、散歩番組は新しい切り口でもあるんだけど、同じような番組が多い昨今、単純に制作側が楽をしてるだけなんじゃないかって書いてあって。番組が荒れてきてるんじゃない？みたいな感じで載ってて（笑）」
卓球「その横にこいつが武将の格好した写真が載ってて（笑）」
瀧「イエーイ！って感じでおばちゃんと一緒に撮った写真（笑）」
卓球「代表格って感じの。特にこいつ！って感じの（笑）」
●地井さんは元祖だからね。それの二匹目のどじょうみたいな。
瀧「そうそう、こいつらがっていう。ちゃんとしたポリシーもなく、そのへん行って散らかして歩いてるんでしょっていう」
卓球「あまつさえ、わけのわかんないコスプレまでして（笑）」
瀧「ゆるやかな番組で視聴者も楽しんでるっていう文脈で進んでくんだけど、後半は批判の意見があって、『そういう意見もある』みたいな」
卓球「ピリッと辛口で（笑）」
瀧「『たとえばこいつ！』って感じで、イエーイ！って写真が使われてた（笑）」
●まあ、編集者的にはすごい気持ちはわかる（笑）。あ、いい写真あんじゃんっていう。俺、散歩番組は結構好きで観るんだけどさ。腹立ったりとか一切ないじゃん。でも、確かに楽に作ってんなって感じはあるよね。
瀧「でも、『城下町へ行こう！』はちゃんと作ってるよ。スタッフがその町をちゃんと調べてやったりしてるけど」
卓球「全国の城回るの？」
瀧「全部の城かな？ だけど、メインは城下町だからさ。今まで行ったところでも天守閣ないとことか、城跡公園からスタートってところもあるし」
卓球「じゃあ静岡も行くの？」[6]
瀧「だから静岡もやりたいって言ってて。別に城がなくても成立する感じだけどね」
●いいね。相手は？
瀧「俺ひとり」
卓球「そんなボケたりしないんだろ？」
瀧「まあまあボケたりはちょっとするんだけど。そうしないとこっちもつまんないじゃん、だって。だけど、ボケたところはオールカットっていう（笑）」

6 静岡も行くの？：卓球と瀧の故郷・静岡県静岡市には徳川家康が晩年を過ごした駿府城の跡がある。

●そうなんだ（笑）。
瀧「そう、そういう番組じゃないですからっていう（笑）。あとは観やすいようにちょっと空気をもむ感じぐらいかな」
卓球「何言ってんだこいつ？　おまえ、ミュージシャンだよな？（笑）」
一同「（笑）」
卓球「説得力がありすぎたわ、今（笑）」
●地井さんが亡くなって跡を継ぐのは俺だぐらいの真面目っぷりだったよね（笑）。
卓球「素人相手に空気もむだって（笑）。おまえ、やるな」
●おもしろそうだね。
瀧「あと、普段行かないとこ行くから。普段岡崎市とか行かないじゃん」
●何県かもわからない（笑）。
瀧「愛知県。岡崎城があって。家康が生まれたところ。家康は岡崎出身なんだよ」
卓球「キングジョー[7]（笑）」
瀧「今、ジョー・ストラマー[8]が思い浮かんだ」
一同「（爆笑）」
瀧「でもそれは違うなと思って。城が先に来ちゃダメじゃんっていう（笑）」

10月号

卓球「この前、電気のレコーディングを青山のスタジオでやってたんだけど、その時瀧も来てさ。会社にいろいろダイレクトメールが来るじゃん。その中で、ピエール瀧様宛っつって腕

7 キングジョー：特撮TVドラマ『ウルトラセブン』に登場するロボットタイプの怪獣。ペダン星人が作って地球に送り込んだ。

8 ジョー・ストラマー：イギリスのパンクバンド、ザ・クラッシュのヴォーカル&ギター。

時計の展示会のお知らせが来ててさ。見たら会場がそのスタジオの真向かいで。だからこいつが『ちょっと行ってくるわ』って。で、その場で60万衝動買い」

●え、嘘っ？　この今つけてるの？

瀧「これは違う」

卓球「俺もおもしろいから一緒についてってさ。そしたらこいつが『買います』なんてその場で買って。で、『入荷は9月になります』って言われてショボ〜ンって（笑）」

一同「（笑）」

卓球「もうはめて帰りたいぐらいだったんだろ（笑）」

瀧「そこにあんの、ブツが。あるんだけど、これは展示用なんでっつって。で、翌日に抽選があって、ウブロ[1]っていう時計屋のデカい壁掛け時計が当たるって書いてあって、『これ明日じゃん！』って次の日見に行って。その抽選がクジとかじゃなくて、その日に集まったお客さんから、『服は黒！』とか『持ってる携帯がｉＰｈｏｎｅの人！』みたいな。そうやって絞ってって当てるのね。で、まず、時計の展示会なんで、普段見かけないような人たちばっかりなわけ」

卓球「ボサノヴァのバンドが〝イパネマの娘〟[2]とかやってたよね（笑）」

瀧「ＩＴ企業っぽい人とか、中古車ディーラーっぽい人とか」

卓球「あとはこういうB級タレント（笑）」

瀧「B級タレントは俺しかいなかった（笑）」

一同「（笑）」

1 ウブロ：スイスの高級腕時計メーカー。「ベゼル」と呼ばれる時計本体外周部分にネジをあしらったデザインが特徴。

2 イパネマの娘：ブラジルのボサノヴァミュージシャン、アントニオ・カルロス・ジョビンの代表曲。

瀧「ずっと時計見てたら、こいつは『じゃあ、俺戻るわ』っつって。ほんとはこいつも当てに行ったんだよ、抽選を（笑）」

卓球「抽選はタダでできるから。でもなんか俺、いづらくなっちゃって。買いもしねえのに。しかもこいつが前の日に買ってるから、いかにもコバンザメって感じでさ。体も小さいし（笑）。で、いたたまれなくなったから途中で帰っちゃったんだよ」

瀧「で、池ちゃん（キューンミュージックの担当者・池田）も一緒に行ってたから、あと30分くらい、とりあえず抽選までいてみようっつって」

道下「30分って結構ありますよね（笑）」

卓球「ちなみに、レコーディング中の話だから（笑）」

瀧「で、抽選になって、『服は黒！』って言った時点で俺アウトで。終わったなと思って時計見てたら、池ちゃんがまあはまって、最後のほうまで残ってたんだよ。抽選してるとこの前のほうに行っちゃってさ。『iPhoneですー！』っつって（笑）」

一同「（笑）」

卓球「店の奴も当てたくなかったろうなあ。ずっと見てから、『こいつが身につけてないもの……』って感じで（笑）」

池田「でもそれで次の抽選の質問っていうのが『時計をしてて、その時計が丸か四角の人』っていうので」

瀧「パッて見たら、俺も池ちゃんも時計してなくてさ（笑）」
一同「（爆笑）」
瀧「他の人見たらみーんなしてるんだよ。そりゃそうじゃん」
卓球「そこで時計してねえってヤバいよな（笑）」
瀧「買ったお客さんに『また買ってくださいね、次も来てくださいね』ってやつじゃん。うちらそうじゃないのに来てさ、のこのこクジにまで手出しちゃってさ。時計もしてないし！っていう。恥ずかしい！だって（笑）」
道下「丸でも四角でもなく、してないっていう（笑）」
●それ、外車のディーラーに電車で来た奴って感じだよね（笑）。
瀧「『免許持ってないんですか～』みたいな（笑）」
●それ絶対見られてるよ（笑）。
卓球「『池田じゃない人！』（笑）。『こいつ以外！』（笑）」
瀧「『ネズミに似てない人！』（笑）」
卓球「見た目？（笑）」
瀧「スーッて池ちゃん出てっちゃってな。『おまえは似てるよ！』（笑）」
卓球「『似てないっすよ！』（笑）」
瀧「『似てないんでチュ～』だって（笑）」
卓球「くだらねえ！（笑）」
●でも、その場でもらわないと衝動買いの醍醐味半減以下だよね。
瀧「うん。その時計なんで欲しいかって言ったら、中にギミックが入ってるの。盤がクルクルクルッて回るっていう。そのギミックがやりたいだけに近いんだけど、そのギミックを何ヶ月も待てねえっていう（笑）」

●たしかに（笑）。でもちょっとかっこいいね、60万。

瀧「だって衝動買いじゃなきゃ買わないでしょ、そんなの。逆に」

卓球「逆にみんな金貯めて買うんじゃないの、そういうの？」

●それかそんな60万ぐらい金のうちに入んないみたいな人たちが買うんだよ。

瀧「来てるお客さんたちがその感じだった」

卓球「一番エンゲル係数[3]高い感じだったもんな（笑）」

瀧「ほんとに。だって1000万ぐらいの時計とか、『売約済み』って入ってるんだよ」

●卓球は一時言ってたよね、『時計とか全然興味なかったんだけど、海外行った時とかやっぱ見られるんだよね』って。

卓球「まあ、ある程度買ったらもう満足したっていうかさ。カジュアルなやつとちゃんとしたやつと、3つか4つあれば十分じゃん。山崎さんも一応してるよね、時計」

●してるけど、俺はカシオ[4]の中でどれにしよう?とか、そういう感じ。

卓球「でもさ、実際そういう安いやつのほうが良かったりするんだよね。クォーツ[5]で狂わないしさ、機械時計だとメンテナンス[6]とかも大変だしさ」

3 エンゲル係数：家計の消費支出のうち、飲食費が占める割合を%で表したもの。その数値が小さいほど、生活水準、文化的水準が高いとされる。

4 カシオ：カシオ計算機株式会社。デジタル時計のメーカーとして有名。

5 クォーツ：電池式の時計。クォーツ時計は1ヶ月に数秒時間がズレるのに対して、ゼンマイを動力源とする機械式時計はどんな高級品も1日に数秒狂う。しかし、高級時計ブランドの製品は機械式が一般的。

6 メンテナンス：時計のメンテナンス、分瀧「あとなくしても痛くないっていう」
●あと俺、腕が貧弱だからロレックス[7]とかしてもさ、「この人はロレックスが似合わない人間だな〜」っていうのが際立つだけみたいな感じがするんだよ。
卓球「体が小さいからデカい文字盤とか似合わないとかさ」
瀧「似合う似合わないはあるよね。デブがフェ[8]ラーリ似合わないみたいな感じでね」
卓球「ははははは！　デブはフェラーリ似合わないな！　それ、結構名言だなあ。『デブにフェラーリは似合わない』って（笑）」
瀧「その人なりの似合うものがあるっていう（笑）」
卓球「そうだ、この間タイのバンコクに行ってきて。初めて行ったんだけど、すげえ水が合って、めっちゃ良くて。また絶対行きたいって感じなんだけど。バンコクだけで日本人が10万人いるんだってね、バックパッカーも入れて。だから日本人も結構多くて。ＤＪ終わったあとにさ、日本人がサインくれとか写真撮ってとか来て、すごい殺到してて。で、店の人が、『すごい人気だねえ、ハンサムじゃないのに』だって（笑）」
一同「（爆笑）」
瀧「マジで？（笑）」
卓球「向こうも悪気ないんだよ、別に。そんなこと自分が一番わかってんだけどって感じで、恥ずかしいんだけどって（笑）」
瀧「『すごい人気だね、その顔で』ってことだ

解修理は「オーヴァーホール」と呼ばれる。費用は安くても数万円。4、5年に1回程度行うのが望ましいとされている。
7 ロレックス：スイスの高級腕時計ブランド。アジア圏、アメリカで特に人気が高い。
8 フェラーリ：イタリアの高級自動車メーカー。空気抵抗を減らすための低い車高、鮮やかな赤色や黄色のボディなど、派手な仕様のものが多い。

ろ（笑）」
卓球「『何がいいんだか』みたいな（笑）」
瀧「『日本人はやっぱわかんねえわ！』（笑）」
●その人はタイ人だったんだ？
卓球「イギリス人（笑）。あとさ、タイでいろんなとこ連れてってもらってさ、ウンコしたくてデパートのトイレに入ったんだけど、紙がなくて、入り口で買わなきゃいけないとこだったんだよ。で、自販機が３つ並んでて、タイ語だと何が書いてあるかわかんなくて、３つとも入ってるものが違うんだよ。だから賭けで金入れたら生理用ナプキンが出てきて、『うわ、これじゃねえ！』って感じで」
瀧「男便所なのに？」
卓球「男便所と女便所の入り口にあるの。で、次に隣のやつに入れてガチャンッてやったら、妊娠検査薬で。なんでそんなとこにあるのかわかんないんだけどさ、需要があるのかさ。で、最後がティッシュだったんだけど、その前に小銭がなくなった（笑）」
道下「ティッシュは買えたんですか？」
卓球「だから両替しに行ってまた戻った」
瀧「ナプキンをしばらくケツにあてて（笑）」
卓球「妊娠検査薬の棒をケツに（笑）」
瀧「『はっ、陽性だ！』だって（笑）。あと俺『ぱいかじ南海作戦』っていう映画にちょっと出ててさ、浜に住んでる西表島のホームレスの役なんだよ。で、『ぱいかじ南海作戦』をテレビ東京がバックアップしてて、宣伝用の番組を作りたいからっつって、出演者の阿部サダヲ、俺、あと[9]お笑いのラバーガールのメンツで、映画さながらに和歌山の無人島で1日サバイバル生活をするっていう企画があって。でも実際にサバイバルは無理だから、『みんなでBBQとかやるのどうですか?』ってことになって、BBQの道具とか持って無人島に行ったんだよ。で、港に着いて『じゃあこれから行きまーす』っつって、みんなで漁船に乗ってさ。『出港しまーす!』ってポンポンポンポンッて行ったら、ものの2分もしないうちに『到着しました!』」

一同「(爆笑)」

瀧「『ええ?』って感じでさ。湾の中にたまにあるじゃん。直径200メートルぐらいのどうでもいい感じの島。で、『こちらでーす!』って言われてもさ、周りの風景全部見えてますよ?っていう(笑)」

卓球「はっはっはっはっは!」

瀧「ホテルとか漁港とか(笑)。しかもポンポンポンポンッて島に近づいて行ったら、別の手漕ぎボートで釣りのおっさんがふたり、その島に向かってて、俺らが着く直前にふたりが島に降りちゃって。もうこれ無人島でもないじゃん!っていう」

一同「(笑)」

瀧「で、『じゃあ釣りやりましょう、竿も持ってきたんで』っつって。磯のさ、ちょっと離れたところの島だから結構釣れるわけよ。『そこに行ってエビくっつけてポチャンってやったら、もう入れ食いですよ!』って言われて、バンバン釣れるんだけど、釣れる魚が全部フグっ

9 お笑いのラバーガール:大水洋介と飛永翼によるお笑いコンビ。

ていうね」
一同「（爆笑）」
瀧「『食えないでしょ、これ』[10]って（笑）」
11月号
●今年初めてWIRE行けなかったよ。
卓球「もっと大事なアーティストがいたんでしょ（笑）」
●いや、違う、違う！
卓球「プライオリティの高い」
瀧「そっかー、なんだろうね。SEKAI NO OWARIあたりかな」
一同「（爆笑）」
卓球「もうちょっと伸びしろのあるところにね」
道下「行っといたほうが今後のためっていう（笑）」
瀧「あ、俺こないだ富士山[1]登ってきて。例の『しょんないTV』の企画で（笑）」
卓球「『アメトーーク！』の企画（8月23日の回が「富士山芸人」）決まってすぐ（笑）」
瀧「そう勘違いされる感じなんだよね。で、2回目なんだよね、実は。前はガチャピン[2]と登って、8.5合目までしか行けなかったってやつ。で、今回初めて頂上行ってきたんだけどさ。行ったことある、富士山？」
●ない。
瀧「富士山、ヤバい。超しんどい！　もう、何？　苦行！（笑）。なんにも見所がないの。たとえ

10 食えないでしょ、これ：フグは有毒の部位を持っているため、調理は各都道府県が定める試験に合格しないと行えない。

1 富士山：標高3776メートル。日本最高峰。

2 ガチャピン：フジテレビの子ども番組『ひらけ！ポンキッキ』などに登場する恐竜の子ども。「年齢：5歳／誕生日：4月2日／出身地：南の島／特技：スポーツ全般」というプロフィールが公式に発表されている。お友だちは雪男の子ども・ムック。

ば他の山だと、途中で風景見ながらとか、山のお花が咲いてますねとか、木陰があって涼しいとか、動物がいたとかあるじゃん。富士山、全然それがない（笑）。頂上に行くまでのご褒美が頂上のみ」

一同「（大笑）」

瀧「すごいんだよ。で、朝10時ぐらいかな、5合目からえっちらおっちら登っていって、山小屋で休憩しながらどんどん登ってってって。で、9合目の山小屋に、夕方の4時半ぐらいに着くのかな」

●そんなかかるの？

瀧「まあ休み休み行ってるからさ、初心者だし。で、9合目の山小屋で、もう飯食って寝るのよ。カレー食って。消灯が8時だから、7時にはもう寝て。で、夜中の2時に起きて、そっから頂上アタックしてご来光を見るっていう。で、寝るのが山小屋に隣接してる木造の教室ぐらいの大きさの部屋があって。そこの真ん中に通路があって、両脇に2段で小部屋がつくってあるんだけど、もう牢屋なんだよね（笑）、感覚が」

●カプセルホテル方式みたいなの？

瀧「カプセルホテル方式は1個ずつ巣みたいに入れるじゃん。じゃなくて、カーテンで仕切られてて、シャッて開けたら2.5畳ぐらいのスペースなんだよ、ひと部屋が」

卓球「まったく『アメトーーク！』で芸人が話してた話と一緒だ（笑）」

瀧「2.5畳ぐらいのスペースのとこに、枕が6個。そこに雑魚寝[3]」

3 雑魚寝：複数の人間が入り交じって寝ること。

卓球「っていうのを『アメトーーク！』でやってた」

一同「（笑）」

瀧「じゃああとは『アメトーーク！』観てくれる？（笑）。そこに知らない人と縦にぎゅうぎゅうに寝なくちゃいけないのね。しかも、6人でセミダブルの掛け布団が2枚。みんなで分け合うの。周りの人の幅も身長も俺と同じくらいだからさ、やっぱ寝れないでしょ。プラス、どんどん頭痛くなってくるんだよね、高山病[4]で。9合目で空気薄いじゃん。プラス、狭い部屋にみんな人が寝てるから、二酸化炭素濃度がどんどん上がって、ガンガン頭痛くなるの。で、2時ぐらいになんとか起きて、真っ暗な中アタックしてくんだけどさ。夏山もう終わっちゃうから結構人がいるんだよ。混雑してた。真っ暗闇の中頭にLEDライトつけて、足元照らしながら登ってくんだけど。最後は『あそこ頂上だな』っていうところから自分のところまで、LEDのライトの線がビーっとあって、頂上まで順番待ち」

●登るより、行列に並ぶって感じ？

瀧「行列に並ぶって感じ。で、それで頂上着いたのが5時ちょい前かな。で、そっからご来光見て。ご来光はきれいなんだけど。今度見終わって午後帰るんだけど、帰りの下りがやっぱい！もう膝とケツと腿のネジが全部3個ずつ外れる感じ。もう最後までカックンカックンの状態で下りてくる」

●延々続くんだ。

4 高山病：低酸素の高所で起こる。頭痛、めまい、吐き気、呼吸困難などの症状が出る。

瀧「最後の2合分とか、もうなんだろ、生まれたての子鹿プラス、すねた子どもみたいになっちゃって、なんか（笑）」
一同「（笑）」
卓球「腹が減った時の瀧だ」
瀧「おもちゃ買ってくんねえならいいよぉ！って（笑）。ふてくされながらバーンバーンって歩く感じ」
卓球「昔ベルリンのAdenauerplatzで、日曜日の晩に瀧がなったやつだろ？」
瀧「そう。丸2日飯を食ってなくて（笑）」
●交差点の真ん中で。すね始めたんだ（笑）。
瀧「ぶち切れて下りてくるっていう。だから、ぶち切れてない！（笑）」
道下「混ざってる、混ざってる」
●ご来光はやっぱ、ご褒美感あるの？
瀧「ご来光は素晴らしい。雲の上じゃん。見たことないぐらいのきれいさだけど」
卓球「でも、飛行機で見る、あれでしょ？」
瀧「……そう言っちゃうと（笑）。そうだね。飛行機のほうがきれいかもしれない」
●でもさ、富士山の山頂まで行った人って必ず翌年もまた行ったりしない？
瀧「行きの時、6合目の山小屋のお姉さんたちに『サイン書いてください』、『いいっすよ』って書いて、『貼っときますね、これから頂上行かれるんですか？』『そうなんですよ』って話して。行きだからまだ元気じゃん。『頑張ってくださーい』なんて言われて、いい調子で行って。1日経って帰ってきたら、すねてるわけじゃん、こっちはさ」
一同「(笑)」
瀧「それ見た山小屋のお姉さんたちに『行きは言わなかったですけど、あんな元気良く行っちゃって、帰りは大変でしょ。やっぱそうなるんですねー!』って言われて(笑)。で、こっちもしんどいから、『もう当分富士山はいいですわー』って言ったら、『みなさんそうおっしゃるんですけどね、半年とか1年とか経ってくると、またひょっこり現れるんですよ』って」
●そうなんだ。
卓球「来年はかぶりものでな。こいつの子どもが言ってたんだよ。適当な、子ども特有の嘘あるじゃん? 『ねえねえ知ってる? 富士山に富士山の格好して登ると[5]願い事が叶うんだよ!』」
一同「(大笑)」
瀧「そんなこと言ってたんだ」
卓球「フジロック[6]の時言ってたよ。その時の願い事って『もう早く帰りたい』だもんな(笑)。あと、『これを脱ぎたい』だろ(笑)」
瀧「『持ってくるんじゃなかった、こんなの!』って(笑)。そういえばあとから聞いたら、同じ日にヒュー・ジャックマン[7]、『X-メン』のウルヴァリンが、子どもと一緒に登ってたんだって、富士山」
●そうなんだ。雑魚寝したんだ(笑)。卓球はフェス以外は海外とか行った?
卓球「行ってない。ずっとフェスだね。サマソニ[8]はニュー・オーダー[9]だけ観に行った」

5 富士山に富士山の格好して登ると：電気が1993年にリリースしたアルバム『VITAMIN』には、瀧が歌う"富士山"という曲が収録されている。この曲を歌う際、瀧は富士山の着ぐるみを着用する。

6 フジロック：1997年から毎年夏に開催されている大型野外音楽フェスティヴァル『フジロックフェスティバル』。電気も度々出演している。

7 ヒュー・ジャックマン：オーストラリア出身の俳優。アメリカンコミックを映画化した『X-メン』の主役・ウルヴァリンを演じた。

●MARINE STAGE[10]のトリがリアーナ[11]の日だったから客層が全然違って。

卓球「ももクロ[12]とかね」

●でもニュー・オーダー、人いたもんねえ。演奏自体はすげえ良かったよね。

卓球「うん。でもピーター・フック[13]がいないから、でしゃばる奴がいなくてちょっと物足りないと言えば物足りないって感じ」

●ああ、確かに。それだけ観に行った？

卓球「そう。瀧は行けなかったよね」

瀧「パレ・シャンブルグ[14]もニュー・オーダーも観てないっていうね、この体たらく」

卓球「ニュー・オーダーの時、ももクロ観てたからね」

一同「（大笑）」

卓球「汗だくでな」

瀧「シャレになんないぐらいな。『こっちも最高だった！』（笑）」

卓球「ニュー・オーダーはサンちゃん（マネージャー）と観に行ったんだけど、あの[15]ステージのトリだったじゃん。だからうちらもすんなり入れて。そん時の平和さ？ 何が違うんだろうって思ったら、『ああそうだ、フェス走る奴がいねえ』って！」

一同「（笑）」

卓球「すげえゆっくり行ってるって（笑）」

道下「いやいや！ ていうか、今年全然そういう局面なかったでしょ？」

卓球「フジロックはだって、フェス走ってたじゃん」

8 サマソニ：毎年夏に行われている大型音楽フェスティヴァル『SUMMER SONIC』。都心からアクセスしやすい会場で行う「都市型音楽フェス」をコンセプトとしている。

9 ニュー・オーダー：イギリスのロックバンド『ジョイ・ディヴィジョン』の元メンバーによって結成されたグループ。少年時代の卓球に多大な影響を与えた。

10 MARINE STAGE：サマソニで最大規模のステージ。

11 リアーナ：アメリカの大手レコードレー

瀧「ねごとの子たちの前でフェス走ってたんでしょ？　要は単純に」
卓球「今年はフェス走る相手が違ったね。フジロックは俺たちのパスを受け取らなきゃいけないって理由で先に入ってたから」
道下「違いますよ！（笑）」
瀧「フェス走りも新たな段階に、ネクストステージに入った！（笑）」
道下「全然違う！」
卓球「階がもう違う！」
瀧「違うよね。日をまたぐっていう」
一同「（大笑）」
卓球「それ前ノリ[16]って言うんだけどな（笑）」
道下「前ノリもしてないじゃないですか。同じ日に先に着いてたのは確かですけど」
瀧「で、行くと、ちょっと慣れてる感じでさ、『ああ来た来た！』みたいな感じで」
一同「（爆笑）」
瀧「『まだフェス初心者モードでしょ？』って感じで、こっちを見る感じ」
卓球「あとさ、そん時あえてはしゃがない感じっていうの、ない（笑）？」
瀧「タオルとか首に巻いちゃってさ」
卓球「臨戦態勢」
瀧「もうひと山越えたみたいな感じのとこで。『ああ来た、後発組が来た』なんて（笑）」
道下「前に『がっちりフェスの格好して待ってやがって』って言われたんで、今年はすごい普通の格好で待ってたはずですよ」
瀧「ああ、それが逆に慣れてる感を出してたん

ベル「デフ・ジャム」所属の女性シンガー。現在の音楽シーンでトップレベルの人気を確立している世界的歌姫。

12 ももクロ：ももいろクローバーZ。日本の女性アイドルグループ。

13 ピーター・フック：ニュー・オーダーの元メンバー。他のメンバーと非常に仲が悪く、ニュー・オーダーが2011年に再始動して以降、彼は参加していない。

14 パレ・シャンブルグ：ドイツのハンブルクで結成。1981年にデビュー、1984年に解散したポストパ

だ（笑）」
道下「完全につっこまれどころないなっていう状態で待ってたし、ふたりが車で来た時も僕はすごいフラットにしてて（笑）」
瀧「フェスの初心者がちょっとトゥーマッチの装備しちゃってる感じを見て、『そこまではないよ』って。ベテランっぽさ出す」
卓球「あえて軽装」
●Tシャツですらないぐらい。普通にボタン付きのやつで。日をまたぐって（笑）。
道下「同じ日に入ってるって、だから！」
卓球「ちょっと先に行くと文句言われるから、もうさらに先に行くっていう。ニュースタイル（笑）」

12月号

瀧「夏にさ、俺毎年行ってるじゃん、大仏[1]の掃除（東大寺の大仏さまお身拭い）」
●あれ、毎年なの!?
瀧「そうそう。そこでいつも会う和歌山の奴がいて。『瀧さん、和歌山いいですから来てください、新宮ってとこなんですけど。海もあるし、山も楽しめますから』って。『じゃあ行くわ』なんつって、和歌山で海で遊んだりして。で、『じゃあそろそろ帰るか。最後何あったっけ？』ってなったら、その和歌山の奴が『落合[2]博満野球記念館ありますよ』って。『あ、落合記念館ってここなんだ』っていう。和歌山の新宮だから紀伊半島の先っちょのほうなのよ。そ

ンクバンド。2011年に再結成し、2012年7月に初の来日公演を行った。

15 あのステージ：サマソニで2番目に大きいMOUNTAIN STAGEのトリをニュー・オーダーが務めた。

16 前ノリ：仕事などのために本来の目的の前日に現場に入ること。

1 大仏の掃除：瀧の大仏の掃除に関するエピソードは『メロン牧場――花嫁は死神4』2008年11月号の回を参照。

2 落合博満：ロッテオリオンズ、中日ドラ

れで行ったら、まず落合記念館のある場所が、[3]国立公園の、一般の人が土地を購入できないようなところの真ん中にあるんだよ」

●家を建てちゃいけないような。

瀧「そうそう。で、まあまあ近代的な洋館[4]でさ。で、入場料が2000円だったか」

卓球「結構たけえな（笑）！」

瀧「で、中に入ったら、落合が三冠王獲った時にもらった記念のフラッグみたいなやつとか、現役時代のバットとかグローブとか、中日の監督で優勝した時のパネルみたいなやつとかが並んでるだけなの。それでもまあ野球好きには、『三冠王獲るとこんなのもらえるんだ』とか、『これあん時の写真じゃん』とか、まあまあおもしろいんだけど。それで見てくと、途中に、でっかいガラスケースの中に、ぎっしりガンプ[5]ラが入ってるコーナーがあるの」

一同「（爆笑）」

瀧「ぎっしりガンプラが並んでるんだ、そん中に。何これ！っつって、下のほう見たら、ウルトラマンの人形とかフィギュアみたいなやつとか、仮面ライダーシリーズとか、ほんとぎっっしり入ってるんだよ。『これなんだ!?』ってことになって。たぶん（落合の長男の）福嗣くんに、いろんなファンの人が送ってきてくれたやつを、せっかくだから飾ってたりするんだろうな、なんて思って。でもあとから聞いたら、落合、ガンダム超好きなんだって」

一同「（笑）」

瀧「しかも、俺もよくわかんないけど、00[6]（ダ

ゴンズ、読売ジャイアンツ、日本ハムファイターズで活躍した元野球選手。三冠王に三度輝くという、プロ野球史上初の偉業を達成。2004年～2011年に中日ドラゴンズの監督を務め、2013年からは同チームのゼネラルマネージャー。落合は秋田県出身だが、現役時代にトレーニングのために度々和歌山県を訪れていたため、同地に記念館が建てられた。

3 国立公園：吉野熊野国立公園。

4 近代的な洋館：落合の背番号「6」にちなみ、六角形をしている。

ブルオー）とか最近のが好きで、落合、ガンダムシリーズ全部観てるんだって。だから飾ってたのもおそらく自分が好きで作ったやつ。そういうゾーンがあったりして、結構謎な部分が多いの。で、次の角曲がると、夫人の信子と福嗣くんと落合の3人で撮った家族写真のパネルがでかいところにバーンと貼ってあったりとか。だけど、イチローから寄贈されたバットとグローブとシアトル・マリナーズのユニフォームは下のほうに置いてあった」

一同「（笑）」

瀧「イチロー、そこなんだ！っていう（笑）。あと[7]キューバの（オマール・）リナレスってすごい選手とかいるんだけど、その人に寄贈されたのも下のほうに置いてあって。その扱いね、って。でもまあしょうがないじゃん。落合が自分で記念館つくっちゃうような感じだから、それは自分が一番であるべきだから、すげえな落合、と思って。で、和歌山の奴が『2階はちょっと、落合一家に特化した感じになってるみたいですよ』って言うからパッパッパッて上がって行ったら、2階が広めのリビングみたいになってるのね。ソファとかも置いてあって、なんか部屋っぽいじゃんってパッと壁見たら、そこにでっかーいサイズの、信子が油絵で描いた[8]SMAPの草彅くんの顔」

一同「（爆笑）」

瀧「えー!!ってなって（笑）。何これ!?っつって。で、振り返ったら、こっちには、同じく信子が油絵で描いた[9]タモリの顔（笑）」

5 ガンプラ：アニメ『機動戦士ガンダム』および、その関連作に登場するメカのプラモデル。株式会社バンダイが製造販売をしている。

6 00（ダブルオー）：2007年から放送されたTVアニメ『機動戦士ガンダム00』。

7 キューバの（オマール・）リナレス：キューバの代表選手としてオリンピックなどで活躍したのちに来日。2002年～2004年、中日ドラゴンズに在籍していた。

8 SMAPの草彅くん：草彅剛。男性アイドルグループ「SMAP」のメンバー。

●信子の部屋になってるんだ。
瀧「信子の部屋になってる。で、落合記念館に入ると、落合本人で型を取ったでっかいブロンズ像があるのね。落合がこう立ってるやつなんだけど、それがパンイチ[10]なんだよ（笑）。パンイチの落合がブロンズ像で迎えるっていう（笑）」
●何それ！　意味わかんないじゃん。
瀧「その横で、落合が在籍した各チームのユニフォームを着て、一緒に写真撮れるの」
卓球「パンイチの落合と？」
瀧「パンイチの落合と（笑）。落合は脱いでるけど、こっちは着るっていう（笑）」
●え、それ、落合の像にそれを着せろってことなんじゃないの？
瀧「違う、違う。自分で着て撮れるっていう。で、2階の信子ゾーンには、そのさっきのブロンズ像とまったく同じ型の石膏像」
一同「（爆笑）」
瀧「今度白くなってるー！っていう（笑）。『またいたー、白くなってるやつ。なんでこれ2回も見るの？』」
一同「（爆笑）」
●すごいね、それ。
瀧「すごいんだよ。でね、俺ら昼時に行ったんだけど、もちろん客はうちらだけ。で、若い男の子と女の子の職員みたいなのがふたりいるだけなんだけど。最後出る時に、おみやげコーナーで落合の直筆サインとかあったから、それ買ってきたりしたんだけど。それで最後出る時気づ

9 タモリ：コメディアン。彼が約31年間に亘って司会を務めた『森田一義アワー 笑っていいとも！』内の1コーナー、「テレフォンショッキング」に落合夫妻は出演したことがある。

10 パンイチ：下着のパンツしか身に着けていないことを意味する「パンツ一丁」の略。

いたんだけど、入口んとこにグローブが置いてあんのよ、なんか。４つか５つ、普通に使い込んだ感じのグローブが。『これもしかして落合さんが現役の時に使ってたグローブを、ファンがはめたりできる感じなんですか？』って訊いたら、『全然違います！　それはここ来て、まあ親子連れとかで、もしよかったら外でキャッチボールやってください』って」

一同「（爆笑）」

瀧「なんでキャッチボールやんの？（笑）。『よろしかったらどうぞ』なんて言うから、『いやいや僕らはいいです』っつって」

●現代アートって感じだよね。

瀧「そうそうそう。写真もあるよ、落合記念館の」

●みんなが期待してる以上に、「人間・落合」って本人はきっと思ってるんだね。野球選手・落合っていうよりも。

瀧「まあね。でもそこ、間違いじゃないんだけど。これが、草彅くんの油絵（と写真を見せる）」

一同「（爆笑）」

道下「わー、すげえ。すごいすねー」

瀧「これ見せられるんだよ。で、これが落合一家の写真」

道下「うわー」

卓球「油絵もさあ、『週刊文春』だか『週刊新潮』だかの後半のほうにある（笑）」

瀧「ああ、似顔絵のやつね」

●黒鉄ヒロシ[11]の。

卓球「そうそうそう！」

11 黒鉄ヒロシ：漫画家。ここで言及されている「似顔絵」の連載は、『週刊朝日』の「山藤章二の似顔絵塾」の可能性がある。

瀧「これ、落合像。この横で、写真をこういう感じで撮れる」
●うわー！　これいいなあ。でもずれてんねー、やっぱ。
瀧「そうでしょう？　ずれてんだけど、またそこがいいというか（笑）」
卓球「おまえが一番好きなプロ野球選手だろ？」
瀧「うん」
●ああ、そうなんだ。それが落合なんだ。
卓球「オレ流[12]」
瀧「それが落合。変わり者で、みんな扱いにくいじゃん？　なんかもうよくわかんないコメントばっか言うけれども、結局、三冠王獲るじゃんっていう。誰も文句言えませんっていうのがかっこいいっていうね」
●あれでしょ？　さいたまスーパーアリーナの[13]横にあったジョン・レノン・ミュージアム行ったらさ、ビートルズ時代のギターとかが展示されてるのかと思ったらさ、ほとんどヨーコと[14]ジョンのライフストーリーを巡って見せられて。そういうノリなの？
瀧「だから記念館ってさ、こっちが思ってる記念と向こうが思ってる記念と、なんか違うよね（笑）。こっちはその人の人生をかいつまんでしか見てないから、その中の記念ポイントを探すけど、向こうはずーっと帯だからさ」
●なるほどね。家族写真とかね、それが記念なんだね。
瀧「そうそうそう」

12 オレ流：自分のスタイルを貫く落合の生き方を表した言葉。1986年に『なんと言われようとオレ流さ』というタイトルの本を出版した。

13 さいたまスーパーアリーナ：埼玉県さいたま市にある多目的ホール。ジョン・レノン・ミュージアムは2010年に閉館した。

14 ヨーコ：オノ・ヨーコ。ジョン・レノンの妻。

卓球「知ったこっちゃねえもんな、でもそれ（笑）。野球選手の落合が見たくて来たら」

瀧「落合博満記念館じゃなくて、落合一家記念館なんだよ」

一同「（笑）」

卓球「正確に言うと」

瀧「でまたさ、地元の奴が言ってたんだけど、落合記念館の看板が街道沿いだったりとかいろんなとこにあるわけよ。『落合記念館はこちら』とか、『あと5キロ』とか。で、それぞれに落合のシルエットが描いてあって。落合といえば、神主打法[15]っていう独特のフォームが有名だから、シルエットのとこそのポーズにすりゃあいいんだけど、その看板のやつはまったく普通の『カキーン！』みたいなやつになってて」

一同「（笑）」

瀧「なんか、『落合なの、これ？』っていう。まあ『カキーン！』のヴァージョンならまだわかるんだけど、地元の奴が言ってたのは、『そうなんですよ、瀧さん。カキーン！だったらまだいいんですけど、どこだかに置いてある看板のひとつが、バントしてるんですよ』」

一同「（爆笑）」

瀧「『落合、バントしねえだろう！』っていう。『あり得ないですよねえ』っつって。４番ですよ？落合（笑）。三冠王ですからねって。まあ、そういう記念館が国立公園の真ん中にあるっていう。しかも和歌山って落合の地元でもないし」

●あ、地元じゃないの？

15 神主打法：バットを身体の正面や横でリラックスした様子で構えるフォーム。

瀧「違うの（笑）。落合が現役時代に、自主トレをやるところを探してたらしくて、そこの和歌山の新宮のあたりで」

●俺の愛した土地的な。

瀧「そうそう。『俺はここで、ひとりで自分の身体を創造するところから始めて、心技体高めていくぜ』っていうとこのスタートラインだったらしくて。それもあって、行政とかもたぶんウェルカムだったんじゃない？」

卓球「できあがってみて、『あちゃー！』（笑）」

瀧「あ、市側の人？」

卓球「『あー、話違うなー』」

瀧「たぶん落合は『うん、いいんじゃない？』って言ったと思うけど（笑）」

卓球「ガンプラを並べ始めたあたりに（笑）」

瀧「『ガンプラですか!?』っていうな。味わい深くていいんだよな」

2012年 ボーナストラック

4月号

卓球「取材で訊くことないから、夏休みの思い出は？だって。しかもそれもふた回りしちゃって、去年も訊いたけど、だって。で、編集部も編集部なりに、ちょっと洋楽かじってきた系のライターを担当につける感じ。で、そんな人はそんなことに興味ねえからさ、むしろ普通の編集部員がやってくれたほうが、まだ気が楽っていう（笑）」

瀧「ソニマガ[1]の企画とかでありそう」

卓球「昔やらされたね、そういえば」

●まだあるんだね、ああいう文化。

瀧「毎月載ろうと思ったら、もうこういうのをやってくしかないってことでしょ」

道下「っていうか、昔さんざんやってたじゃないですか」

卓球「やってたよ」

瀧「っていうかそっち側じゃん！」

道下「あはははは」

卓球「『やってましたよね』って、何被害者側[2]に立ってんだよ（笑）」

瀧「おまえ、そっち側だろ！」

卓球「完全加害者だったじゃん！　加害者のメジャーだよ（笑）」

●『R&R　NEWSMAKER』もそういうのやってたの？

道下「いや、夏休みの思い出とかはやってないですよ」

瀧「でもはとバスツアー[3]はやったでしょ」

1 ソニマガ：出版社の式会社ソニー・マガジンズ。2012年からの社名は株式会社エムオン・エンタテインメント。同社の音楽雑誌『PATi　PATi』に、デビュー直後の電気は度々登場していた。

2 何被害者側に立ってんだよ：マネージャー道下は、音楽雑誌『R　&　R　NEWSMAKER』の元編集者で電気担当。彼らの『濡れてシビれて』という連載も手掛けていた。

3 はとバスツアー：東京都内や周辺エリアを案内する観光バスツアー。前身である新日本観光株式会社の設立道下「はとバスは『パチロク』[4]ですよ（笑）」

瀧「そのノリで来るからさ、『パチパチ』『パチロク』『読本』とかやってると、全部夏休みの話とかなんだよね（笑）」

卓球「『読本』っておまえ、よく出てきたな、今（笑）。とは言え、今読んでる子たちはもう知らないでしょ」

●そうだろうねえ。『パチロク』はまだあるの？

道下「ないですよ（笑）」

瀧「そっか。『パチパチ』はある？」

道下「まだあります」

●『パチパチ』は今、アイドルとか韓流もやってるんだよね。

瀧「でもまあ、もとからその路線だったもんね」

●あと、『アリーナ37℃』[5]ってまだあるんだよね。

卓球「へえ、ほんとに!?　あれ、なんで『37』か知ってる？」

●知らない。

卓球「『微熱』ってことなんだって（笑）」

一同「（笑）」

卓球「昔、『なんで37なんですか？』っていうのを編集部の人に訊いて、『いや、微熱っていう……』って、ちょっとすいませんって感じの、恥ずかしながらだったのが、未だに忘れられなくて。どうでもいい忘れられない情報（笑）」

瀧「もぞもぞする感じの、お互いに（笑）」

卓球「俺も声を張っていばれない感じの雑学っていう（笑）」

瀧「アリーナで微熱って、盛り上がってないってことだもんな（笑）」

は1948年。1963年、株式会社はとバスに社名変更。グルメツアーや歴史的名所巡りなど、様々なコースが用意されている。

4 パチロク：先述の音楽雑誌『PATi PATi』の別冊『PATi PATi ROCK'n ROLL』の略。バンドブームの頃、ロックに特化した別冊として刊行。その他、大量のテキストが読めることを売りにした『PATi PATi読本』もあった。

5 アリーナ37℃：株式会社音楽専科社の雑誌。『PATi PATi』と比較的近い編集方針だと思われるソフトな内容。

2

0

1

3

年

1月号

卓球「俺、ぜひ話したい話が。小ネタね。夏に夢を見てさ。夢のなかで俺、ガードレールにまたがってんのよ、フルチンで。フルチンでガードレールにまたがってると、タマキンをハケで後ろからヒタヒタヒタヒタってされて、すっごいくすぐったくて、『よせ! よせよせよせ!』っつって」

瀧「(笑)誰が?」

卓球「いや、誰かわかんない。『よせよせよせ!』っつって、『ヒャッハッハッハ!』ってその笑い声で目が覚めたの(笑)。パッと目が覚めたら、横向きで素っ裸で寝てて、タマキン出てて扇風機の風がふわ~」

一同「(爆笑)」

瀧「『これか』、と。下らねえ!」

卓球「これは『メロン牧場』向きだなーって。はっはっはっは。という夢」

●夏だねえ。

瀧「夏だねえ」

卓球「夏の思い出」

瀧「夏にしかあり得ない」

卓球「ガードレールまたがってて、動きゃいいんだけど、動けないし、動きたくもないって感じだね。はははは!」

瀧「どういうこと? ガードレールが下にあるってこと?」

卓球「そう。またがってて」

瀧「腰かけてるわけじゃないんだな、だから。

道下「立ってて、ハケでヒタヒタヒタ！って（笑）」

卓球「壁塗るハケで」

瀧「しかもうっかり動くと危ない（笑）。ガードレールで切れちゃうしっていう」

卓球「車道に逃げたら危ないしね」

瀧「うん。ばっかじゃないの？って」

卓球「あと、瀧の二代目毒蝮[1]（三太夫）襲名っていう話知ってる？　こいつの出てるラジオ（ＴＢＳ　ＲＡＤＩＯ『たまむすび[2]』）を昼に家で聴いてたら、ちょうどオープニングで、生放送でさ。毒蝮三太夫って前の番組のなかのコーナーやってるじゃん。それであの人が突然乱入してきて。そもそもはなんで来たんだっけ？」

瀧「単純に『（毒蝮三太夫の）ミュージックプレゼント』ってコーナーでやってんだけど、（中継で行ったウエットスーツ工房[3]で）もらったウエットスーツの素材でできたクジラの形をした抱き枕があって。それを、『おまえらにやるわ』って感じで、ガーンッて本番中に入ってきて、『今行ってきたんだけどさー』ってブースに座って、そっから15分ぐらい話し込むっていう（笑）」

卓球「それで聴いてたらさあ、『いやあ、おまえも一度、『ミュージックプレゼント』やってみろよ！』っつって言われてて。『ちょっと今から言ってみ、『ピエール瀧のミュージックプレゼント』！』ってさ（笑）。俺、聴いててさ、ははーん、なるほど、蝮さんももう長くやって

1　毒蝮（三太夫）：俳優。もともとは本名の「石井伊吉」として活動していたが、毒蝮三太夫に改名。彼がパーソナリティーを務めるＴＢＳラジオの番組『ミュージックプレゼント』は、１９６９年から続く長寿番組。『大沢悠里のゆうゆうワイド』内の１コーナーとして放送されている。毒蝮が町中の店や会社などを訪れ、その場に集まった様々な人々とトークを繰り広げる内容。べらんめえ口調による毒気の利いた素人いじりが人気。

て、ぽちぽちもう歳だし、後継者探し？」

一同「(笑)」

卓球「いろいろ見てきたなかで、こいつに白羽の矢が立っちゃった。納得行く部分もあるっていうかさ。まず、毒舌が吐ける(笑)。あと、芸能界でしがらみがあまりない(笑)、あと毎日空いてる！　ばっちりじゃん！(笑)。で、タイトルコールまで言わされててさ。」

瀧「あわわわってなって、こっちも。意味わかんねえ、これ！って」

●それ、でも絶対、毒蝮さんは目的あって言ってるね。

卓球「二代目毒蝮になった瞬間っつってね、すげえ瀧が遠く感じたもん」

一同「(笑)」

●おいしいじゃん、でもそれ。

卓球「おいしいけど、毎日どっか行くんだよ？『明日は蒲田[4]！』」

瀧「そうだよ。『小平[5]に今日は来ております』みたいな話とかさ(笑)。その感じだよ？　まあちょっと、嬉しいけどね。蝮さんに気に入られるのはさ」

●それはちょっとすごいよね。

瀧「嬉しいんだけど、それと『ミュージックプレゼント』は別の話にしてもらえないかな(笑)」

卓球「タイトルコールまで言わせるってないぜ？」

瀧「ないよね。だから、これ言わなくちゃいけないんだけど、言うと既成事実つくっちゃう」

2「たまむすび」：TBSのラジオ番組。『大沢悠里のゆうゆうワイド』の次の枠で放送されている。瀧がレギュラー出演している木曜日のメインパーソナリティーは赤江珠緒。

3 ウエットスーツ：サーファーやダイヴァーなどが着用する衣服。伸縮性の素材でできていて、着用者の身体に密着するようになっている。

4 蒲田：東京都大田区の町。

5 小平：東京都小平市。

6 ババア！：『ミュージックプレゼント』内

一同「（爆笑）」

瀧「『おまえ言ったじゃん、あの時！ 言ったってことはイエスってことなんだろ！』っていう」

●もし来たら、どう？

瀧「何？」

●正式にそういう後継者のオファーが来たら。

瀧「『ミュージックプレゼント』やってくださいって？ 無理でしょ！ だってそんなの」

卓球「とりあえずでも、家帰って、『ババア！』[6]『このババア！……違うか』っつって」

一同「（笑）」

卓球「ちょっと速いかな、とか。トレーニングして（笑）」

瀧「最初にオンエアでババア発言する時の借り物感な（笑）」

卓球「水田わさび[7]の『ドラえもん』の1回目みたいな感じ。あと、栗田貫一[8]の『ルパン三世』の1回目とかぐらいのプレッシャー」

瀧「『ズームイン!!』[9]言う感じな（笑）」

卓球「最初の3年間ぐらいはかなりディスられてるっていうか。現場行ってもばあさん[10]が口を利いてくれない」

一同「（爆笑）」

卓球「まだ認められない！ ああいう長寿番組ってさ、なじむまでやっぱり年寄りって時間かかるからさ（笑）」

瀧「『私はババアじゃねえ！』とか言われちゃって。ババアに」

卓球「『アンタにババアなんて言われる筋合い

での毒蝮による素人いじりの定番セリフのひとつ。

7 水田わさび：声優。長年に亘ってドラえもんの声優を務めていた大山のぶ代に代わり、二代目ドラえもんとなった。

8 栗田貫一：ものまね芸人。ルパン三世の声優だった山田康雄の物真似が得意だったため、二代目となった。

9 ズームイン!!：日本テレビの朝の情報番組「ズームイン!! 朝！」、および後継番組のタイトルコール。初代司会者は徳光和夫。その後、同じく日本テレビのアナウンサーだった福留功男、ないわよ！」（笑）」
●育てられてね、おばさんたちに。
瀧「転がされて」
卓球「蝮さんに相談しに行っちゃったりなんかして。『どうしたらいいでしょうか！』」
一同「（笑）」
瀧「『〝ババア〟が言えないんですけど』（笑）。『ちょっと言ってみろ』『ババア』『そうじゃない！　愛情を込めて言うんだ』『ババア』『違う！』『〝この〟をつけてみろ』『このババア！』（笑）。『ちょっとずつ良くなってきたぞ！』『じゃあまた明日』（笑）」
卓球「しかもさ、その時オンエアで言ってたんだけど、あの人は、瀧の番組観てるんだって。『おまえ、なんか城の番組やってるよな。ビデオ録って毎回観てるよ！』つって。もうリサーチばっちりなの（笑）」
●完全に白羽の矢じゃん、それ。
卓球「そう」
瀧「『ははーん、こいつは素人と絡めるな』（笑）」
卓球「あと、『ミュージックプレゼント』っていうのも一応、瀧も音楽畑っていうところでさ（笑）」
瀧「的外れでもなく、そしてものすごく知ってるわけでもないから」
卓球「その中立感。毒蠍《さそり》とかじゃん？　今からだったら」
一同「（笑）」
瀧「そうかもしれない、もしかしたら」
卓球「毒蠍正則[11]！」

福澤朗などに引き継がれた。

10 ばあさんが口を利いてくれない：『ミュージックプレゼント』は、特に年配女性の間で人気が高い。

11 毒蠍正則：瀧の本名は「瀧正則」。

一同「（笑）」
●あるね、それ。
瀧「『毒さん』、だって（笑）」
卓球「そこ取るんだ！　ツアー中とか帰っちゃってね（笑）。「『ミュージックプレゼント』あるから」だって！（笑）。　打ち上げに出ずに終電で帰る感じだ」
瀧「だけど、それやって、また来ちゃってんの」
一同「（爆笑）」
瀧「翌日のリハには間に合う（笑）」
卓球「また放送時間がリハに間に合っちゃう時間なんだよな、午前中で[12]（笑）」
●でもやっぱ毒蝮さんとかになると、もう違う番組に入って行くのも、ディレクターのスタンバイを待ってとか、そういうノリじゃないんだね、きっと。普通に上がってきてガーッて入ってくるの？
瀧「蝮さんと生島[13]（ヒロシ）さんは、近く通ったら勝手に入ってきていいみたいな（笑）」
卓球「でも、それだけ貢献してるもんなあ」
瀧「そうそう、してるからさあ」
卓球「言えないでしょう、ディレクターなんてもう。ディレクターとかプロデューサーだって全然歳下だしさあ。キャリアも、その人が入社する前からやってるし」
瀧「あと、庭みたいなもんだからさ。逆に言ったら、その人たちにしてみたらさ」
卓球「じきにおまえもそういうふうになるだろ（笑）」
瀧「番組側としては、昔からいるそういう人た

12 午前中で：『ミュージックプレゼント』が放送されるのは午前10時半～11時頃。

13 生島（ヒロシ）：アナウンサー。TBSラジオの早朝番組『生島ヒロシのおはよう定食』と『生島ヒロシのおはよう一直線』のパーソナリティーを長年に亘って務めている。

ちが乱入してくることによって、番組の格が1個上がるみたいなとこもあるでしょ。ようやく乱入してくれるまで認知されたっていうのがあるだろうから」
卓球「なんだっけ、あてぶりのバンド。ヴィジュアル系のさ」
●ゴールデンボンバー？[14]
卓球「ゴールデンボンバーとかがラジオやってる時に、おまえが入ってくとか」
一同「（笑）」
卓球「『やってるかー！』っつって」
瀧「そんな歳、離れてないじゃん、だって！『また、わけわかんないことやりやがって！』（笑）。『また蠍さんが！』（笑）。やれやれだ。なんで、ゴールデンボンバーなんだよ（笑）」

2月号

瀧「猫が迷子になった話、したっけ？」
●知らない、知らない。
卓球「めっちゃおもろいよ」
瀧「こないだうち、ソファ買い替えたのよ。で、配送会社が持ってきて、その日は俺しかいなかったから受け取りに立ち会ったのね。配送業者が新しいソファをまず入れて、古いソファを運び出すってことになったんだけど。おっさんがふたりで来たんだけど、古いソファが出ないわけ、階段からうまいこと。で、トラックで来てるから、トラックをベランダのとこに横付けして、ベランダからソファをよいしょって出し

14 ゴールデンボンバー：鬼龍院翔（Vo―karu）、喜矢武豊（Gita―）、歌広場淳（Be―su）、樽美酒研二（Doramu）によるヴィジュアル系バンド。略称は「金爆」。あてぶり演奏によるパフォーマンスを行う。

て屋根の上に1回乗っけて、駐車場のほうの広いとこまで行って、落として持ってってってくださいよって。俺もちょっと手伝って、ソファを荷台の上に乗っけて、ブーッてトラックが向こうまで行ったのよ。で、やれやれなんて思ったら向こうで『すいませーん！　すいませーん！』とか言うから、『なんですか』っつったら、『このソファのなかに猫が入っちゃってるんですけど』って（笑）。そのソファが、3人掛けなんだけど両サイドにオットマン[1]が出るってやつで、なかがちょっと空間になってて、うちの猫たちがヤバいことがあるとそんなかに逃げる。避難用の防空壕の代わりをしてたの」

●シェルターになってんだ。

卓球「脱獄ものの映画のやつ（笑）」

瀧「そのやり口っていうな。それで『大変だ』って。うちの猫はずっと家んなかしかいなかったから逃げちゃまずいってことになって。そのまま『ゆっくり戻って、ゆっくり戻って』って言って、ソファごともう1回家んなか入れて猫を追い出してから出そうと思ったら、ベランダんとこまで来た段階で、ひとり使えない感じのおっさんが、オットマンをカパッて開けちゃって、そこから猫がニャー！って逃げちゃったのよ。で、やばいってことになって。運送屋のふたりと俺で近所を探し回ったんだけど。でもいないから、運送屋には『もうじゃあいいです』っつって、そっから猫探しがまず始まるんだけど。で、最初1週間ぐらい探し回って」

●ええ!?

1 オットマン：足置き台。

瀧「家から出たことないからさ、帰巣本能[2]ないわけ。嫁はもうがっかりしてるしさ。で、俺としてはさ、俺がいる時に俺の不注意で逃がしちゃったようなもんじゃん」

卓球「猫耳をつけて（笑）」

瀧「猫耳をつけて。ニャーって感じで」

卓球「代理猫で（笑）」

瀧「墨汁を頭からかぶって、ガバーッと。黒猫だから（笑）。で、さらに2週間ぐらい猫探しして。うちの近所の周り全部ピンポーンってやって、『すいませんちょっと裏庭んとこ、なか入らしてもらって見してもらっていいですか？』って」

卓球「猫耳で（笑）」

瀧「猫耳で、『入らしてもらっていいかニャー？』って感じで（笑）。『駄目ニャー！』って感じでさ、向こうも（笑）。ご近所中の家を全部回って、裏とかも行って」

卓球「留守を狙って」

一同「（笑）」

瀧「留守狙ってカチャカチャカチャ、開かない！だって（笑）」

卓球「『猫が！』だって（笑）」

瀧「『猫がお宅のタンスのなかに（笑）！』。で、どこ探してもいなくて」

卓球「子どももがっかり」

瀧「子どももがっかり。嫁とかもビエーンって泣いちゃったり。『かわいそう、どこで何してるか』って」

●死んでるかもしれないしね。

2 帰巣本能：離れたところへ行っても自分の巣、棲家に戻ってこられる動物の先天的能力。

瀧「そうそう。で、これは俺も責任感じてるからさ。ペット探偵を雇ったのよ」

卓球「シャーロック・ホームズ[3]だろ？」

一同「(笑)」

瀧「シャーロック・ホームズで猫耳がついてる奴」

卓球「虫眼鏡[4]持って！」

瀧「で、そのペット探偵が来て家の周りとか張り紙張って。でもペット探偵が3日か4日で1セットなのよ。それでもまったく成果がない。これは参ったなあなんて言ってたら、ちょうどいなくなってから3週間後ぐらいに、うちに電話が1本入って。『張り紙の猫ちゃんですけど、私が行ってる近所の公園にそれっぽい猫が夕方になると現れて、しかも自転車をガチャンッてやると寄ってくるんです』って言ってて。あ、そういえばうちも嫁が帰ってくる時ガチャンッてやると餌の時間だって寄ってくるから、そうかもと思って。で、嫁が探しに行ったのよ。見にいってガチャンッてやったらいきなりニャーって出てきて。黒い猫で。アズキっていうんだけど、『あ、アズキだ！』って。でも『おいでおいで』って言っても来なくて。で、そこからしばらく嫁が通ったのね。餌持ってったりして、だんだん手なずけて、手が届くとこまで来たからパッて捕まえたのよ。したら猫がニャギー！って大暴れで（笑）。で、嫁が、『これはもう我に返すしかない』と思って、顔のほう向いて『アズキー！』って言ったら、鼻ガブー！って噛まれて（笑）。イタタタタ！ってなって。

3 シャーロック・ホームズ：イギリスの小説家アーサー・コナン・ドイルの小説に登場する名探偵。鹿撃ち帽、インバネスコート、パイプがトレードマーク。

4 虫眼鏡：拡大鏡の一種。事件現場を調べる際に用いる探偵の必須アイテム。

でも網の袋とかに入れるとおとなしくなるの、猫って。そのなかに入れてシャッて閉めて、家まで連れ帰ってきたのよ。で、家んなかバッて出したらダダダダダ！っつって新しく買ったソファの下にやっぱ逃げ込んで、じーっとしてて。で、俺が帰ってきて、『捕まえたらしいじゃん！』って下をバッと見たら、隅っこで丸くなってんだけど、『痩せて小ちゃくなっちゃってんねー』なんつって。まあでもそのうち慣れるだろうなんつって。そっから猫を慣らす日々になるんだけど。３週間外にいたから、まったく知らない世界で、いろんなこともあるからさ。もう性格がほんとにやさぐれちゃって。呼んでも来ないし、ありとあらゆるところにウンコとオシッコしちゃってんのよ。俺の野球バッグの上にしちゃったりとか、本棚のところにウンチがてんこ盛りであったりとか。で、そんな日々が続いてるから、嫁がだんだんしんどくなってきちゃってさ。一向に慣れないし、しかもウチにもう1匹いるコンブっていう、兄弟の黒猫がさ、帰ってきたっつってオーイってそばまで行くと、フー！とかって。で、ギャ！　ダダダダダダ！ってもう大ゲンカしてるのね。コンブも引っかき傷つくっちゃって、こりゃまずいと。それで猫用のでっかいケージ[5]を買ってきて」

卓球「ニコラス・ケージ[6]（笑）」

瀧「ニコラス・ケージ、猫用の（笑）。で、設置してさ。しばらくどうにかかこのなかに入ってもらおうと。で、ケージを置いて、カパッて開けて、段ボールで盾みたいの作って追い込み作

5 ケージ：「かご」を意味する英語。"cage"。

6 ニコラス・ケージ：アメリカの俳優。"Nicolas Cage"だが、日本語で表記する際は「ニコラス・ケイジ」が一般的。

戦。「『行くぞー』なんつってふたりでワーッてやったら、相当やさぐれてるからニャー！っつってドドドドドドッて家んなか駆け回って。窓の高いところにピョーンって乗っちゃって、降りてこなくなっちゃったのよ。しかも一番上でブルブル震えて、こっち見てフー！とかいって、しかもブルブル震えながらションベンをジャーッて（笑）。ジャー、ポタポタポタポターとかなってて、うわあ、こんななっちゃってるって。よっぽど酷い目に遭ったんだろう、途中で台風も来てるから、相当すごい経験したんだな、かわいそうに、なんて思って。俺と嫁と顔見合わせて、『相当大変だったん……あれ？』っつって。『……なんか尻尾の感じ、違わねえか？』」

一同「（爆笑）」

道下「マジで!?」

瀧「アズキはヒュッて1本になってたんだけど、その猫は捻って螺旋みたいな尻尾で。あとアズキはお腹のとこだけちょっと白い毛が生えてて、あとは全部黒なんだけど。その猫初めて下から見たらさ、『あれ？ 腋んとこも白い毛生えてねえ？』って」

一同「（笑）」

瀧「あれれれれ？って。確かに子どもが覗いた時に、『耳の先っちょ欠けてるよ』って言ってたのよ。まあでもそれは外にいる時にかじられたりしたのかな、かわいそうにねえ、なんて。あと『尻尾が短くて、なんか違う形だった気がしたー』とか子どもが言ってたんだけど、俺と嫁はさ、また子どもがそういうこと言っちゃって、とか思ってたんだけど。その時に明るいところで見たら、尻尾の形は違うわ、腋にも白い毛が生えてる。しかもよく見たら、『おい、あれオスじゃねえか？』」

一同「（爆笑）」

瀧「えー!? どうりで臭いションベンするわけ[7]だ。あれオスじゃねえ？っつって。ほんと全然[卓注1]知らない奴ー！って（笑）」

卓球「知らない家に拉致されてる（笑）」

瀧「ふたりで顔見合わせて、そら慣れないわけだわっていう（笑）。で、『これどうする？』『飼うわけないじゃん』っていう」

卓球「『出てけー！』。」

瀧「まあ、こっちもわりいなっていうのもあるから、最後ぐらいおいしいものを食べさせて、詫びの気持ちを伝えたいんだけど、もう一番上でブルブルブル！じゃん。これはもう一刻も早く出すしかないと。で、棒みたいなやつをうまく立てかけてそれでニャーって下降りてきて、『ベランダの窓開けろ！』っつって追い込んで。で、ベランダにストーンって出て、『やっと出た！』って。で、パッと外に出たら、そこでやっぱりちょっと正気になったんだね、そいつも。落ち着きを取り戻して、ウチらのほうをクルッと振り返って、『だろ？』って」

一同「（爆笑）」

瀧「『な？ だろ？』っていう顔をして。ウチらも窓から顔出して『ごめん』って（笑）。で、ベランダ飛び越えて、隣の屋根を伝って帰っ

7 どうりで臭いションベンするわけだ：未去勢のオス猫の尿は臭いがきつい。縄張りを示すためのマーキング（スプレー行為）をする習性を持っているのがその理由。

卓注1 全然知らない奴：アルバム『ORANGE』収録の、"なんとも言えないわびしい気持ちになったことはあるかい？"の歌詞。

てったっていう（笑）」
●すごいね！
瀧「すごいんだよ。で、チーって窓閉めて、ふたりでケージ見て『で、これどうする？』っつって（笑）」
道下「1回も入ってないやつ」
瀧「1回も入ってない（笑）。新品」
卓球「最高だよ」
瀧「ふたりで我に返って、『じゃあ本物のアズキは？』ってことにもなるじゃん。もうでも探しに行く心も折れたっていうか（笑）。ふたりで『もう、アズキは誰かの家でよろしくやってるってことにしよう』っていうことで、今落ち着いてる。それからというもの、家が平穏無事なこと（笑）」
道下「すごいオチだなあ」
●超大作だね。
卓球「めっちゃおもろいわ」
瀧「っていうのが最近の衝撃だった」

3月号

●（『rockin'on』の読者プレゼント用のロゴ入りオフィシャルTシャツを渡す）。あえて着ていただければ。
瀧「ロッキング・オンTシャツ？」
卓球「なんで？　どうしたの、急に思い出したように（笑）」
瀧「お年賀的な？」
●作ったの。

卓球「前もなかったっけ？」
●今までは『rockin'on』ロゴ入りのを作る勇気がなかったの（笑）。
卓球「完全に（メロン牧場用の）撮影で着ろっていう感じ（笑）」
瀧「ああ、そうだね。なるほど」
●違う違う違う違う違う（笑）。
卓球「いや、着る。着るよ」
瀧「『全然着たい！』って感じ」
卓球「逆に言うと、この撮影以外どこで着るんだって（笑）」
瀧「他でないでしょ、だって」
卓球「札幌に行くプロモーションで着るか？」
瀧「じゃあ引きちぎるか（笑）」
卓球「散々テレビに出て儲かってるはずなのに、すごいせこい奴！」って感じ（笑）」
瀧「『サイズ合ってねえじゃん』て」
卓球「ねえ、あれ、知ってる？ 大根さんのドラマ」
道下「『まほろ駅前番外地』[1]」
●うん。
卓球「ドラマ化されたっての」
瀧「スタンガン高村（静岡プロレス）の話」
●ああ、はいはいはいはいはい。
瀧「俺が同級生にハメられたってあの話[2]が、ドラマ化されたの（笑）」
道下「一応許可を取って、別に問題ないですよっていう。1月11日にオンエアになりました」
●あ、そうなんだ。
卓球「ミッチーがそういうの観てさあ、またゴ

1 まほろ駅前番外地：三浦しをんによる小説『まほろ駅前多田便利軒』の続篇『まほろ駅前番外地』をTVドラマ化したもの。原作を踏襲しつつも、オリジナルストーリーが盛り込まれている。

2 あの話：瀧が中学校の同級生であるスタンガン高村の引退試合にリングアナとして参加した話。『まほろ駅前番外地』の第一話の元ネタになった。『電気グルーヴのメロン牧場―花嫁は死神4』2010年4月号参照。

マをするんだよ、大根さんとかに」
瀧「うん、そうだね」
道下「え、何を言いだすの（笑）。ゴマをする？」
卓球「もう、どいつもこいつもね、敵か味方かでいったら敵！」
瀧「結論はね」
卓球「正直な結論言うと（笑）」
瀧「敵は味方の中にいるってことなんだ（笑）」
卓球「（笑）マジで。こいつ（＝瀧）だって怪しいと思う（笑）」
●はははははは！
卓球「『はは－ん、こいつ、足を引っ張るな？』みたいな（笑）」
瀧「『散々邪魔すんのはそれかぁ！』っていう」
卓球「逆方向に、逆方向に！（笑）」
瀧「『使えない歌詞ばかり出しやがって！』」
卓球「振り幅かと思ってたら逆に足を引っ張ってたってな？（笑）」
●ははははは。
卓球「テレビとか出てたらなるべくこう、音楽の説得力が薄れるように、薄れるようにして（笑）」
瀧「『よし、一番おもしろいのはナレーションだ！』だって（笑）」
卓球「はははははは」
瀧「そういえばこないだ、俺、妙な夢を見てさ。まず場所は東京ドーム[3]的な、ドーム球場の中なのよ。ドーム球場の中の地面に、俺が体育座り[4]で座ってんのね。で、ゼッケン[5]つけて待ってんだよ。なんか大会なのよ（笑）。それで見渡し

3 東京ドーム：東京都文京区にあるドーム型の野球場。

4 体育座り：両膝を両腕で抱える座り方。

5 ゼッケン：競技者、競走馬の番号や名前を識別するための布。外来語風だが日本語。由来に関しては諸説あるが、真相は不明らしい。

てみると、内外野のとこに、10メーターぐらいの間隔をおいて、ゼッケンつけてる人がいっぱいこう、バーッて一面に座ってんの。それでそのまま座ってると、なんか係の人が毛布を持ってきて、俺が座ってる上からパサッ、て掛けんの。パサッて掛けて、毛布の裾をケツとかの下に入れるのね。そうするとちょうど人が、毛布でくるんだおにぎりみたいになるじゃん」

●うんうんうん。

瀧「その状態に全員なったところで競技スタートなのね（笑）。どういう競技かっていうと、その状態で全員がスタンバイできたら、係の人がドームの中にニホンザル[6]を放すんだよ、何十匹も。それでニホンザルが来て、フンフンフンフン、てニオイを嗅いで（笑）。ニホンザルがキーッてなってガブッて咬まれたら負けなのね（笑）。咬まれた人はどんどん退場してくのよ」

道下「動かないんですか？」

瀧「要するにいかにサルに咬まれずに最後まで生き残るかっていう競技らしいのね」

卓球「生き残る……（笑）」

瀧「それを自分がやることになってて。『競技始まるぞ！』、ピー、とか笛が鳴って、サルが放たれて、タタタタタッて人のところに行って、フンフンフンフン、とかやってる音が聞こえてくるわけよ、毛布越しに。で、ついにサルが俺んとこにも来るの。俺んとこに来て、フンフンフンフン、フンフンフンフンて匂い嗅いでるから、『ヤバい、ヤバい！　このままじゃニホンザルに咬まれちゃう！』と（笑）。『うわ、

6 ニホンザル：日本在来種の猿。人間に噛みついたり引っかいたりする凶暴な性質を持っているので、山野で出くわした際は近づかないほうがいい。

どうしようこえーしな、すげえいてえんだろうな、しかも負けちゃうしな、どうしよどうしよ……はっ！　名案思いついた！』ってなって。俺が毛布をかぶってるから、一気に俺が立ち上がって、毛布をガバッと裏返すと、サルを包み込めるっていう。これで一気に形勢逆転だ！というのを思いついて（笑）。だからフンフンフンフン、フンフンフンフンフンて来てるサルのとこに、「今だっ！」と思って、ガバッと立ち上がって、ふーん！と押さえつけたら、毛布の中でサルが暴れるじゃん。『ギギギギギッ！』てなってて。そのままだと咬まれちゃうから、俺がサルのこめかみのところをアイアンクロー[7]状態でガッてつかんで、地面にグーッと押しつけて、押さえつけているっていう、夢を見てたのね」

●（笑）うん。

瀧「『はっ！』て目を覚ましたら、俺、ベッドの上に半身になって起き上がってて、子どものこめかみをギュウ～ッ！てつかんでて」

●はははははははは！

瀧「ほいで子どももパチッて目ぇ覚まして、『うえーん！』（笑）。『ああ、ごめんごめんごめん！お父さん、今夢見てたから』っつって（笑）」

卓球「（笑）トラウマ[8]になんぞ？」

瀧「はははは。夜中に自分の親がいきなり起き上がって、こめかみをギュウ～ッてつかんでたら、『なんだ？』ってなるじゃん（笑）」

卓球「俺、この前、親戚のおじさんが、とっくりのセーター[9]を逆さまにして足が腕の部分に入

7 アイアンクロー：対戦相手の顔面を手で覆って指先で締め上げるプロレスの技。「鉄の鉤爪」を意味する"iron claw"。

8 トラウマ：心の傷。もともとはギリシア語で単に「傷」を意味する言葉。心理学者のフロイトが「心の傷」として用いたことにより、新たな意味が広く浸透するようになった。

9 とっくりのセーター：タートルネックのセーターのこと。形状が酒を入れるとっくりに似ているため、かつては「とっくりのセーター」「とっくりセーター」という呼称が一般的だった。

るように穿いてて。首の部分、顔が出るところあるじゃん。そこからまた3歳ぐらいの甥っ子が頭を入れて、こっから顔を出したり引っ込めたりしてるのを、ずーっと見てて（笑）」

●ははははは。

卓球「俺、ゲラゲラ笑ってんだけど。そのおじさんのおちんちんが出ちゃってんのよ。おもしろいんだけど、周りに人がいるから、おじさんのおちんちんが見えてるのがバレないといいなあ、と思ってる夢を見た（笑）」

●はははははは！

瀧「（笑）なるほど、おもしろいな。「穴あるよそこ」っていう（笑）」

道下「心配してたんだね（笑）」

卓球「（笑）そうそう」

●（笑）でも、瀧の夢、子どもには絶対トラウマになってる。一生忘れないよ、子どもん時に親から怖い目に遭わされたって（笑）。

瀧「トラウマになっちゃったらまずいなと思って、起きたあと、『ごめん。お父さん昨日寝惚けててさ。これこれこういう夢を見て、サルだと思って捕まえてた』って言ったら」

卓球「（笑）それはそれでまた」

瀧「それ聞いて、ゲラゲラ笑ってたけど（笑）」

●一応納得したんだ？（笑）。

瀧「『何その夢？』っつってた（笑）」

4月号

●アルバム（『人間と動物』[1]）のキャンペーン回っ

1 人間と動物：2013年2月にリリースされた電気のアルバム。この作品のリリースタイミングで行われた全国ツアー『ツアーパンダ2013』のうち、3月13日に行われたZepp DiverCity公演の模様を収録したDVD、ブルーレイは『〝人間も動物〟ツアーパンダ2013』というタイトル。

たんだよね。いろいろあった？
瀧「札幌、大阪、名古屋、福岡ね」
卓球「うん、回って。北海道はまず、前ノリだったのよ。雪でもしかしたら飛行機が飛ばないかもしれないからっつって、キャンペーンの前の日に行ったのね。で、着いた日は飲みに行ったのよ。『はちきょう』[2]っていうお店で。そこはいくらを、オイサ！　オイサ！　オイサ！って、ストップって言うまでご飯の上にかけてくれるような店で」
瀧「いくらメガ盛りの店（笑）」
卓球「『つっこ飯』っていうんだけど」
瀧「ご飯ポンポンってふたつ置いて、『じゃあ行きますよー！』って言うから、ストップ誰が言う？って話になって」
卓球「で、ミッチーがどうせね、大して用もないのに飯が食いたくて来てるんだから、じゃあ任すよっつってさ」
瀧「そんなの祭りじゃん。『じゃあ行きますよー！　はいみなさんも一緒にー！』」
卓球「店員も全部集まって『ヨイショー！　ヨイショー！』みたいな」
瀧「要は一気飲みコールみたいな感じの、いくら版。来たー、祭りだー！と思って」
卓球「下に皿も敷いてあって」
瀧「こぼれてもいいように。『ワッショイ！　ワッショイ！　来たー！』『おお、だいぶ溜まってきた、まだ行くぞ、まだー！』っつったら、ミッチーが『はいストップ』って。『エー!!?』っつって（笑）」

2　はちきょう：札幌にある海鮮料理専門の居酒屋。「オイサ！　オイサ！」というかけ声と共にいくらをかけ続ける「つっこ飯」は、同店の名物。「1店舗あたりのいくら消費量世界一」としてギネス申請中。

卓球「普通に、適度な量な。こんな早く止める奴いないよ！みたいな感じで」

瀧「ダメダメダメ！っつって」

卓球「『ミッチー、何言ってんの？　これ、こぼれるのが醍醐味じゃん！』っつって（笑）」

●わかってないわけね、いくら飯を。

卓球「それで、2杯頼んだのよ、2人前。もう1個あるから。」

瀧「『今度はわかってんだろうな』って。『オイサ！　オイサ！』って、また適度で『ストップ』。エー‼??って（笑）」

卓球「もう、さっきより少ないとこでストップしやがって」

瀧「『なんで！』っつったら、『こんな食べたらしょっぱいじゃないですか』。関係ねえよ、そんなの！って」

道下「みんなね、お腹いっぱいだったんですよ」

卓球「違う、違う！　お腹いっぱいとかっていう問題じゃなくて、アトラクションなんだからさ」

道下「残すとお金取られちゃうんですよ」

瀧「そこは頑張って食えばいいじゃん」

道下「いや、違うの。やっぱ僕、根っからのマネージャーなんだなってその時に」

瀧「違う、違う！」

卓球「違うよ！」

道下「かなり普通盛りだった、ははは！」

卓球「しかも普通の、都内で食べるのと変わらないいくら丼みたいな感じ（笑）」

瀧「理由が『しょっぱいから』だって（笑）。

おまえのほうがしょっぱいわ（笑）！」
卓球「で、次、大阪。その日も雪が降るかもしれないって、また急遽前ノリ。もう波乱の幕開けって感じなんだけど。で、テレビ何本かやって、大阪終わりました。その翌日、名古屋に移動して。1日結構長くやったよな。」
瀧「やった、やった」
卓球「最後に名古屋の中京テレビの苅谷さん[3]って、昔、話によく出てきた名物」
瀧「日本で唯一まだバブルが終わってない人」
卓球「その人が夕食の席を用意してくれて。結構、ちゃんとしたお店を用意してくれて。味噌カツだのしゃぶしゃぶだのガンガン出てきて、瀧ももうガンガン食ってて。苅谷さんも食わせるの好きだから（笑）」
瀧「味噌カツも3皿で足りるんだけど、『いいよ4皿、4皿！　瀧が食うから』って。俺も『じゃあいいっすかー』なんつって、キャッキャキャキャッキャ言って食ってたのよ」
卓球「で、帰って次の日、木曜日。こいつ、昼間のラジオ、レギュラーのやつ（『たまむすび』）あるじゃん。そのあと夜のJ・WAVE[4]でピストン（西沢）[5]さんの番組（『GROOVE LINE Z』）の生ゲストだったのね」
瀧「で、朝起きた時点で、もう、胃が激痛（笑）。要は、大阪の前ノリからあったからさ」
卓球「夜中、ラーメン食いに行ったりとかしてたからな」
瀧「名古屋でも暴飲暴食の限りを繰り返したから、完全に胃がやられちゃって」

3 中京テレビの苅谷さん：中京テレビの事業局局長。
4 J・WAVE：東京のFMラジオ局。
5 ピストン（西沢）：DJ、ラジオパーソナリティーの他、ミュージシャンとしても活躍している。

卓球「レギュラー番組終わったぐらいに、ミッチーから電話かかってきて。『瀧さんがちょっとほんとにヤバくて』って。『今TBSの医務室で寝てるんです』っつって」

瀧「いやほんとに、声出る系のやつ。胃の上んとこで野茂[6]がトルネードする感じの（笑）。胃がギューッとなる感じで、イテテテ！って。脂汗タラッタラ出ちゃってさ。まあその脂も、昨日食った豚の脂なんだけど（笑）。ちょっと味噌風味の」

卓球「で、ピストンさんの番組は俺ひとりで出てさ。翌日が福岡キャンペーンだったのよ。で、『大丈夫か？』っつったら、『瀧さんは行くって言ってるんで』、みたいな」

瀧「キャンペーン行かないとかナシじゃん、だって。丸一日おとなーしくしてたら痛いの収まったから、行くわって」

卓球「で、福岡でキャンペーン行って。散々終わって夕方ぐらいから、『今日何食う？』みたいな話になって（笑）。『水炊き良くない？いやあ、もつ鍋も！』って」

瀧「みんな昼飯を食いに行ってるんだけど、俺だけ店屋物で、おじやを食べたの（笑）」

卓球「で、こいつがどんどんトーンダウンしてって（笑）。で、『ミッチー、俺、今日最終で帰りたいんだけど』って（笑）」

瀧「福岡残ってさ、みんながバカスカうまいもん食ってんのを横で、なんかあったかいお茶と（笑）おかゆとかすすりながら眺めてるぐらいだったら、俺帰る！っつって」

6 野茂：野茂英雄。プロ野球選手。投手。近鉄バファローズを経て渡米。ロサンゼルス・ドジャース、ニューヨーク・メッツ、シカゴ・カブスなど、様々な球団で活躍。打者に対して背中を向けるような体勢からボールを放つ独得の投球方法は「トルネード投法」と呼ばれ、アメリカ人の度胆を抜いた。「トルネード＝tornado」とは「竜巻」を意味する英語（もともとはスペイン語）。

卓球「ちょっとキレ気味で（笑）」
瀧「で、俺だけ最終で帰ってきたの」
卓球「とんだキャンペーンだよな（笑）」
瀧「とんだキャンペーンだよ、ほんとに。でもこいつもさ、同じだけ食ってんだけど、どんだけ丈夫なんだよって。各地でこれぞ暴飲暴食っていう（笑）、おいしいもの全部、慌てて食べるみたいな感じだもん。30分前にサンドイッチ食べたのに『カレー食いたいな』って、すげえなって（笑）」
卓球「倒れるのはこっちのはずなのにな。瀧のほうが意外に繊細だったっていう（笑）」
●キャンペーンで食べすぎで倒れるって（笑）。
瀧「あと奇面シリーズか」
卓球「大阪のＦＭ８０２で。ＦＭ局って行くとポラ撮ってさ、壁に貼ったりするじゃん。それでたまたま変な顔したら、その完成度が異様に高くて。これ最高だね！って話になって、そっから全部のキャンペーンの場所で、変な顔で撮るっていう（笑）。これ（と写真を見せる）」
●うわあ！　これいいね！　いい写真だね。
瀧「もうこれ変顔を超えてるから、奇妙な面と書いて奇面だねっつって」
卓球「『[7](ハイスクール！)奇面組』のね」
●これ、いい写真だなあ。
卓球「メロンの時に撮る山崎さんのブログ用の写真のトレーニングの賜物（笑）」
瀧「もう1個あるよ。名古屋で撮った、俺が妖怪にしか見えない顔のやつとか」
卓球「それ載せてよ、今回（笑）」

7　(ハイスクール！)奇面組：1980年代に『週刊少年ジャンプ』で連載されていた新沢基栄作の漫画『ハイスクール！奇面組』。アニメ化もされた。奇妙な顔をした男子学生たちがメインキャラクター。

瀧「ズラーッと」
卓球「キャンペーンスペシャルで。あとさ、コメント録りっていうから行ったら、いきなりペ[8]ライチの進行表みたいのあって、そこに、『1時間のフリートークです』って」
●すごいね、その投げ方！
瀧「1時間完全にふたりのフリートーク」
卓球「ふたりだけ」
瀧「ノープランで」
卓球「また恐ろしいのは、俺たちに下駄[9]を預けるとボケっぱなしで、ほんとのことが一切なくなるっていうさ（笑）」
●それ、でも珍しくない？
卓球・瀧「珍しい」
卓球「お互い不安になっちゃって（笑）、意外にまともな番組になっちゃった」
●なんだよ！
瀧「いやいや、ほんとに。そこまでやられると、そうしないと終わんないっていうさ」
●どういう話したのか、逆に興味ある（笑）。
瀧「いや、だから俺が聞き役になって、パーソナリティ面をして。『さあ、ということで、何日発売のなんですけれども、このタイトルはなんでなったんですか？』みたいなことを（笑）」
卓球「もう熟年夫婦のコスプレ[10]プレイみたいな感じだよ、もはや（笑）」
●それレアだね。
瀧「俺が部長の役みたいな感じでさ（笑）」
卓球「俺なんかわけわかんない、セーラー服とか着ちゃってるもん（笑）」

8 ペライチ：「紙1枚」という意味。

9 下駄を預ける：「全てを丸投げして相手に任せる」ということを意味する慣用表現。

10 コスプレプレイ：特定の職業などの衣類を身につけ、一定の設定の下で役柄を演じること。主に性行為を伴う。

瀧「なんだよ、部長とセーラー服の組み合わせ！っつって。もうひと山越えてんじゃん、みたいな（笑）」

卓球「すごかったよ。そういう体験をしてきて、冷めないうちに伝えなきゃって（笑）」

6月号

卓球「俺、昨日、骨折して」

瀧「え!? マジで？」

卓球「今、コルセット[1]してんだけど」

●脇!? 肋骨!?

卓球「酒飲んで帰ってきて、家の階段から落ちちゃって。背中の肋骨が2本折れて。階段転げ落ちたんじゃなくて、単純に1階分、ずどーんと落ちて」

瀧「マジで!? ヤベぇじゃん（笑）」

卓球「俺、すげえ酔ってたけど、そのままバターンて落ちて、そのあと『気持ちわりぃ〜！』ってなって、ゲロ吐いて、そのままそこで寝ちゃったんだよ。しばらくして目ぇ覚めたら背中がすげえ痛くって」

瀧「寝ちゃう？ 普通そこで！」

卓球「目が覚めて、起きたら背中が異様に痛いから、昨日病院行ってレントゲン撮ったら、2本折れてますっつって。もうちょっとずれてたら背骨にいってて、下半身不随とかになりますよ、って」

●頭から落ちてたら終わりじゃない！

卓球「でも良かったよ。怪我したのっていうの

1 コルセット：女性の胴のくびれ部分を強調することを目的とした下着の一種が起源。現在は医療用具としての役割のものが一般的。腰痛の際に関節部分を固定して負担を軽減したり、骨折の患部を固定するためなどに用いる。

は大前提で不運だけど、その中でも、まずこんだけで済んだのと、あと仕事に支障がないところじゃん。手は動くし。で、今週末たまたまDJも入ってなかったのよ」
●（笑）そういう問題かぁ？
瀧「ラッキー？（笑）」
卓球「そう、ラッキー（笑）。何？ 焼け太り[2]じゃなくて折り太り？ 骨の折り太り？ 骨折り得の、くたびれ損？」
瀧「いいよもう（笑）」
卓球「危なかったよほんと。でも俺、骨折生まれて初めてで。病院で昨日レントゲン撮って、レントゲン見てる時に、先生が、『ああ、ここだねえ。ここ曲がってるねえ』『それって、折れてるってことですかっ!?』（笑）」
瀧「『いよいよ俺も！』」
卓球「『骨折デビューかあ！』って感じでさぁ（笑）。2本折れてるっていう、しかも！」
瀧「『2本もぉ？』っていう？」
卓球「『なんか、悪いっすねえ』みたいな。『重傷じゃないすかあっ！』ていう（笑）」
●自分からね？
瀧「でも、パッキリ折れたわけじゃないんでしょ？ ヒビって感じなんでしょ？」
卓球「本来だったらまっすぐなのが、曲がってる感じ。明らかに見てわかるのよ。『これ、ヒビですか？』『いや、折れてますね』（笑）」
瀧「じゃあほんとに。ペキッて。でもそれって何？ そのままくっつけちゃうの？」
卓球「あばらはそうみたい。治っちゃうんだっ

2 焼け太り：火事などの災難に対する見舞いの金品をたくさん受け取り、もともとの状態よりも豊かになること。

て。で、痛みは1週間か2週間でとれて、完全にくっつくまでは2ヶ月かかるっつってた。『それって全治2ヶ月ってことすか？』」
瀧「『全治2ヶ月×2ですよね？』」
卓球「はははははは！　そんな重傷初めてだからさあ。骨折ったことある？」
●ない。
瀧「『さーあ、ちやほやしてもらうぞう！』っていう（笑）」
卓球「でもさ、俺、ツイッターで昨日つぶやいたら誰も信じないんだよ」
瀧「まあね」
卓球「挙げ句『売名行為』[3]だって（笑）。骨折れたって嘘ついて売名する奴ってどんだけ規模ちっちぇーんだって話よ」
瀧「病気タレントだよ病気タレント」
道下「スタッフが電話してきて、『本当なんですか？』って言うぐらいですから」
卓球「ていうか、そういう嘘つくようになったらもう終わりなんだけど、この前、札幌公演の[4]チケットが売れてねえって散々ツイッターでつぶやいてたの。そんなこたないんだけど、そうしたら、ほんとに売れてねえみてえになっちゃって（笑）」
●はははは！
卓球「これまじいなあと思って。だったら明らかに嘘ってわかるようにしようっていうんで、札幌のライブのお客さんに、『客3人だったってみんなツイートしてよ』って言ったの。それが最初。そしたらお客さん結構ノリノリで、そ

3 売名行為：自分の名前を広めたり、注目を集めるためになんらかの派手なアクションを起こすこと。

4 札幌公演のチケットが売れてねえ：『ツアーパンダ2013』の札幌公演、3月9日のZepp Sapporoで流した嘘のツイート。

れをツイートしたのよ」
瀧「『本日のライヴは客3人でした』。それやったら、ちょうどそれがさ、札幌が豪雪だった時あったじゃん、あのちょっとあとぐらいで。他の地域の人が、『あ、やっぱりね！』みたいなことになって（笑）。実際、『旭川[5]から今向かってるんだけど、雪がすごくて引き返すことにしまーす』ってツイートとかあったりしたから、妙に真実味を帯びちゃって」
●別の意味でヤバいじゃん、また。
瀧「そうそう」
卓球「で、どんどんどんどん噂って拡がってくじゃない。『たった3人の客の前でもライヴを敢行した電気グルーヴをリスペクト！』みたいなさ、どんどん拡がって行って（笑）」
瀧「うん、で、こりゃまずいと。リスペクト！みたいなことになっちゃってるから、『いや、違う違う』ってことで。札幌の次、東京だったから、東京の初日に、『これこれこういうことが札幌であったんだけど、今日もそれやろう。今日も客3人と。ただそのうちのひとりは瀧の嫁さんてことにしよう』っていう」
●そんなわけないのにね。
卓球「そしたら、恐ろしいことに、さらに嘘が拡がっちゃって（笑）。やっぱ東京だから、ツイートする人数も多いじゃん。その時点で気づけよって話だけど（笑）」
瀧「『えぇっ！』みたいな。真顔でさあ、『電気グルーヴでさえこのありさまなのだから、これからは興行をやる側としては、そういうことを

5 旭川：札幌よりも北部にある北海道の街。旭川駅〜札幌駅間は、特急電車で移動しても1時間半くらいかかる。

計算に入れてブッキング等をせねばなるまい』みたいなこと書いてて」
卓球「単純に客も多いから、ツイートした人数が多かったの。そうすると拡がるじゃん。そしたら今度、ライブドアニュース[6]になっちゃって」
●え!?
瀧「ライブドアニュースになったのよ。客3人っていうの」
道下「ぐしゃぐしゃになっちゃったんですよ（笑）」
●はははは!
卓球「どんどん手に負えなくなっちゃって（笑）」
瀧「で、その翌日に2日目があって[7]」
卓球「MCで『今日、ニュース見た?』みたいな」
瀧「『見た見た見た!』ってみんな言ってて。これ札幌やって東京もやったから、3日連続やるのはさすがにさむいと。3人を超えるネタっぽいのもあんまないし、って」
卓球「『今日はもういいよね』って言ったらお客さんが『やろうよ!』って（笑）」
瀧「『ま、いいよもう、瀧が死んだことにすりゃあ。『2曲目で死んだ』でいいじゃん!』っつって。別にそれをツイートせよって希望もこっちにはなかったんだけど（笑）、客がそれで、『じゃあ!』っつって、ぶわーってツイート」
卓球「『瀧、死亡』（笑）」
●はははは!

6 ライブドアニュース：ポータルサイトのライブドアが運営、配信しているニュース。

7 その翌日に2日目があって：『ツアーパンダ2013』の東京公演は3月12日、13日のZepp DiverCity。

瀧「ま、『瀧、死亡』はいいんだよ別に。最初のうちはさ、『今日の電気のライヴは良かった。ただ残念だったのは2曲目で瀧が死んだこと』っていう、そのぐらいのやつがずら一って並んで。そこまでは良かったんだよ。わかるじゃんギャグだって。『なんで最後までやってんだよ』ってツッコミだからさ。そこまでは良かったんだけど、今度そのツイートをまとめる奴いんじゃん？ まとめサイトで」

●うんうんうん。

瀧「それをまとめたやつのタイトルが、頭に黒い太字かっこで【訃報】って入れて。『【訃報】電気グルーヴのピエール瀧、ライヴ中にステージから転落して死亡』みたいな。『え一っ！』っていう。『え一っ！ 俺死んでんじゃん！ しかもこの文面からギャグだって伝わんないじゃん！』ていう」

卓球「『えっ、ほんとにっ!?』みたいなことになって。それもだんだん、嘘だってのがわかってくると、今度怒る奴がいてさ、『けしからん、人の死をおもちゃにするなんて、やりすぎだ！』みたいな。で、その怒りの矛先が全部こいつに行ってんの（笑）」

●はははは。

瀧「『自分はこういうステマ[8]は嫌いです！』とかね？ ステマじゃねえよっていう（笑）。隠れてもいないし別にマーケティングでもないからっていう」

卓球「こっちになんのメリットもない（笑）。結局こいつが全部悪者、殺された上に悪者

8 ステマ：「ステルスマーケティング」の略。広告であることを隠して行う宣伝活動。個人の感想を装った形で展開される場合が多い。

（笑）」
瀧「殺されたのに、『人騒がせな奴！』『そこまでして目立ちてえんだ？』みたいな感じになっちゃってさあ」
卓球「で、それの大本を冷静に考えてみたら『全部俺じゃねえか！』。こいつ何もやってない、実は（笑）」
瀧「ライヴ当日に『いいよ、瀧が死んだってことでさあ、ステージから落ちたってことで！』って言ってたのもあいつじゃん！て感じ（笑）」
卓球「はっはっはっはっはっはっはっ！」
●すごいねえ！
卓球「恐ろしいよなあ？　ほんと、デマ[9]ってこうやって拡がるんだなあってさ。で、問い合わせあったんでしょ？」
道下「あった。事務所に」
●え？
道下「『ほんとに死んだんですか？』『死にません！』」
卓球「『瀧[10]は死にましぇーん！』て（笑）」
●むちゃくちゃだねえ。
瀧「で、こないだ『ごきげんよう』[11]に出たのよ。当たり目[12]出したらコロゾーくん[13]がピューッて出てきて、『そういえばこないだピエール瀧さんは、お亡くなりになったそうですね』」
卓球「ははははははは！」
瀧「ここでもそれしゃべんだ！と思って」
●そんなところで（笑）。
瀧「でも、しゃべればしゃべるほど言い訳みたいに聞こえてくるんだよ、なんか（笑）。『そん

9 デマ：事実とは異なる噂。古代ギリシアで民衆を巧みに操った「扇動政治家＝デマゴーグ」が流す「嘘の情報＝デマゴギー」の略。

10 瀧は死にましぇーん！：1991年に放送されたTVドラマ『101回目のプロポーズ』の劇中での台詞「僕は死にましぇーん！　あなたが好きだから！」が元ネタ。フラれてばかりいる冴えない男（武田鉄矢）がヒロイン（浅野温子）への愛を示すため、車道を走るダンプカーの前に飛び出した際に発せられた。

11 ごきげんよう：トーク番組『ライオンのご

なつもりはなかったんだけど、お騒がせしてすみませんでした』みたいな口調になってんじゃん、視聴者相手だしさあ、しゃべりながらもう、『卓球めぇー！』っていう」
卓球「『あの野郎！』（笑）」
瀧「俺、なんで『ごきげんよう』であわあわしてんだろう、と思って。おまえ、そのバチだよ、その肋骨！」

7月号

道下「輸入盤のCDにプラスチックケースと紙[1]ジャケあるじゃないですか。どっちを買います？」
●やっぱ紙ジャケ買っちゃうよね。なんでだろうね？
道下「特別感ですよね、やっぱね」
●プラケースなんか壊れるけどね。
卓球「特に、ここ（トレーとフロントカヴァーの接合部分）！」
瀧「割れるなあ！　海外のやつはすげえ割れるよなあ」
卓球「むしろ割れるようにできてる」
道下「でも、割れちゃったらなんかもう、愛情なくなっちゃいますよね（笑）」
瀧「上の蓋がさあ、もう布団って感じ（笑）。パサッと載ってるだけ（笑）」
●掛け布団みたいにね！
瀧「ファサッていう」
卓球「でもまあ、別の新しい蓋に付け替えりゃ

きげんよう』。小堺一機が司会。ゲストはサイコロを振り、出た目に書かれているテーマについて語る。

12 当たり目：事前に設定されている「当たり」のサイコロの目。これを出したゲストと視聴者に番組スポンサーであるライオン株式会社の製品がプレゼントされる。

13 コロゾーくん：同番組のマスコットキャラクター。サイコロをモチーフとしたデザインのロボット。

1 紙ジャケ：CDのブックレットや盤がプラスチックケースに入っておらず、外装が紙製のもの。アナログ

あいいじゃない?」
瀧「普通は替えが利くだろうけどね」
卓球「でもあれだよ、XTC[2]のさ、フロントカヴァーにプリントしてるアルバムなかった? 『Nonsuch』だったかな。あれが折れた時のもう……(笑)。魅力半減だよ」
道下「もう一気に愛情がなくなりますね」
瀧「だよね。買った意味がなくなるもん」
卓球「あと俺、[3]サンプル盤のCDについてるシール、結構剥がすんだけど」
瀧「マメだね、おまえ」
●でも剥がれにくいよね?
道下「絶対うまく剥がれないはずですよ」
卓球「俺ね、昔、化粧雑貨屋でバイトしてた時にコツを掴んで。こういうシールって、下から剥がすのね。みんな上から剥がそうとするじゃん。そうすると残るようにできてんのよ。上から剥がすんじゃなくて、下のほうから剥がしていくと結構剥がれる」
瀧「えー! マジで? ちょっと温めたりもする?」
卓球「温めたりはしないけど、一番いいのは、下からだよ、ほら」
●あ、ほんとだ!!
卓球「スーッと行くじゃん」
一同「おおお!!」
瀧「ほんとだー。これで、見てくれは良くなるもんね」
●普通は剥がそうとすると、絶対失敗するよね(笑)。

レコードのジャケットをCDサイズにしたような雰囲気のものが多い。マニア心をくすぐるコレクターズアイテムや限定盤に、この仕様が採り入れられることが多い。

2 XTC:1977年にデビューしたイギリスのロックバンド。ニューウェイヴシーンの立役者のひとつ。『Nonsuch』は1992年にリリースされたアルバム。

3 サンプル盤のCDについてるシール:サンプル盤とは関係者などに配られるCD。パッケージや収録されている内容は市販品と同じだが、転売・譲渡などを禁じたプロモー道下「……でも、今ほんと、タワー（レコード）とかって輸入盤が1500円とかで。だから、ボーナストラックが入って国内盤2300円とかでも悩んじゃうんです」

卓球「だいたいボーナストラックで良かった試しないじゃん、ほんと。通しで聴いてた時にさあ、どこまでが本編なのかわからなくさせるっていう。で、気がつくとボーナストラックのリミックス聴かされてたりとかしてさ（笑）。『なんか違うなあ、え!? さっきんとこでアルバム本編終わりだったの？』みたいな」

瀧「『またこの曲入ってんの！』って時あるよね」

卓球「死ぬほど同じ曲入ってる時あるよな」

瀧「終わり3曲同じとか」

卓球「あと特に再発のボックスセットとかにありがちな、オルタネイトヴァージョン[4]とかさあ。モノミックス[5]とかさ」

瀧「あと、途中でライヴが5曲ぐらい入ってきたりとかさ」

●いっちばんややこしいのは、再発とかでそのアルバムじゃなくて、次のアルバムのオルタネイトミックスみたいな（笑）。

卓球「あるある！ またいでるやつ。次のアルバムに入ってるシングルの12[6]インチヴァージョンとかさ」

●そうそうそう（笑）。

卓球「あとCDだと、帯[7]も嫌だ（笑）。帯をなかに入れた時にちょっとはみ出るやつ」

瀧「普通のプラスチックケースだと、高さが違

ション用サンプルである旨を記したシールが貼られている。

4 オルタネイトヴァージョン：正規で発売された音源とは別のアレンジ、ミックスなどを施したもの。

5 モノミックス：左右のスピーカーから別々の音が流れるステレオではなく、モノラルでミックスした音源。

6 12インチ：アナログのLPと同サイズに音源を収録したシングル盤。7インチのシングルよりも長時間、高音質で音声を記録できる。

7 帯：パッケージ本

うのも嫌なんだよね」
卓球「棚に入らないやつね」
瀧「俺のCD棚、[8]紙ジャケのでかいやつを入れる用の枠があるもん」
●入れる用の枠があるんだ！　ネジを1個上げる（笑）。
道下「僕はCDと棚の隙間に、斜めに倒して入れてます」
卓球「斜めはないわ！」
瀧「斜めはない！　だから別の場所に、違うケース用のゾーンを作るんじゃん」
卓球「のっぽのコーナーね。うちさ、一部屋の壁が全部CDで、スライド型になってんのよ。だからさ、結構並べ甲斐もあるっていうか。なんだけど、一番嫌なのが、2段になってて、前のがレールで動くんだけど、後ろのに、[9]のっぽじゃなくて出っ歯がいるんだよ（笑）」
瀧「出っ歯、いるなあ！」
卓球「『カーン！』とかなって」
瀧「あるある。『[10]（電気グルーヴの）テクノ専門学校』とか、そのパターン（笑）」
卓球「そうそう。横幅があるやつね」
●あるある（笑）。
瀧「のっぽと出っ歯はほんとにねえ。あとうちらの『[11]The Last Supper』で思い出したけど、縦長！」
卓球「一番ひどいのは『[12]WIRE 08 COMPILATION』（初回生産限定盤）。縦に長いやつ」
瀧「あれはほんと、どうしようもない」

体とはまた別に、作品タイトルやアーティスト名などを分かり易く示すために添付される紙製の外装。

8 紙ジャケのでかいやつ：紙ジャケットのCDは、一般的なプラスチック製のケースよりもサイズが大きいものが存在する。

9 のっぽじゃなくて出っ歯：のっぽ＝縦のサイズが大きいもの。出っ歯＝奥行きのサイズが大きいため、CD棚の手前にはみ出す。

10 （電気グルーヴの）テクノ専門学校：1994年にリリースされたコンピレーション盤。第3弾までリリースされた。当時の道下「3枚組ですからね」
卓球「LPのコーナーにも入んないんだよ」
●だからDVDんところについ入れちゃうんだよね。
卓球「DVDんとこに横にして置いても、すごい出っ歯（笑）」
瀧「そうそうそう。DVD並べた、上の2〜3センチの隙間のとこに、横にあしらったりするよね。屋根瓦って感じで」
卓球「あと紙ジャケでさ、脇からCD入れるやつ、中のCD取ろうと思ってたら、いきなり『ベリッ!!』って」
瀧「あるある（笑）！」
卓球「結構そういうのって思い入れがあるやつが多いんだけど、破れた途端に自分の中で価値が下がる（笑）」
瀧「粗雑になるんでしょ」
卓球「そうそう。あえてもう破っちゃってくれぐらいのさ。破ってもう1セット買うぐらいの。しかも取り出しづれえのにさ、初回限定とかって、さもありがたそうに「みなの者、喜べ！」（笑）」
瀧「『凝ってやったからな！』っていう」
卓球「あと、全然嬉しくないピ[13]クチャーレーベル仕様！」
瀧「確かにね。音変わるわけじゃねえだろっていう。」
卓球「役者とかでさ、『離婚後初の作品』みたいなもんでさ。関係ないよね！」
瀧「『母親になって初めての作品』」

テクノの中から電気が選んだ曲を収録。曲や海外のテクノシーンに関する詳しい解説が書かれたブックレットも付属していて大好評だった。

11 The Last Supper：メジャーデビュー10周年を記念して、2001年にリリースされた電気のセルフトリビュートアルバム。初回生産限定盤のサイズは縦約25．3センチ×横14センチ。

12 WIRE 08 COMPILATION：卓球主催のテクノレイヴ『WIRE』の参加ミュージシャンによるコンピレーションアルバム。2008年卓球「あるある！　知らねえよ！って（笑）」
瀧「『深みが増した』だって（笑）。早えよ、増すの！っていう」
卓球「『メンバーチェンジ後初の』って、しかもネガティヴなメンバーチェンジ（笑）。クラッシュの『カット・ザ・クラップ』[14]みたいな感じの（笑）」
道下「メンバーチェンジ後はまだいいんじゃないですか？　人が変わったんだから」
●でも『カット・ザ・クラップ』の場合は、明らかにマイナスだもん、ミック・ジョーンズ抜けちゃって。
卓球「明らかにもう、『あ、この次のアルバムはないな』っていう感じあるじゃん（笑）。曲書いててしかも歌ってる奴が抜けたっていう（笑）」
瀧「そうそう、オリジナルメンバーがもういないっていうさ」
道下「なるほど。そう考えると一番プラケがいいんですかね」
●でも最近、このプラケと同じサイズのブックレットがついて、しかも紙[15]のカヴァーがないやつ！
瀧「あー！　あるねえ」
卓球「あれ嫌だー！　あれ図々しい！（笑）。ブックレットがこのジャケサイズは、あるね！　全然ありがたくない。で、それで、筒[16]に入ってないやつ」
●パックだけしてあるやつ。
道下「バサッと落ちちゃうやつね。あとやっぱ

リリース。
13 ピクチャーレーベル仕様：CD盤の音声が記録されていない側にアートワークが印刷されている仕様。
14 カット・ザ・クラップ：イギリスのパンクバンド、ザ・クラッシュのラストアルバム。1985年リリース。4人のメンバーのうち、トッパー・ヒードン（Dr）とミック・ジョーンズ（G）が脱退した後に制作された。
15 紙のカヴァーがないやつ：歌詞カードやライナーノーツなどのテキスト、アートワークが1枚の紙に印刷されて折り畳まれているもの。

王道は、真[17]ん中のプラスチックの爪が折れちゃうやつじゃないですか？」
卓球「あとデジパックで折れてるのとかも。デジパックのくせに真ん中が折れちゃって、結局もう、ほんとの意味のトレーになってる（笑）」
瀧「あと真ん中の爪がさ、ほぼ全部折れるやつあんじゃん」
●あるあるある。
瀧「えー？っていう」
卓球「2本ぐらいしか残ってないやつ。ホームレスのじいさんみたいな（笑）」
瀧「ほんとに！ ゲヘゲヘ笑ってる感じのやつ、真ん中でね」

8月号

卓球「この前送ったガチャガチャの本（『愛しのインチキ・ガチャガチャ大全[1]―コスモス[2]のすべて―』）読んだ？ あれめっちゃおもしろいから絶対買ったほうがいいよ。その本のコレクターの人、10万個ぐらい持ってるんだよ。ガチャガチャって集めるの大変なんだけど、コスモスってメーカーのハズレのガチャガチャがおもしろくて、究極のハズレっていうのが、もう、カプセルを切ったやつがカプセルに入ってる（笑）」
瀧「どういうこと!? 破片ってこと？」
卓球「カプセルinカプセルっていうさ。もうそれ以上はないじゃん」
瀧「確かにゴミみたいの出ても捨てちゃうから

16 筒に入ってないやつ：紙ジャケットの表／裏面が各々筒状の二層構造、空洞部分が作られている仕様だとブックレットを収納できる。しかし、空洞部分が作られていないものも存在する。その場合、新品のCDパッケージをくるんでいるビニールのフィルムを外すと、本体とブックレットがバラバラになってしまう。

17 真ん中のプラスチックの爪：CDをケースのトレーに固定するための部品。ディスク中央部分の円形の穴に対して爪が引っかかる仕組みとなっている。通常のプラスチックケースの場合は、爪が折れてもトレーをな。なんだ、十手[3]か、ポイッ！」
●（笑）十手！
卓球「あと、あったじゃん？　中からただ四角く切ったゴムが出てくるの」
瀧「あったあった！　ゴムの板。あと、変な黒人の人形の右手がないやつとか（笑）」
卓球「やってる？　ガチャガチャ」
瀧「やってる。カニとかさ、海の生物とか、すごいよくできてるやつで。ストラップとマグネットがあって」
卓球「欲しいのはマグネットだろ？　でもすんげえストラップが出てくんだよ！」
瀧「そう、絶対欲しいのマグネットなんだよ。マグネットをズラーッと並べたいわけ！　サワ[4]ガニならサワガニで、20とか」
卓球「色違いのサワガニだろ？」
瀧「そうそうそう！」
卓球「いいこと教えてやろうか、あれまとめて売ってる」
瀧「えー!?（笑）」
卓球「ちょっと割高だけど、俺もうそっちにしたもん。大人買い。無駄球打てねえけど余計なストラップとか出てくること考えたらまあいいかなと」
●今のガチャガチャってどんどんリアルなものに進化してんの？
瀧「そうだね。生き物とか、小ちゃい標本って感じ。それこそ海洋生物とか」
卓球「多いね。あと虫とかね」
瀧「テントウ虫でも、カラフルなのが何種類も

丸々交換することが可能。しかし、デジパック仕様（紙製のジャケットに対してプラスチックトレーが接着剤で固定されている）の場合、爪が折れてしまったらなす術がない。

1 ガチャガチャ：小型の玩具を購入できる自動販売機の一種。ガチャポンとも言う。

2 コスモス：1970年代末～1980年代半ば頃にガチャガチャを大規模に展開・販売したメーカー。

3 十手：刀による攻撃から身を守るための護身具の一種。江戸時代の奉行所の役人、岡っ引きなどが使用し

あったり」
卓球「結構いろんなのあったな。千歳空港[5]に、北海道シリーズってあったじゃん？」
瀧「そうそう。それなのに出てきたのが初音ミクで、『いらねー！』って（笑）。他の連中はみんな初音ミク狙いなんだけど、クマ[6]とかが欲しいから、『初音ミクいらねー！』っていう」
卓球「年に3回あるスーパーフェスティバル[7]っていう、フィギュアのお祭りがあんのよ。入場料払って行ってんだけど、そこでさ、やっぱ福袋みたいのがあって。1袋1500円、結構すんだけどウルトラマンの怪獣が欲しいからそれ狙いで行ってんだけど、たまにエヴァンゲリオン[8]とか出んのよ。で、結構1個がでかいから、そのあとも会場内を動かなきゃいけないから、出ると『うわー！』って感じなんだよ。で、俺そこで『あ、卓球さんじゃないですかー』って声かけられてさ。『あ、君エヴァンゲリオン好き？』『好きです』『じゃあこれあげる！』っつって（笑）。これから始まる狩りのために余計なもん持ってられないっていう。背に腹は代えられない。『え、マジでいいんすか!?』みたいなさ。あと、最近俺ガチャガチャでコンプリートしなきゃと思ったのは、これはストラップなんだけど、スギちゃん[9]。今やらないと、絶対にもう手に入らねぇから（笑）」
瀧「今揃えて寝かすっていう（笑）」
卓球「でも、なんか1個だけシークレットがなかなか出なくて、ものすげえ数の同じスギちゃん溜まっちゃったんだけど（笑）。やっとその

た。

4 サワガニ：沢、流れの穏やかな小川など、淡水が湧き出る場所に棲息する蟹の一種。

5 千歳空港：北海道の空港。札幌からアクセスしやすいエリアにある。

6 クマ：北海道にいるのはヒグマ。ツキノワグマがいるのは本州より南側。

7 スーパーフェスティバル：古今東西のオモチャが集まる展示・即売イヴェント

8 エヴァンゲリオン：1995年～1996年に放送されたTVア

シークレットスギちゃん出てきて、スギちゃんがそのガチャガチャのカプセル持ってて、メッセージがついてんの。『ガチャガチャをやって、カプセルだけ取っておいて、中身を捨ててやったぜぇ』って書いてあんの（笑）。そこに至るまでに5000円ぐらい使ってるんだけど、ガチャガチャ、引き返せないっていうのない？（笑）。途中まで行って、お目当てに辿り着けなかった時に、金が全部無駄になるから」
瀧「このセットを何千円で買ったと思えるか、金無駄にして中途半端なところで終わるかってやつでしょ？　だから頑張っちゃうんだね。揃ったら嬉しいんだけど、大量にある同じものの処理が結局困るっていう」
卓球「ほんとはだから同じ趣味を持ってるやつがいて、そこでスワップ[10]するのがいいんだけど、なかなかこの年齢になるといないじゃん（笑）。だから結局、ネットでまとめて買うのがいいよ」
瀧「ガチャガチャ、全然やらないでしょ？」
●最後にやったのは、〝へぇボタン[11]〟（笑）。
道下「欲しかったんだ！」
●どうしても欲しくて。出たんだけど、それカバンに入れとくとさ、たまに打ち合わせとかで、『じゃあ……』、とか言ってる時に『へぇ、へぇ、へぇ』って（笑）。これ持ち歩いてたらさすがにヤバいと思って、で、家の押し入れに入れといたの。そしたらさ、電池の液漏れかなんかで接触がおかしくなって、夜中寝てるとさ、『へぇ』って（笑）。

ニメ『新世紀エヴァンゲリオン』、及びその関連作。

9 スギちゃん：お笑い芸人。袖部分を切ったデニムジャケットが定番の衣装。「ワイルドだろ～？」というキメ台詞を発し、野性的なキャラクターを誇示する芸風。

10 スワップ：「交換する」という意味の英語。〝swap〟。

11 へぇボタン：役には立たないが好奇心をくすぐられる雑学を紹介するバラエティ番組『トリビアの泉～素晴らしきムダ知識～』に登場するボタン。紹介された情報に対する出演者たちの「おもしろ卓球「（笑）電気のボックスセット[12]も開けると瀧の声で『食ーべちゃーうぞー』っていうのがあったんだけど、あれもやっぱり置いとくと、梅雨時とかよく鳴るんだよな（笑）。で、それもだんだん電池がなくなってくると……」

瀧「（回転度遅い感じで）『ブワー、ブワー、ブワー、ブワー』！ ドキ！ 自分の声で（笑）」

卓球「あと俺、ダンディ坂野[13]の目覚まし時計。それを家のあんま入んない部屋に置いといたんだけど、なんかのタイミングでそれがついちゃって、寝てる時もさ、ずーっと『ゲッツ！ ゲッツ！ ゲッツ！ ゲッツ！』（笑）。最初なんの声だかわかんなくて」

瀧「鳥かなんかかな？って」

卓球「うん。ほんとに鳥かなんかがいんだなと思って。夜中でさ、『こんな時間に鳥かあ、虫かなあ？』と思って。でも寝てるとずーっと鳴ってるからさ、怖くなっちゃってさ（笑）。恐る恐る行ったら、『ゲッツ！ ゲッツ！ ゲッツ！』（笑）」

●（笑）。

卓球「で、マグネットだと、コレクターのなかで一番すごいのが嘉門達夫[14]なのね。あの人のコレクションがすごくて」

道下「嘉門さんが持ってるすごいやつってどういうやつなんですか？」

卓球「その土地土地でしか手に入らないやつ。今だんだん減ってきてるから、ないんだよね、ほんとに」

●嘉門達夫は何がすごいの？ 数がすごいって

い雑学だ！」という感嘆の度合いを示すために用いる。ボタンを1回押すごとに「へぇ」という音声が流れる仕組み。

12 電気のボックスセット：1995年にリリースされた『PARKING』。CD、ビデオ、運転手さんのフィギュアが同梱されていた。

13 ダンディ坂野：お笑い芸人。やや滑り気味のジョークを飛ばしたあと、両手の人差し指を身体の前方に向けて「ゲッツ！」というキメ台詞を発する。

14 嘉門達夫：コミックソングを歌うシンガーソングライター。

こと？
卓球「俺も全部見たわけじゃないから、テレビでパッと見た時、まず圧倒的な数。鉄のドアにびっちりっていうさ。そういうのと、あと、見たことないやつがいっぱいあるとかさ」
瀧「ヤキソバン[15]のマグネットみたいな、そういう感じ？」
卓球「そうそう。そんなのあったら欲しいじゃん。今ないキャラとかさ。ナショナル坊や[16]とかさ」
●そんなのないでしょ？　さすがに。
瀧「でもわかんない。昔は作ってたかもしんないじゃん。ポンパ君[17]とかもいたりとか」
卓球「ロシア行った時に、キャビアの缶が半分開いたみたいな状態の、結構リアルなやつとか」
●いいねえ。
卓球「でも、バンドものはねえ、やっぱバッチとかになっちゃう。つけてアピールできるから。マグネットって家に置くもんだから、あんまアピールできないんだよね」
●マグネットって見かけないね、そういえば。
瀧「この間も結局、物販のマグネットやめたんだっけ？　ツアーの時の物販も、マグネットいいなと思うんだけど」
卓球「ディーヴォ[18]とかクラフトワーク[19]とか、ああいうバンドのマグネットならもっと売っててもおかしくないんだけどね」
瀧「JAPANでもマグネット作りゃあいいじゃん（笑）」

オリジナルナンバーの他、ヒット曲に独自の歌詞を乗せる替え歌でも有名。

15 ヤキソバン：1990年代前半に『日清焼そばU.F.O.』のCMに登場したキャラクター。頭に大きな焼きそばのカップをつけている風貌。マイケル富岡が演じて、子供たちを中心に人気を博した。敵キャラは、デーブ・スペクター扮する薬缶風の悪者「ケトラー」。

16 ナショナル坊や：松下電器産業株式会社（現パナソニック株式会社）の広告に登場した少年のキャラクター。販売促進グッズとして、人形などがか道下「ロゴのマグネット？」

卓球「そうそう」

●表紙とか？

瀧「表紙かあ。表紙は微妙じゃない？　板になっちゃうでしょ、だって。なるべく立体になってるほうがいいよ」

卓球「そうだね。形が変わってたほうがいいかな」

●……どっちにしろ作んないと思う（笑）。

9月号

卓球「今月はもう『[1]あまちゃん』でしょ？　俺、朝ドラにはまったの初めて（笑）」

●ええっ、マジで？

瀧「ずーっと朝起きて観たりしてんだよ、こいつ」

卓球「ほんとそうだよ。毎日観てる。最近俺、規則正しい生活してて、朝6時ぐらいに起きてんだよ。ぼちぼち、7時半ぐらいになると、『あまちゃん』だなって（笑）。あと、昼も観てる。もう1回おさらい」

瀧「今んとこ大丈夫？『瀧じゃん！』っていうのは（笑）」

卓球「瀧が出る前からずーっと観てたから」

瀧「『そこに瀧が出てきたら、俺の今までの楽しみを台なしにされる！』って言ってたけど、しょうがないじゃん（笑）。こいつが『またおまえは俺の楽しみを奪おうとしてる！』って言うから、『今回は思ってる感じでは出てこない

って製作されていた。

17 ポンパ君：日立製作所が製造・発売したカラーテレビ「キドカラー」のマスコット。

18 ディーヴォ：1978年にデビューしたアメリカのロックバンド。ニューウェイヴシーンで活躍したバンドのひとつ。ツナギ、サングラス、「エナジードーム」と呼ばれる赤色のプラスチック製の帽子など、斬新な風貌でも異彩を放った。

19 クラフトワーク：ドイツの音楽グループ。電子音楽の先駆者。前身グループを経て、1970年より「クラフトワーク」として始動。今尚、全世界に多

から大丈夫だ』って」
卓球「駄目出しというか、感想から。台詞が少なくて良かった！」
●ははははは。
瀧「だから大丈夫って言ったじゃん！　そんな出しゃばんないよって」
卓球「あと、どっちかっつうと抑えた演技じゃん、役柄的に。それがむずがゆい？（笑）」
瀧「はははははは！　今度は？」
卓球「抑えた演技で、寡黙な寿司屋の」
瀧「板前の役だからね」
卓球「なんだけど、どうもさあ、「いつこれが豹変するんだ？」って思っちゃうんだよ俺（笑）。ないんだろそれ？　突然包丁持って暴れるとか」
瀧「ないよ、ないないない！　ないって！　あそこ（無頼鮨）はちょっと高級店だから、ああしてるしかないんだよもう（笑）」
卓球「んでさ、ちょっと前にこいつのスケジュール見たら『あまちゃん』て書いてあったから、最初こいつが出る前の、結構はまり始めてた頃にさ、『どういうストーリー？』って訊いちゃうとネタバレになっちゃってヤだから、『誰と一番、今、現場で絡んでる？』。そしたら『薬師丸ひろ子[2]』」
●はははは！
瀧「こいつまだそん時に薬師丸ひろ子出てくるの知らなくて、『薬師丸ひろ子ぉ!?　出てくんのっ!?』みたいな（笑）」
卓球「薬師丸ひろ子と、種市先輩[3]（福士蒼汰）っ

大な影響を与え続けている。

1 あまちゃん：2013年4月1日〜9月28日に放送されたNHK連続テレビ小説『あまちゃん』。宮藤官九郎が脚本を手掛けた。ヒロイン「天野アキ」は能年玲奈。瀧は「無頼鮨」の寿司職人「梅頭」を演じた。

2 薬師丸ひろ子：女優。「あまちゃん」では女優「鈴鹿ひろ美」を演じた。

て役なんだけど、俺そっちのが衝撃だった」
瀧「『種市、東京出てきたのに寿司屋!?』」
卓球「『あいつ、夢、破れたんだ!?』。ははは!」
瀧「(笑)すげえ入れ込んでるから」
道下「『ああそれ聞かなきゃよかったあ!』って言ってましたもんね(笑)」
瀧「(笑)そうそう」
卓球「そのあと、『うーん、あれも訊きたいけど……ま、まあいいわ』(笑)」
瀧「そうだよね(笑)。『あまちゃん』の俺が出るところは実はもうクランクアップ[4]してるのよ。で、最後の撮影の時かな、松田龍平[5]と一緒の現場になって。俺、何年か前の『恋するマドリ』[6]で共演して以来だったから、『ああ、久しぶり』なんて話したんだけど。役柄どおりのまあまあ寡黙な男というか、溜まり[7]のとこでもそんなキャッキャしゃべったりしない感じの男なんだよ。いよいよ終わるっていう日に喫煙所でばったり会って。その時になんか話しなきゃなって話し始めたらさ、松田龍平が『そういえば僕、10年ぐらい前になっちゃうかもしれないですけど、ライヴ観たことありますよ。電気グルーヴ』『えー? あ、そう? どこのやつ? 10年ぐらい前っつったら『VOXXX』[8]のツアーとか、そのぐらいの頃のやつ? どこでやってた? BLITZ[9]? Zepp[10]?』『いや、ディスコでイベントやられてましたよ』『10年前にディスコでイベント?』。ディスコでやるっていうと博多のマリアクラブ[11]とかさ、ほんとにそれこそデビュー直後ぐらいの頃しかあんま経験

3 種市先輩:アキの高校の先輩で初恋の人。建設会社に就職するために上京したが挫折。無頼鮨の見習いとなる。

4 クランクアップ:「撮影終了」を意味する映像業界用語。

5 松田龍平:俳優。父は松田優作、母は松田美由紀。『あまちゃん』ではアキが所属するアイドルグループ「GMT47」の担当マネージャー「水口琢磨」を演じた。

6 恋するマドリ:2007年に公開された映画。

7 溜まり:複数の番組出演者が待機する共

ないじゃん。『ディスコだった？　ほんとに？』『ディスコでした。僕、親か誰かと一緒に行って、そこで観てて。瀧さん、ライヴの時、こうやってやってましたよぉ』って言うから」

卓球「（笑）わかった！」

瀧「俺もそれで『あーっ！』と思って（笑）。『龍平くんさ、それさ、電撃[12]ネットワークの間違いじゃない？』『え……え？　えーっ!?』。松田龍平、今の今まで俺を、電撃ネットワークだと思ってて（笑）」

卓球「サソリ[13]とか食うほうだったんだ（笑）」

瀧「そうそう。『間違えられてるってのは慣れっこだから、また来たかって話なんだけど、本人に、しかも直で言われたの初めてだわー』って言って、そこで会話が終わった」

●ははははは！

瀧「向こうも『あちゃあ……』って感じで。『今日クランクアップの日で、良かったあ！』（笑）」

卓球「良かったのか、あと一日遅ければ無傷だったのに、っていう（笑）」

瀧「『こうやって瀧さん、やってましたからねえ』（笑）」

卓球「ていうかその前にさ、そのステージを観てたわけじゃん、ケツに花火入れたりとか、サソリ食ったりとか。やってる感じで見てたんだ（笑）」

瀧「ギュウゾウ[14]かなんかと間違えてんじゃねえかなあ（笑）」

11月号

用スペース。

8　VOXXX：電気が2000年にリリースしたアルバム。

9　BLITZ：東京都港区赤坂にあるライヴハウス「赤坂BLITZ」。TBSが運営している。

10　Zepp：東京、名古屋、大阪、福岡、札幌にあるライヴハウス。東京には現在「Zepp Tokyo」と「Zepp DiverCity」があるが、「VOXXX」のツアー時に存在したのは「Zepp Tokyo」のみ。

11　マリアクラブ：福岡県福岡市で営業して

卓球「瀧が言ってたことで、この前結構おもしろかったんだけど。フェスのバックステージ[1]でフェスを満喫してる奴はムカつくっていう（笑）」
瀧「たとえばバックステージも、いろいろ食べ物とかあるけど、寝っ転がれる感じの椅子とか置いてあったりするじゃん。ザ・ロックバンドって感じの連中が多いんだけど、フェスのバックステージだからってことで、下は鋲の入ったパンツとブーツを履いてるのに上半身は裸になって、サンシャインを浴びてる感じ。」
卓球「ビール片手に。それ、ムカつくじゃないんだよね、かっこ悪ぃって（笑）」
瀧「あと、バックステージにちょっと広い芝生があるから、サッカーやんなきゃって感じで、サッカーをやるっていうか（笑）。それもやっぱり上半身裸なんだけど、そういう奴を見ると恥ずかしくてたまらないっていう（笑）」
卓球「あとね、もう1個、肉事件っていうのがあって（笑）。今年のSONICMANIA[2]に出た時に、ケータリング[3]で肉が出たんだよね。夜行ったらステーキみたいのが出てたらしいんだけど、俺たちはそれを食えなかったのよ」
道下「ちょうどリハーサルの時間だったんですよね」
瀧「とにかくSONICMANIAのケータリングがものすごい良かった。過去のフェスのなかでもトップ3に入る」
卓球「いや、ナンバー1だよ、完全に。で、要

いたディスコ。

12 電撃ネットワーク：身体を張った過激なパフォーマンスを繰り広げるグループ。海外でも「TOKYO SHOCK BOYS」として知られている。

13 サソリとか食う：電撃ネットワークの芸のひとつ。サソリを顔面に乗せて這わせたり、口の中に入れる。

14 ギュウゾウ：電撃ネットワークのメンバーのひとり。DJとしても活動している。

1 バックステージ：舞台裏。大型音楽フェスティヴァルでは、遊具が置かれていたり、飲み放題・食べ放題の

はステーキを食べたかったんだけど、ウチらは知らなくて食えなかったの。で、翌日[4]は大阪のSUMMER SONICに出て、主催者は同じだから今日もすげえぞーって昼間に行ったら、ちょうど昼飯と夜飯の入れ替わりの時間帯で、もうほんと、ロクなもんないのよ。そしたら『表でバーベキューやってますからー』って言われて、俺もう『肉、肉!』って行ったら、豆腐ステーキと魚を焼いてて（笑）」

瀧「豆腐ステーキとカジキ[5]って言われた（笑）」

卓球「で、俺もうカチーンと来て。オイ!って、みんなが食べてる席まで行って、豆腐ステーキとカジキしかねえってよ!って、我ながら大人げねえなと思いながら、口に出してわざと言ってるっていう（笑）」

瀧「周りに聞こえるようには言わないけど、聞こえても仕方がないぐらいの感じで（笑）」

卓球「で、仕方なく、あえてサラダだけを食って、また気分を高めるっていう（笑）。負の気分を」

瀧「要は、ちょうどケータリングの谷間になってるから、俺はもうしょうがないからいいやと思って食ってたんだけど、こいつは皿持ってこっち来て『どうなってんですか？　いろいろないですけど』って訊いてて。『すいません、ちょうどなくなっちゃったんで、もう30分ぐらいしたらまたフードが入れ替わる時になりますんで、そこでまた流通する予定ですけれども』って言われたら、こいつ、サラダだけで埋まってた皿を『えー！　これ、返していいですか

スペースが設けられている場合が多い。

2 SONIC MANIA：夏に開催される音楽フェス『SUMMER SONIC』の前夜祭。オールナイトイヴェント。

3 ケータリング：出張型の飲食サービス。盛り付けや片付けなども含めて行ってくれるのが「デリバリー」との違い。

4 翌日は大阪のSUMMER SONICに出て：『SUMMER SONIC』は東京・大阪会場で同時並行開催されている。1日目に東京に出演したミュージシャンは、翌日は大阪（1日目が大

ね？』って（笑）」
卓球「ミールチケット[6]は1枚しかないから！ それを谷間のとこで使い切っちゃうって、すごい損じゃん！ シンディ・ローパー[7]はもっといいもん食ってたはず！って（笑）」
瀧「そうそう。だから皿に全部載せちゃったやつを、『えー、今食うわけ？』っていう。それは、普通のフェスだったらまあこんなもんかと思う感じなんだけど、その前の日のケータリングがあまりにも良かったから、その落差で。しかも前日に肉を食い損なってるから」
卓球「しかも『バーベキューやってますから！』っていう、上がった期待を全部たたき壊される感じだったのよ（笑）。それで、もうしょうがねえっつって、もらったドリンクチケットでドリンクバー行って、ビールじゃなくてイエーガーマイスター[8]！ってショット[9]飲んで、楽屋戻ってさ、まだずーっとブーブー言ってて」
瀧「ずーっと言ってんのよ、ほんとに」
卓球「で、ウチらの楽屋がコテージ[10]みたいになってて、2階だったんだけど。瀧がベランダ出てタバコ吸ってたら、そこからさっきのバーベキューが見えるんだけど、『オイ！ 赤いもの焼いてる！（笑）』」
瀧「赤いもの焼いてるし、どうもあの匂いは肉らしい！（笑）」
卓球「見たら、トング[11]でこう、ひっくり返してるんだよ！『オーイ！ 大変なことになったー！』っつって。『ミールチケット、全員回収～！』（笑）」

阪だった場合、2日目は東京）に出演するのが基本。
5 カジキ：大型の魚。マグロに似た味がする。
6 ミールチケット：食券。
7 シンディ・ローパー：1980年代から活躍するアメリカの女性シンガー。彼女は「SUMMER SONIC 2013」大阪公演1日目のMOUNTAIN STAGEで、電気のひとつ前の枠に出演した。
8 イエーガーマイスター：ドイツで製造されているリキュール。アルコール度数は35

瀧「っていうか、もう目当ては肉だけだから、『ミールチケット1枚で肉だけごっそり持ってこーい!』って（笑）」
卓球「マネージャーの井長さんが行って、肉こーんな山盛りでもらってきて（笑）。で、やっと食えるー!っつって、最後ちょっと食いきれなくて残してた（笑）。で、本番前に食って、じゃあ本番でーすってライヴ行って、ドーッと汗かいて戻ってきたら、カリッカリに乾いた肉が残ってて。もう誰も手をつけないっていう（笑）」
瀧「もう肉がキクラゲ[12]みたいになってる（笑）。ずーっと言ってたよな、ほんとに」
卓球「ほんとだよ。あとね、そのバーベキュー焼いてる人は全然悪くないんだけど、『バーベキューだー!』って行った時に、『豆腐ステーキとカジキですー、ヘルシーですよ!』っていうのに俺、カチンと来て（笑）。全然悪くないんだよ? でも今考えれば、その時は傷口に塩を塗られた気分っていうかさ（笑）」
瀧「って言ってる横で、バーの横に子ども用のプールが作ってあったんだけど、そこでもまた、フェスのバックステージを満喫っていう連中が（笑）。ブラックジーンズを穿いたまま飛び込んでキャッキャキャッキャ言ってる感じ（笑）」
卓球「で、その反省を踏まえてかなんか知らないけど、そのあとのSWEET LOVE SHOWER[13]は肉がすぐ出てきた（笑）」
●……メシは大事なんだね。

度。

9 ショット：「ショットグラス」と呼ばれる小型のグラスに入れた酒を一気に流し込む飲み方。水などで割らないので、アルコールの利き目がすぐに現れる。

10 コテージ：山小屋風の建物。

11 トング：食品を掴むための道具。大型のピンセットのような形状をしている。

12 キクラゲ：茸の一種。中華料理の食材としてよく用いられる。茶褐色をしている。

13 SWEET LOVE SHOWER：

卓球「ROCK IN JAPANとしては、ちょっと他のフェスが褒められるのは納得行かないんでしょ?」

●いや、違う違う。参考にしようと。

瀧「なんかすごかったよ、ほんとに。端っこのほうとか和室みたいなのが作ってあってさ、こっちは竹があしらってあったりして。要は、外タレがそこで気に入って食べてくれんじゃないの、みたいな感じで」

卓球「今まであったチョイスって、パンかご飯かどっちかだったからね。すごいよ、そりゃムキになるよ。次はタッパー[14]持ってこ(笑)」

●でもさ、食いもんでこういう盛り上がりしてる人いるけどさ、だいたい20代のバンドだよ?(爆笑)。このくらいのベテランでね、食いもんではしゃいでる奴誰もいない。

瀧「マジで? 俺、味噌汁ひとつ取っても、『ワカメはあとから入れる制度なんだ!』みたいな(笑)」

卓球「あるある。しかもネギとか、お麸みたいのあるじゃん、輪っかの。ああいうの入れる奴とかな」

瀧「『一口サイズの素麺だって! わかってんなー!』みたいな。ものすごい平静を装って食ってるけど、すっげえ心の中躍ってんの(笑)」

●40代ミュージシャンでいない、いない。だいたい普通にうどんぐらいボソボソ食って終わりだよ、40代は(笑)。

瀧「そうなの? なるほどー。はははは! さっき言った、フェス満喫してる奴責められな

スペースシャワーTVが主催している音楽フェスティヴァル。

14 タッパー:正式名称は「タッパーウェア」。アメリカのタッパーウェア社が製造しているプラスチック製の蓋付き密閉型食品容器。厳密には同社の製品のみを指す名称だが、他社の同種のものに対しても使われる。

いよね、これ（爆笑）。要は、表面化してるか内心で思ってるかの違いでさ」
卓球「かっこ悪いのはこっちだっていう。むしろ浅ましさで言ったらこっちのほうだよね（笑）」
瀧「悟られちゃいけねえっていうさ（笑）」
卓球「悟られちゃいけねえって気持ち、ある？ 俺、ないもん！（笑）」
瀧「あ、そう（笑）。俺まだ若干ある。平静を装って食ってんだけど、心の中すげえ躍ってるっていう」
卓球「むしろ俺、悟られてくれって感じだもん。『豆腐ステーキってなんだよ！』みたいな感じのさ（笑）」
瀧「ああ、『満喫してる俺をわかってくれ！』って（笑）」

12月号

●『あまちゃん』出てた時って、生活してて何か変わった？ あまちゃん効果で。
瀧「なかったとは言わないね。それこそ『（歴史発見）城下町へ行こう！』って番組のロケでお城とか行くとさ、現地の説明してくれる人に年配の人が多いわけ。そういう人が来ると、『観たわよ～。今日も3回観た！』とか言って、朝7時半からのBS観て、地上波も観て、お昼も観て、身近な感じがする！とか言って」
●やっぱ、そういうのが増えるんだ？
瀧「あと卓球がラジオの『たまむすび』にゲス

トで来た時に、赤江（珠緒）さんがこいつに『どうです？　瀧さん出てるの見て』って言ったら、『あまちゃんおもしろいんですけど、トイレに入って大でも手を洗わないこいつが、寿司職人をやってるのはどうかと思う』っていうので、わっひゃっひゃっひゃっなんて笑って、それはそこで終わったんだけど。その後いろんなネットの掲示板とかで、『瀧は便所に入っても手を洗わないらしいぞ！』っていうところから、だいぶ間を端折った話になってて。そのあとに、薬師丸ひろ子さんがラジオで、『今東京編でお寿司屋さんのシーンがあるんですけど、板前さんの役をやってるピエール瀧さん。あの方は役をやるにあたって、ちゃんとお寿司の学校に行ってレクチャーを受けてきたんで、お寿司がちゃんと握れるようになったっておっしゃってました』って言って。『お芝居のなかでね、瀧さんが握ったお寿司を食べたりするシーンもあるんですけれども』って（笑）。それがもう、能年（玲奈）ちゃんとか種市（福士蒼汰）も食べたみたいな話になってるから」

卓球「だって、ほんとだからな」

瀧「確かにそのとおりだから（笑）。トイレ入っても手を洗わないのは、確かにそのとおりなのね」

卓球「ははは！」

瀧「で、薬師丸ひろ子とか能年ちゃんが、俺が握った寿司を食べたのも事実なわけよ。でも、その間がすっかりなくなって、瀧が便所に入って手を洗わないまま寿司を握って、それを女優に食わしてるって（爆笑）。もう『バイオテロ[1]だ！』っていうことになってってさ。で、それ、まあまあおもしろいじゃん、いじる側としては」

卓球「それは、俺も久しぶりにいい仕事したなーって（笑）。電気のツアーの時に、『客が3人しかいない』って観客にツイートさせた以来のネットテロっていう。ただ、こっちは嘘はついてないからな（笑）」

瀧「そうそう。で、こっちもさ、一応、役の時は手洗ってやってんだけどさ、その話がここにつながってるところは、嘘じゃないじゃん。俺が手を洗わないのも事実だし、薬師丸ひろ子が俺の握った寿司を食ったのも事実だし（笑）。で、昔オールナイトニッポンの企画で、瀧が便所に入って手を洗わないまま寿司を握ったケンカ握りっていうコーナーがあって。そこでピチカート[2]の小西（康陽）さんとか小山田圭吾[3]も食わされてるって話が出てきちゃって（笑）」

卓球「あいつ、自分の握った寿司を食わせることで性的興奮を得てる！（笑）」

瀧「っていうか、そんな感じの流れになりかねない勢いでさ。違うんだけど、違わないしっていう（笑）。うっかり書き込みしそうになったもん。違うんだけどって」

●片方だけ取ると全然いい話なのにね。

瀧「うん、そうそう」

卓球「すごい俺、いいパスを渡した（笑）」

瀧「こいつの顔思い浮かべて、あいつめー！と

1 バイオテロ：生物兵器を使ったテロ行為。細菌やウィルスなどを撒き散らして敵対する国家や軍隊などにダメージを与える。

2 ピチカート：1984年に結成された日本のロックバンド「ピチカート・ファイヴ」。90年代の「渋谷系」を代表するグループのひとつ。メンバーチェンジが何度も行われたのち、2001年に解散。小西はグループ結成時からの中心的人物。様々なアーティストのプロデュースなどでも活躍している。

3 小山田圭吾：ミュージシャン。フリッパーズ・ギターを経て、ソロユニット「CORN

思うんだけど、まあでも嘘はついてないしっていうさ」

卓球「それでもまだ手を洗ってない（笑）」

瀧「なんなら寿司を握る前に1回トイレに行ってくるっていう（笑）」

卓球「あとあれだろ？　人生のCDの話」

瀧「ああ、能年ちゃんが人生のCD[4]を欲しがったっていうね。あの子バンドやってたから、ギターとか弾けるんだよ。それでインディーものも知っててさ」

卓球「それもさ、瀧が能年ちゃんに気に入られたくて、人生のCDを……って（笑）」

瀧「そう。真相は、クランクアップの日に花束もらって、お疲れ様～なんて言って帰ろうとしたら「あのー、実は私、人生のCDを探してるんですけど、なかなか手に入らないんですよ」って。で、俺に言うってことは、もしもあったら下さいって意味だろうなと思って、じゃあ探しといてあげるねって話になったのよ。でも新品がないから、それを1回こいつに訊いたら酔っ払ってて、『うるせーな！』みたいにスルーされて（笑）、こいつに言っても無駄だと思って。それで、どうしようかなと思って、人生のベスト盤がケラさん[5]のところから出てたからさ、でもケラさんに直接言うとまた事がデカくなっちゃうから、ウチのマネージャーを通してケラさんの事務所の人にないですかって遠回しに訊こうと思ったら、それがケラさんの耳に入っちゃって。そんなところにちょうど、能年ちゃんが人生のCDを探してたっていう話が世間で

ELーUS」として活動している。

4 人生のCD：卓球と瀧が電気の前にやっていたバンド「人生」の作品は全てインディーズでリリース。のちに再発されたものもあるが、現在、新品では入手困難なものが多い。

5 ケラさん：ミュージシャン・劇作家・演出家のケラリーノ・サンドロヴィッチ。人生がCDを出していたナゴムレコード主宰。人生のベストアルバム『ナゴムコレクション』は2006年にリリースされたが、現在は流通していない。

も明らかになって、ネットでは瀧の野郎が能年ちゃんに気に入られようとして、CDを無理やり渡そうとしてるんだなって書き込まれてる時で。その時にケラさんがツイッターで、『あ、それで瀧がCDくれって言ってたのか（笑）』って書き込んじゃったから、裏付けが取れちゃって」

●なるほど。

瀧「だから、俺が気に入られたいからCDをあげようと思ったんだけど、ないから血眼になって探してて、それでもないからケラさんに泣きついてきたっていう話になってて、『いや、違う違う違う！』って」

卓球「自分の株を上げたいがために、なりふり構わず、恥も外聞もかなぐり捨てて（笑）。何年も前に廃盤になったCDを、封開けてねえやつはないかと」

瀧「いろんなパイプを使って（笑）」

卓球「直接ケラさんに言えばいいものを」

瀧「ナゴムレコードの主宰者にまでっていう（笑）。そのへんのパイプもちらつかせながらみたいな感じで」

卓球「すんごい器の小ちゃい話（笑）。でも、こんだけ広まったら誰かが送ってるだろ、本人のところに」

瀧「いや、それで俺も探したんだけど、結局、人生で出たベスト盤も廃盤になってるのか、もうないわけよ」

卓球「そりゃ廃盤でしょ、あれは」

瀧「で、こいつに訊いてもそんなだったから、どうしようと。自分で言った手前、ネットが賑わってるのも見てるから、どうにかしなくちゃいけないなと思って。最終的に俺、アマゾンで（人生のEPの）『バーバパパ』[6]のCD買ってあげたんだもん（笑）。自分で買ってきて、（レーベル担当者の）池ちゃんに、これ打ち上げ行って渡しといてくれる？って」

卓球「『バーバパパ』のCDなんて俺、家に1ケース余ってんだよ、封開けてねえやつ（笑）」

瀧「あとで『バーバパパ』あげたっつったら、『それはあるんだよ！』って（笑）」

卓球「しかも向こうも、欲しいのはそっちじゃねえだろって感じ。クラッシュのCD欲しいって奴に（ラストアルバムの）『カット・ザ・クラップ』渡しちゃってる感じ。全然ダメ（笑）」

瀧「ベスト盤か『SUBSTANCE』[7]かどっちかって意味だったと思うんだけどね」

卓球「そこまでして気に入られてえかって感じ（笑）。欲しがってるやつでもないものを、アマゾンでわざわざちょっとプレミア価格で買ったうえに（笑）。必死だな！」

瀧「勇気出して話しかけてきてくれたのに、それがこういう結果に（笑）。勇気に応えてあげなきゃと思ったのが良からぬ方向に進むっていう」

卓球「全部、裏目、裏目だもんな。で、あげく『バーバパパ』。ダメだこりゃ（笑）。もらったほうも一応ありがとうございますって言ってんだろうけど、これじゃなーい！って感じな」

●未だに探してる感じ？

6 バーバパパ：雑誌『宝島』が運営していたインディーズレーベル「キャプテンレコード」からリリースされた人生の作品。バンド後期の1988年にリリースされた。人生は1989年に解散。

7 SUBSTANCE：1992年にリリースされた人生のベストアルバム。『SUBSTANCEⅢ』と『SUBSTANCEV』がある。『SUBSTANCE』というタイトルは、卓球が影響を受けたジョイ・ディヴィジョンの『SUBSTANCE』とニュー・オーダー（ジョイ・ディヴィジョンの元メンバーが結成）の『SUBSTANC

瀧「まあ誰か送ったかもしれないね。……その、勝手にそういう話が進んでってでき上がっちゃう感じも、あまちゃん効果だと思うけど」

●そうだね（笑）。

卓球「注目してる人数が多いだけにな。伝言ゲームの勘違い度もすごいよな」

瀧「そうそうそう。しかも速いっていう。で、間違えてるんだけど、うまくまとまってるのが採用されてっちゃうから」

●どんどん洗練されていくんだね。

瀧「途中から俺も、だんだんそんな気になってきた感じだもん（笑）。俺、気に入られようとしてるのかな？って。もしかしたら、みんなの言うとおりかもって（笑）」

E」、両バンドのベスト盤のタイトルが由来だと思われる。

2013年　ボーナストラック

3月号

卓球「今日さ、これからプロモーション行くんだけど。キャンペーンで札幌。今日札幌行って、来週大阪、名古屋？」

●シングル？

卓球「アルバム[1]。できてないのに（笑）」

●（笑）どういうこと？

卓球「プロモーション先行型！」

●すごいな！　恐ろしい取材になりそうだな（笑）。

卓球「池ちゃん[2]がさあ、もう、担当ついたばっかりでポカやれねえもんだから、びっちりスケジュール組んでさあ（笑）。すごいよ？　池ちゃんのスケジュールに合わせてこっちが動くっていう」

●もう、あることないこと言わないとしょうがないじゃん（笑）。

卓球「ほんとだよねえ？　いつもはふざけて嘘ついてたのに、今回ほんとに嘘つかなきゃいけない。やってない宿題、やった体で行かないとさ（笑）」

●ははははは。

卓球「昨日、その話をスタジオでこいつとしててさ。こいつ、なんか知んないけどFMに対する偏見がすごいのね、昔から。FMは洒落てて、気取ってるものっていうさあ（笑）」

瀧「FMは上から目線てことですよ」

●（笑）なるほど。

卓球「そうそう。『またさあ、地方とか行くと

1 アルバム：2013年2月27日にリリースした電気のアルバム『人間と動物』のこと。先行シングルとして1月16日にシングル『Missing Beatz』をリリース。

2 池ちゃん：池田義昭。もともとはキューンミュージックのレーベル担当として電気の仕事をしていたが、2012年の年末から担当マネージャーとなった。

FMの気取ったパーソナリティの女とかが上から目線で来んだろ？』『いやいやいや、おまえそれすごい偏見だし、あと、このキャリアでそれもねえだろう』っていう（笑）」

瀧「わかんないって（笑）」

卓球「このキャリアでそれ来るってもう、明らかに悪意あるじゃん。『あいつら一回とっちめてやる！』みてえな（笑）」

●あ、でも、イメージとしてはそんな感じ。バイリン[3]の女が足組んでて。

卓球「そうそう。『英語話す女にろくな奴はいねえ！』っていう。単なるてめえのコンプレックスなんだけど（笑）」

瀧「あとこっちがふざけてると、そのふざけを注意してくる感じっていうか。『はい、今回ね、もう番組がえらいことになっちゃってますけど』（笑）」

卓球「1回そういうのあったのよ。確実にこっちが悪いんだけど。スタッフとの軋轢の中、八つ当たりがパーソナリティに向かうっていうさあ（笑）。そのパーソナリティの人はもう、当たり前なんだけど、あからさまに嫌悪感を（笑）。生放送中なんだけど、結構ボロクソ言う、みたいな」

●あ、そうなんだ。

瀧「『もう早く帰ってほしいんですけどねっ！』みたいな感じになって（笑）」

●（笑）すげえいい音でね。

瀧「そうそうそうそう（笑）」

卓球「さすがにでももう、それはないでしょ」

3 バイリン：2ヶ国語を話す人を意味する英語「バイリンガル」の略："bilingual"。FMラジオ局はバイリンガルのパーソナリティーが流暢な英語で曲紹介をするスタイルが多い。

瀧「そうかなあ」
●でもノリの違いはあるでしょ。AMとFMの局の感じとか。
卓球「昨日言ってたんだけど、真の音楽好きはAMのディレクターに多いんだけど、自分の好みが反映されない番組ばっかやってるから、マニアックになってく、って（笑）」
●なるほど！
瀧「一見FMのほうが音楽好きっぽいんだけど、そっちはもう商売に直結してるから。ほんとにメジャーな音楽雑誌みたいな感じの扱いになってる。AMの音楽好きはそういうところじゃなくて、もうほんとにマニアックなほうの」
卓球「非常階段[4]とか行っちゃう感じ（笑）」
●ははははは！
瀧「そうそう。また非常階段もオンエアするチャンスがないから、そこをどんどんこじらせてって」
卓球「しかたなくAKBとかかけたりしててさ。で、どんどん鬱屈して（笑）」
●ほんとにそういうのある？
卓球「瀧とか見つけると、ここぞとばかりに、『瀧さん。ファクトリーの1番[5]、ポスターなの知ってますよ』」
瀧「『そこからスタートすんの？』っていうさ。（笑）」
卓球「（笑）根が深いんだよな」
瀧「もう、そういう話したくてしょうがないからさ（笑）。だからAMは違うんだけど、FMっ

4 非常階段：1979年に結成された日本のノイズバンド。2013年に女性アイドルグループ「BiS」と合体して「BiS階段」を結成。同年8月にアルバム『BiS階段』をリリースして話題となった。

5 ファクトリーの1番：ジョイ・ディヴィジョンなどが所属したファクトリー・レコードのカタログ番号1番は、イベントのポスターに割り振られた。

てどうも、パーソナリティの自分の部屋にゲストが来た感があるっていうかさ（笑）。自分の部屋で自由自在にやられると、ちょっとカチンと来るっていうか」
卓球「でも、実際ＦＭ局行くとちょっと物足りなかったりするんだよね（笑）」
●ははははは！
卓球「『あれ？　意外にいい人だ！』（笑）」
瀧「『意外と自由にさせてくれんな』（笑）」
卓球「ははははは！　おまえのＦＭのイメージって、未だに川島なお美とかの80年代な感じだろ？　『ＦＭステーション』[6]。今はもうないよね、そういうの？」
瀧「とは思うんだけどね（笑）。ＦＭに呼ばれねえんだからしょうがねえじゃん」
卓球「想像で話すしかねえ（笑）。おまえ、骨の髄までＡＭだもんなあ？　ポスト毒蝮だっつってんだからな（笑）」
瀧「『ＣＭも細かく入りますよっ！』て感じの（笑）」
卓球「『なっとうなっとう、春日井の甘納豆[7]！』『♪あかひげや～っきょく～[8]』とかね（笑）。『オットピンＳ！[9]』夕方に精力剤のＣＭとかだもんなあ（笑）」
瀧「すげえ居心地いいもんな（笑）」
卓球「でも、今日それやりに行くんだぜ」
●あ、そうか。北海道まで
瀧「もうものすごく、敵視しながらスタジオ入ろう。『オラ！この野郎！』」
卓球「『何しに来やがった！』」

6 ＦＭステーション：かつて出版されていたＦＭラジオ専門の情報誌。ＦＭラジオの番組表、オンエアする予定の曲などが掲載されていた。このデータをチェックし、カセットテープに曲を録音するのが、１９８０年代頃までの音楽マニアの楽しみのひとつであった。この行為を「エアチェック」と呼ぶ。しかし、レンタルレコード店の勢力拡大により、エアチェックは衰退。それに伴い、ラジオ雑誌は次々廃刊となった。

7 春日井の甘納豆：春日井製菓株式会社が製造・販売をしているお菓子。

瀧「『FM? ぶっ潰してやる!』(笑)」
卓球「あのさ、あと、コメントってあるじゃん。読んでる人とか知らないと思うけど。地方で、帯[10]のコメントとかさ」
●うんうんうん。
瀧「アーティストからコメントが届いております、みたいなやつね」
卓球「行かないでコメントだけ送る。『ナントカをお聴きの皆さん、パーソナリティのナントカさんこんにちは。電気グルーヴの誰々です』みたいな。あとテーマが書いてあって、『夏休みの思い出』。これをテーマでトーク3分よろしく。あと曲紹介。それを月―金で』みたいなさあ(笑)。丸投げ!」
●そういうのあるんだ?
卓球「ああ、全然あるよ」
瀧「『山本さん、ヒサポンちゃん、こんにちは!』。誰だよこいつ、ヒサポンちゃんてさあ!」
●ははははは! そういう投げ方だ。
道下「だいたいフォーマットがあって、それをやっていくっていう」
卓球「で、恥ずかしいあだ名を呼ばされるっていうさ(笑)。そのルールに従わされる感じな? ま、いいんだけどさ(笑)」
瀧「利害関係が一致してるからいいんだけど(笑)。でも、その利害関係の中で『ヒサポンちゃんさん』て言わなくちゃいけないから」
卓球「それを一日10本とか録んのよ! 下手すりゃもっと録る時あるよね?」

8 ♪あかひげや〜っきょく〜:精力剤専門の薬局・薬店「あかひげ薬局グループ」。

9 オットピン・S:精力減退、勃起力不全、早漏を改善する精力剤。男性ホルモンやオットセイのオイルを配合。男性の性器、内股のあたりに直接塗布して使用する。以上、ここで触れられている3つの商品のCMは、AMラジオでよく流れる。FMラジオでこの手の商品のCMが流れることはまずない。

10 帯のコメント:特定の番組の決まった時間枠に一定期間流れるコメント。日替わりのテーマでトークを展開しつつ、曲や映画など道下「そうですね」

卓球「もう、クラクラしてくんのね」

●でも、声のトーンとか難しいじゃん。

卓球「だから全部、自分たちが飽きないようにやるしかないじゃん」

道下「おもしろいですよ、そのコメントはかなり（笑）」

卓球「おもしろいんだけど、大事なこと言ってないってこと多いよね。たまにボケすぎちゃってさあ、ふたりともボケっぱなしで一切大事なこと言わずに終わるっていうさあ（笑）」

瀧「あと向こうもさ、こいつら結局発売の告知ができりゃいいんだろ、そこさえ入ってれば、っていうのがあるから、あんまり内容に関しては言わないっていう（笑）。だから俺らのやつとか、オンエアに交じってみるとポッカリ浮いてると思う」

●全然関係ない話してるんでしょ（笑）。

瀧「関係ない話とか、終始ふざけて終わるとか、ずーっと猪木[11]の物真似してるとか、そういうやつ」

●ははははは！

卓球「『元気ですかーっ！』。すげえ聞いたことあるそれ（笑）。月—金の帯とかの3分間ぐらいのやつを録るんだけど、毎日猪木でやってるとか（笑）。『えー、昨日に引き続きましてぇっ！』」

●はははは！

卓球「あと、すげえやるのが、事前アンケートで訊かれるマイブーム？『そんなしょっちゅ

のプロモーションを行う。録音済みの音源をラジオ局に送って流してもらうので、番組のスタジオに直接行かないで済ますことができる。

11 猪木：元プロレスラー。現在は「次世代の党」所属の参議院議員。物真似の対象として根強い人気を誇る。

うブーム来ねえよ！　ブームねえといけねえのかよ！』って」

瀧「『最近ハマってるものを教えてください』『ハマらなきゃいけねえのかよ！』っていうさ」

卓球「さらにひでえのなんかさ、昔、俺、ソロ出した時にちょうど誕生日で。スタッフから誕生日プレゼントで、タツノオトシゴ[12]の飼育セット？『ははーん、明らかにこれプロモーションのネタ作りで言わせようとしてんなあ』みたいなさ。まあ、いただいたもんだから一応持って帰ってさ、家帰って開けたら、タツノオトシゴは別売りでさあ（笑）」

道下「ケースだけみたいな？」

卓球「そう、ケースだけ。アホか！　ふざけやがって！　ほんと、敵か味方かでいったら敵だよ！（笑）」

＊＊＊

卓球「電子書籍化しないの？」

●単行本は、近々やろうと思ってる。

卓球「あ、ほんと。あ、これこれ、あったあった。……ほら、『メロン牧場』」

●あれ？　何これ？

卓球「これ瀧が作った（笑）。自炊[1]した」

瀧「そうそうそう。全部スキャナーで取り込んで。電子書籍化しといたから、売っていいでしょ、俺が？」

●ははははは。

卓球「だって、しゃべってるのもおまえだし、

12 タツノオトシゴ：ヨウジウオ科タツノオトシゴ属の魚類。オスの腹部の「育児嚢」と呼ばれる部分にメスが産卵。オスがその卵を保護して孵化させるというユニークな習性を持っている。

1 自炊：紙に印刷された書籍や雑誌をスキャンしてデジタルデータ化すること。作成したデータは、タブレットやスマートフォンなどを使って読む。自炊を行うのは時間と手間がかかるため、代行する業者も出現。しかし、著作権侵害だとして、数々の訴訟が起こっている。

電子書籍化したのもおまえだからな」
瀧「そう」
卓球「異論はないはずだ（笑）」
瀧「権利はこちらってことで」
卓球「なあ？ 自分たちの作った曲ステージでやって金払うようなもんだもんな。当たり前だよな、そんなの（笑）」
●（笑）そういうのやってるんだ？
瀧「自炊やってる、ちょっと。家で」
卓球「でも、限りなく法律的にはグレーなんでしょ？」
瀧「そう。だからあんまりおおっぴらには言えないけど、それやって本棚1個なくなったよ」
●何で見てるの？ iPad？
瀧「iPadとか、そういうので見てる」
卓球「iTunes使い始めた時にリッピング[2]嬉しくて嬉しくて、CDがんがん入れたじゃない。それと一緒（笑）」
●（笑）わかる。
卓球「しかも、買ってきてスキャンして電子化して、読まずにもうそこで満足（笑）。CDもそうじゃん」
瀧「うん。『これで血肉になったから大丈夫！あとはいつ取り出すかな？』って（笑）」
●「『いざとなったらこれを持っていけばいい』って、別にいざなんてなんねえのにさ（笑）」
瀧「『1ヶ月ぐらい海外行くんだったらこれでだいじょぶかな？』。そんなのねえっつうの！」
卓球「はははははは」
瀧「『何その想定？』っていうさあ（笑）」

2 リッピング：CDから音声データを抜き取り、パソコンなどで再生できる状態にして保存すること。

卓球「あるある、ほんとに。CDとかもリッピングしてさあ、『このライヴ盤ていつ聴くんだ?』みたいな(笑)」

瀧「あるある。ボックスセット収めてウットリ、とかさ。『これでもう大丈夫!』だって。何がだよ!(笑)。JAPAN[3]もやってあげようか、全部? 電子書籍化(笑)」

7月号

卓球「クラフトワーク観に行ったの?[1]」

●いやあ、行けなかった。どれ行ったの?

卓球「『コンピューター・ワールド』[2]。でもね、よく考えたら『コンピューター・ワールド』の曲っていつもやってるから、なんのスペシャル性もなかったんだよね。だから行くんだったら『アウトバーン』[3]とか『放射能』[4]が良かったけど、その日仕事で行けなかったんだよね」

●『アウトバーン』と『放射能』の日は結構チケットは余ってたっぽい。

卓球「逆にね。でもあれ苦痛だったねえ。3D[5]メガネすんのよ」

瀧「で、結構みっしり入ってオールスタンディングで、2時間」

卓球「だんだんメガネがフニャフニャになってきて曇るしさ。で、途中から折ってみたりとかするんだけど、余計顔にフィットしなくなるじゃん。そのあともうすんごい、これさえなければ!とかって(笑)。最後は投げ捨ててきたもん、腹立って(笑)」

3 JAPAN:『メロン牧場』が連載されている音楽雑誌『ROCKIN' ON JAPAN』の略称。

1 クラフトワーク観に行ったの?:ドイツの音楽グループ「クラフトワーク」が2013年5月に来日。アルバム8枚を日替わりで演奏する「クラフトワーク 3-D CONCERTS 12345678」が、赤坂BLITZとなんばHatchで行われた。

2『コンピューター・ワールド』:1981年にリリースされたクラフトワークのアルバム。2曲目の"ポケット・カルキュレーター"は、ドイツ語や英語版瀧「椅子で観たいよね。国際フォーラム[6]でいい感じで観れたら良かったのにっていう」

●しかもお客さんも年齢高いだろうしね。

瀧「おっさんばっかりだった、ほんとに」

卓球「若い女の子が来たらちょっと引く感じだったよねえ？　何この集団？っていう。ファンキーなやつは誰もいなかった。移動したり踊ったりするとね、睨まれる（笑）」

道下「スタンディング[7]に慣れてない客層だから。たとえば、頭を動かして視界をずらしたら、後ろから『チッ！』的な（笑）」

卓球「マナー違反！（笑）」

●なるほどね。

卓球「しかも３Ｄだから、ステージ見えないともう全然意味ない（笑）」

瀧「あとみんな『フー！』とか言い慣れてない感じ（笑）。『フウ……』みたいな」

●でも最近ロックのライヴ、洋楽は特に年齢層高いでしょ？　だから明らかに加齢臭が充満してて。でも、クラフトワークっていうのは特に新陳代謝悪そう。

道下「（笑）それは偏見でしょう！」

卓球「大丈夫。みんなあんまり動いてなくて汗かいてないから」

●でも、たとえばボブ・ディラン[8]ぐらいのライヴになると、もう加齢臭を超えた……。

卓球「死臭！（笑）」

●タンスの虫除け臭？　おじいちゃんのいい匂いっていう。

瀧「白檀[9]みたいな感じでしょ（笑）」

の他、フランス語版や日本語版なども音源化されている。日本語版のタイトルは〝電卓〟。

3『アウトバーン』：1974年にリリースされたアルバム。モーグ・シンセサイザーが導入され、彼らの電子音楽家集団としての特色が確立された決定的な作品。

4『放射能』：1975年にリリースされたアルバム。シンセサイザー色が前作『アウトバーン』以上に強まり、のちに「テクノポップ」と呼ばれる彼らの音楽性がいよいよ本格的に示された作品。ガイガーカウンターの音を盛り込むなど、斬新なアイディアが随所で発卓球「逆にありがたいみたいな。檜[10]の香り。もう棺桶の匂い！（笑）。でも、それ前も話してたじゃん。山崎さん知らないって言ってたけど、若い女の子が集まってる時の匂いっていう」
瀧「甘い匂いね」
●ああ。言ってたね。
卓球「わかんないんでしょ？」
●わかんないね。
卓球「やっぱり、行ってる現場が違うっていう（笑）。だってもう充満してる時あるよね？」
瀧「あるあるある」
卓球「さすがにうちらはもうなくなってきたけど、袖でもう、女子校の匂いっていうか」
瀧「乳白色のミストみたいな感じの」
卓球「俺は桃色っていう印象なんだけど」
●それってでも、いろんな化粧品とかそういうのでしょ。
卓球「いや、違う」
瀧「プラス、フェロモン的なもの」
卓球「甘い匂いだね」
●あ、なんか、汗臭いのに甘いみたいな？
瀧「そうそう、そんな感じの」
卓球「でも悪い気しないよね？」
道下「全然しない」
卓球「よくミッチー、袖で深呼吸してる。ビニール袋持ってこう、持って帰る（笑）」
瀧「マジで若干若返ったりしそうだもん、ほんとに。髪の毛生えてくるとかさ（笑）」
卓球「あると思うよ、それ。いや、髪の毛生え

揮されている。

5 3Dメガネすんのよ：このツアーのライヴは、入場者に3Dメガネを配布。横並びで演奏するメンバーの背後で3D映像が流れるスタイルだった。

6 国際フォーラム：東京都千代田区丸の内3丁目、有楽町駅の近くにある多目的ホール「東京国際フォーラム」。クラシックのコンサートも行われる会場であり、ゆったりと座って観賞することができる。

7 スタンディング：コンサートを立った状態で観ること。ロックバンドの場合、椅子のあるホールのコンサー

るかっつったら、俺、禿げると思う」
●ああ、逆にね。
卓球「男性ホルモンが活発になって！」
瀧「なるほど、対抗しなきゃっていう（笑）」

9月号

卓球「おまえ、昔、リップスライムとキック・ザ・カン・クルー間違えてずーっと話してたよな」
●マジで？（笑）。
瀧「言ってなかったっけ？　セブンアワーズ[1]やったじゃん、リキッドルームで。その日はバタバタしてたんだけど、やってる間、入れ替わり立ち替わり、引っ込んでは着替えてまた出て、っていうの繰り返してたのよ。で楽屋にいろんな人が遊びに来てたんだけど、そこに、ちょっと太った感じの男の子がいて。どうやらリップスライムのRYO-Zくんが来てたんだけど、俺そん時よくわかってなくて。『ああ、いるなあ。あ、そうか、売れてるヒップホップの子？』っていう」
卓球「もう、親戚のおじさんだよね、完全に。『売れてるラップの子』でしょ？（笑）」
瀧「売れてるラップの子で、なんかクリーンな感じの子、っていうフォルダに入れて。『あ、ちょっとごめん、ご覧の通り忙しくて。でもありがとねー』なんつって、セブンアワーズは無事終了。そののちに『ローレライ』[2]の映画の撮影があって、現場に行ったら、ＫＲＥＶＡがい

トでも、スタートと同時に観客が立ち上がることが慣例化している。

8 ボブ・ディラン：1962年にデビューしたアメリカのミュージシャン。幅広い層から支持されているが、60代、70代のファンが特に多い。

9 白檀：独得の香りを放つ木。線香の原料の他、仏具や扇子などにも用いられる。

10 檜：耐久性が高く香りも良いため、最高品質の建材とされている。

1 セブンアワーズ：東京のライブハウス「リキッドルーム」の

たのよ。ちょい役で出てて」
●KREVA、出てたんだ！
瀧「うん。『ああ、こんちはー』なんつって溜まりのとこで話してて。共通言語そんなないじゃん、なんか話さなきゃなあと思って、『あ、そうだそうだ！　そういえばあれだよ、メンバーの子、俺のセブンアワーズに来てくれてたよ』」
卓球・道下「はははははは」
瀧「『え、誰ですか？　LITTLEですかねえ？　MCUですかね？』『いや、ちょっと名前わかんないけど、[3]なんか大柄でぇ』」
卓球「そんな奴いないいじゃん！（笑）」
瀧「そうなんだよ。リトルだっつってんのにさ（笑）。『大柄で、ムチムチした感じの、なんかおもちみてえな感じの』」
卓球「（笑）完全にいねえじゃんか！」
瀧「はははは。『そうですかねえ……』『いや来てた！　絶対来てたって！』」
卓球「『だって俺、会ったもん！』」
瀧「『その時、話もしたし！』」
卓球「『失礼な奴だな！』ぐらいの（笑）」
瀧「はははは。あとから考えて、『あーっ！』ってなった」
卓球「その場では気がつかなかったの？」
瀧「全然気づいてない！（笑）」

11月号

卓球「俺、夏の最初ぐらいに法事があって静岡

名物企画。7時間に亘ってひとりのアーティストが公演を行う。瀧も2003年10月10日に出演（当時は新宿リキッドルーム）。公演名は『ピエール瀧presents 7HOURS DELUXE』。

2『ローレライ』：2005年に公開された映画。原作は福井晴敏の小説『終戦のローレライ』。太平洋戦争中の日本軍の潜水艦が主要な舞台となっている。役所行司、妻夫木聡、柳葉敏郎などが出演。監督は樋口真嗣。瀧は潜水艦の乗組員「田口徳太郎」役。KREVAも「小松機関員」役で出演していた。

に帰ったんだよ。母親んとこ行って、親戚の甥っ子たちも来てて。甥っ子と犬連れてさ、近所の公園行ってたのよ。で、子どもたちが遊んでんの眺めてたらさ、小学校2年生ぐらいの女の子たちかな？　東京だとさ、知らないおじさんに話しかけるなとか言われてるじゃん。でもやっぱり田舎のほうだからさ、そんな警戒心も全然なくてさ。犬に寄ってきて『なんていう名前なの？』なんつって話しかけられて。『ちょっと散歩していい？』って言うから、『いいよ、いいよ、見える範囲でやってきな』って言ったの。全然知らない3人ぐらいの女の子たちなんだけどさ。キャッキャ言いながら連れてって。やっぱ田舎は警戒心ないんだなー、みたいなさ。東京とかだと、それこそ子どもが帽子落として、『落ちたよー』って声掛けても、もう怯えて逃げるような感じじゃん。そういうの全然なくてさ、こっちはのどかだなあなんて思ってて。で、犬連れてパーッと戻ってきたのよ。そしたらさ、そのうちのリーダー格みたいな女の子がさ、『ねえねえ』って俺んとこ来てさ、『君さ』って（笑）。え？　と思って、俺もうそこで虚を突かれて。『君さあ、どうしてそんなおじゃる[1]丸みたいな眉毛してるの？』って（爆笑）」

瀧「マジで!?」

卓球「マジで！　んで俺、完全に虚を突かれちゃって、しどろもどろになっちゃって（笑）。あと、おじゃる丸ってなんだろうって感じでさ、『ウンウン、そうだねー』なんつってさ（笑）」

瀧「なるほど、おっさん丸出しになってしまい」

3 なんか大柄でぇ：キック・ザ・カン・クルーではKREVAが一番高身長。MCUが彼よりもやや身長が低く、LITTLEは小柄。このような特徴から、自分たちを「大中小のキャラ立ち3本マイク」などと称していた。

1 おじゃる丸：NHKで放送されているアニメ『おじゃる丸』のメインキャラクター。正式な名前は「坂ノ上おじゃる丸」。年齢は5歳。1000年前のヘイアンチョウにある妖精界の貴族。剃った眉の上に墨で長円形の模様を描く「引き眉」をしていて着物姿。全体的に平安貴族のような風貌をしている。

卓球「あと『君』って呼ばれたのがまたさぁ。おじさーん、とかだったらまだしもさ。ダブルで虚を突かれちゃって（笑）。完全にこっち、しどろもどろになって、そのあと『じゃあまたね！』なんつって俺帰って、家でｉＰｈｏｎｅで『おじゃる丸』って調べたの。そしたら、なんだっけ？」

瀧「ＮＨＫのアニメのヤツね」

卓球「麿みたいな感じの（笑）！」

●すんげーいい話じゃん。

卓球「虚を突かれたよ、ほんと」

瀧「『君さ』って言うんだ」

卓球「で、『ね、あとさ、なんでチョビヒゲ[2]生やしてんの？　チョービヒゲッ！』みたいになってさ（笑）」

瀧「マジで!?」

●すごいね。

瀧「ある意味、東京の子よりタチ悪くないか？　それ（笑）」

卓球「でも悪気ある感じじゃねえんだけど」

瀧「なるほど。犬も貸してくれたから、じゃあ友達だって感じの（笑）」

●しかもいじめてるっていう（笑）。

12月号

瀧「ハードロックカフェ[1]だっけ、スイーツコーナーがあったところ」

●ソニマニ[2]のケータリングでしょ？　すごかったね、ほんとにね。

2 チョビヒゲ：鼻の下の中央部分にのみ生やすヒゲのこと。卓球は下唇の下、中央部分にのみヒゲを生やしているので、正確にはチョビヒゲではない。

1 ハードロックカフェ：1971年にロンドンでオープンしたアメリカンスタイルのレストラン。現在、日本も含む様々な国で支店を展開している。

2 ソニマニ：夏の大型ロックフェスティヴァル『SUMMER SONIC』の前夜祭『SONIC MANIA』の略称。

瀧「ガラスのショーケースみたいのがあって、そこにプリンが3種類ぐらい。全種類どうぞっていうの。こいつ、ものすごいはしゃいじゃって（笑）。まあまあ満喫して食事食べたあとで、じゃあデザートも！ってフルコースみたいな感覚になっちゃって、池ちゃんと一緒に行って。で、『もらってきたー！ すげえぞあそこ』とか言って、カップに入ったプリンの上にクリームをキュッとのっけて、『さらにトッピングもあんだよ！』とかっつって（笑）、カラフルなチョコとかココアパウダーとか、銀色の仁丹みたいなやつ[3]とかもキャッキャ言ってバンバンかけちゃってて。で、じゃあ俺も行ってくるわって行って、俺は結構シンプルにかけてきたんだけど、『お前、銀色のツブツブかけねえの？ おめえはわかってねえなー！』みたいなこと言ってるからさ（笑）」

卓球「しかも順番も。『最初にチョコチップをかけてから！ あとから彩りを』」

瀧「はしゃぎまくっちゃってて。で、あとからよく見たら、その上にかけるトッピングって、横にあるアイスクリームコーナー用だったんだよ（笑）」

●ははははは！

卓球「どうりでバイトの女の子、クスクス笑ってる感じだったから。このバカ、はしゃいでる！みたいな（笑）。でもね、フジロックとかに慣れてるから、別にフジロックが悪いとは言わないけど、そういうもんだと思ってるから、チョイスがいっぱいある！ってさ（笑）。今までの

3 銀色の仁丹みたいなやつ：「アラザン」と呼ばれる製菓材料。砂糖粒の表面を食用銀粉でコーティングしたもの。

フェスであったチョイスって、パンかご飯かどっちかだったからね。すごいよ、そりゃムキになるよ。次はタッパー持ってこ（笑）」
●でも、意外とミュージシャンって、演奏しにきてるわけだからメシなんかどうでもいいよっていう感覚かなと思ったら、結構食いもんのことで要望とかあったりするよね。
卓球「バイキング形式で何が減ってくかっていうのを見れば一目瞭然で。やっぱ圧倒的にハンバーグが早いじゃん（笑）」
●そうなの？
卓球「そう。ハンバーグ、あとちょっとした豚のソテーとか。味が濃そうなのから減ってくじゃん、やっぱり（笑）」
瀧「要はバンドの奴も労働者っていうさ」
卓球「そうそうそう」
●だからやっぱりバンドマンの生活の裏返しっていうか。あの頃食いたかったものっていうのから離れられないっていう。
卓球「そうなんだよね」
瀧「カツカレーでいいと思うよ、だからほんとに（笑）」
卓球「前に1回、COUNTDOWN JAPANに出た時は、今思い出したけど、種類がありすぎて絞れないっていう。富山ブラック[4]ってそれだけで終わっちゃうじゃん！って（笑）」
瀧「そうなんだよね。しかもライヴやらなくちゃなんないから、満喫できないんだよ」
●満喫してんじゃん！（笑）。
瀧「寿司を食って、富山ブラックを食って、そ

4 富山ブラック：富山のご当地ラーメン。一般的なラーメンに較べてスープの醤油の濃度が濃い。富山県富山市のラーメン店「大喜」で出した中華そばが元祖とされている。

の前に一応ベースにハンバーグか何かを食べたいっていう感じはあるんだけど、これからライヴやんのかと思うと、はしゃげない感じなんだよね」

●なるほどね。じゃあなんかに絞って、その代わりデザートもとか、そういうこと？

卓球「デザートでもないんだよね」

瀧「っていうか、出し方にもよると思う。プレートみたいなのにポンと置いてあるか、こう、（蓋付きの保温容器を）開けるかの」

卓球「ああ！　あるなあ！」

瀧「この開ける楽しみっていう」

卓球「あるある！　あるかな、あるかなって（笑）」

瀧「開けた時にズラーッと並んでるソテーが、え、これ俺のために？っていう（笑）。こんなにぃ？っていう（笑）」

●プレゼントの箱を開けるような（笑）。

卓球「うわーっつって、緊張してトングを入れたまま閉めちゃいそうになる（笑）。あと、似たようなので自分が取ってきたのよりもいいやつを隣の奴が持ってた時の――（笑）」

瀧「『それどこにあった⁉』っていう（笑）。やっぱそんぐらいしか楽しみがないというか、そこでまずアガりたいわけよ。お祭り会場に来たら、やっぱ縁日を楽しみたいじゃん。その感じがちょっとあるわけ」

●なるほどね。

卓球「でもこれ、載ると相当恥ずかしいけどね（笑）」

2014年

1月号

卓球「新しい携帯を予約したのよ。そのあと上海にDJで行ってて、それで、日本から見慣れない番号からかかってきて、無視してたのよ。その4日後ぐらいに日本戻って、また同じ番号からかかってきたから出たの。そしたら携帯ショップからで『あと2日で取り置き期限が終わりますけど』って。『今初めて聞いたんですけど、もしかして前も電話しました?』『ええ、前も電話したんですけど、取り置き期間1週間なんで、あと2日でなくなります』」

瀧「留守電は?」

卓球「入ってないの。で、『2日の間に来てください』って言うから、『いや、留守電も入ってなかったんだけど……ああ、わかりました』って切ってさ。切ってから『あれ?』と思って、ものすごく腹が立ってきて。でも、時間もあったから行こうかなと思って、携帯ショップまで行ったのね。もうちょっとカチンと来てたんだけど、それでまた受付の奴がバカでさあ。『はぁ～い』みたいな感じで」

瀧「(笑)」

卓球「俺、ゴールドを頼んでて。『シルバーもあるんですか? まだ在庫ありますか?』『ええ。ありますけど待ちますよ～』みたいな感じでさ。そこでもカチーンて来て(笑)。『じゃあ、もしシルバーのほうにしたい場合って、どうなります?』『また最初から並び直しです。でもせっかく買うんだったら自分の好きな色のほうが良いっすからね～』って言われて（笑）。またカチーンと来て、『じゃあもういいです！』っつって、結局、キャンセルして帰ってきた」

道下「やめたんですか？」

瀧「でも、ちょっとわかる（笑）」

卓球「最初に『どれぐらいかかる？』って訊いたら40分かかるって。『このバカを相手に、俺は40分も我慢できない！』（笑）。あと、品薄になってる状態なのになんでこんな偉そうなんだっていう。あと、俺の携帯、まだ壊れてないのになんで買わなきゃいけないんだろうっていう（笑）」

●それは知らない！

瀧「ハッと我に返って、多少信者っぽくなってるかなと？」

卓球「信者っていうか完全に向こうのペース。ミッチーみたいになんの疑問もなく、『新しいの出た、わー！』っていうほどバカじゃないから（笑）」

●ははははは。

卓球「理性を持って自分の意思で動いてるから、兵隊アリ[1]と違って（笑）」

●（笑）。

卓球「でもあるでしょ？　テーブルひっくり返すまではいかないけど、『だったらもういいよ！』っていう」

瀧「でも、確かにそういうの、ちょいちょい増えてると思う」

●若い頃のほうが気が短くて、歳取ったら落ち着くのかなと思ったら逆だよね。

1 兵隊アリ：働きアリの中でも大柄なものによって構成されているグループをこう呼ぶ。大きめの餌などを運ぶ際に活躍する。同じ巣の中で一定の役割を果たしているものを指す名称であり、アリの種類ではない。集団で移動し、あらゆるものを食い散らす「軍隊アリ」という種類は存在する。

瀧「逆、逆。店員の態度とか、ちょっとしたことで、カチーン！」
卓球「違う。それ年齢のせいにしてるじゃん。違うんだよ！　そういう奴が増えてきてるんだよ（笑）。『若いもんが』とかじゃなくて、年齢関係なくそういう失礼な奴が圧倒的に増えてる」
瀧「社会が腐ってってるってこと？」
卓球「俺、最初に『あ、これ、腐り始めてきてんなあ』って思ったのはね、ＰＣショップとかの店員の奴ら」
瀧「ああ、ちょっと訊くと半笑いで、『それはですね〜』っていう（笑）」
卓球「そうそう、知らないこっちが悪い」
瀧「『その半笑いはなんだこの野郎！』」
卓球「そう！　今までそういう接客をするビジネスってなかったのよ。しかも、結構な値段のするものを買うじゃん？」
瀧「15万とかね、20万とか」
卓球「当時なんて30万とかしたじゃん。それを買うのにさ、こっちが知らないから訊くと、鼻で嗤われたりとかさ。しかもその鼻で嗤ってる奴がどう考えても、ろくでもねえ奴（笑）。そのあたりからちょっとパワーバランスが狂い始めてきてるっていう」
道下「（笑）世の中のパワーバランスが？」
卓球「むしろ『売り手様は神様』になってるっていう」
瀧「うん。ちょっとわかる。あと、店員の女にずーっとアニメ声でしゃべられると、途中からもうどうにかなんねえかなっていう。『えーこちらの商品はですねぇ〜』みたいな奴。『どっから声出てんの？』って奴」
●ああ、あるある。
瀧「『オプションを付けますとぅ〜』みたいな奴。『何、この感じ……』っていう」
卓球「（笑）世直しが必要？」
瀧「（笑）世直しが必要だなっていう。そうなんだよ。ちょっとさ、アニメ関係が市民権得てきてんじゃん」
卓球「逆に言うと、よそ行きとしてしゃべるアニメ声とかってあるよね。俺、最近、80年代の女の人のしゃべり方っていうのに気づいたんだけど。80年代の女の人たちの、『あのぉ、私たちはぁ』っていうしゃべり方、トーンがあるのよ。それはその時から十分媚びた話し方だなっていう印象はあったんだけど、だんだん変化してきてる？　ちょっと前だとアニメ声じゃなく、幼く話すっていうのがあったじゃん？　舌っ足らずで、リズム崩して話すっていうさ。それが今、アニメ声になってきてるって、僕は思うんですよ（笑）」
●80年代に流行った前髪と、太い眉毛のメイクの復活と共にでしょ？
卓球「いや、どっちかっていうとね、俺の印象としては、デビュー当時の川島なお美[2]のしゃべり方（笑）」
●ああ……。
瀧「ああ………」
卓球「古すぎて伝わんねえだろうなあこれ、

2 川島なお美：女優。ワイン愛好家としても知られる。彼女の芸能界デビューは文化放送の『ミスDJリクエストパレード』。現役女子大生がDJを務める深夜放送だった。

（ロッキング・オン・）ジャパン読者に（笑）」
瀧「基本甘えモードでしゃべるやつでしょ？　だからそうだ！　アニメ声っていうか、甘えモードって感じなんじゃない？『多少の粗相はあっても、この感じなんで、勘弁してくれますよね？』っていう」
●（笑）なるほど。
瀧「で、粗相があるとバレちゃうんだけど、アニメ声でしゃべってると、『多少の粗相は……この感じですから』っていう」
卓球「へりくだり方のパターンがおかしいっていうかさ。たとえばデパートとかちゃんとしたお店だと、ちゃんとした人格はあるけど、『こういうモードで接しますよ』って感じ。でも甘えモードの時って、『トータルでこういう人間です』って感じで来るじゃん？」
●キャラクターとして来るんだね。
瀧「それがもう、すげえ許せなかったりすんだけど。ま、だからってキャンセルはなかなかしないけどね（笑）」
●確かに多少のドジは許されるアニメキャラみたいな、そういう設定にしてるかも。
瀧「だからあれ、保険なんだよね」
卓球「でも女の子のデパートのアナウンスあるじゃん？　あの独特のアクセントって、訛りを矯正するためなんでしょ？」
瀧「ああ、そうなんだ」
卓球「地方出身者が多いから、訛ってズーズー弁だったりするといけないから、ああいう基準ができたって言ってた」

3 チャック・ベリー

瀧「デパート語でしゃべってね、っていう」
卓球「そうそうそう」
瀧「『ろっかい、はぁ〜、ふっじんふっくぅ〜』」
卓球「(笑) それ、たまに笑っちゃう時ねぇ? たぶん本人も気づかない間にどんどんデフォルメされていってさぁ。もう、チャック・ベリー[3]からスタートしてディスチャージぐらいまで行っちゃって (笑)」
●はははは。
卓球「ナパーム・デス[4]ぐらいまで行っちゃってんだけど (笑)、本人はあんま気づいてないっていうさ」

2月号

瀧「俺、こないだ食いもん屋行って、途中でシメのラーメンとなんちゃらみたいなやつ頼んで。あらかた食い終わって、あとシメだけなんだけど、食い終わって30分経っても出てこないんだよ。ラーメンじゃん、だって。どうやら忘れてそうだと思って、店員の女の子に、『すいません、さっきオーダーしたあれなんですけど、入ってますか?』って言ったら、『あ、ちょっと待ってください!』って、パーッて行って、戻ってきた時の第一声がカラッと、『今、麺入れましたんでー!』」
卓球「はははは」
瀧「『ああ、はい』って1回言ったんだけど、いや、待てよと (笑)。ピンポーンと鳴らしてまた呼んで。『忘れてたよね?』『いえ、あのー、

からスタートしてディスチャージぐらいまで行っちゃって:「チャック・ベリー」とは、1950年代後半から活躍しているアメリカのミュージシャン。ロックンロールの先駆者。「ディスチャージ」は1970年代後半に登場したイギリスのハードコアパンクバンド。ハードコアパンクはロックンロールの進化系のひとつだが、両者のサウンドのスタイルは大きく異なる。

4 ナパーム・デス:1980年代前半に登場したイギリスのバンド。ハードコアパンクをさらに過激にしたような「グラインドコア」と呼ばれるサウンドの代表格。

ちょっと混み合ってまして、今麺を入れたところで』『いや、それはもういいわ』っつって」

●（笑）拒否？

瀧「拒否っていうか、もういいにしてくださいって」

卓球「またおまえとかの場合だとさあ、全然メンが割れてたり[1]すると、『ピエール瀧が』ってなるでしょ、それで」

瀧「そうなんだよ、なんか。『ピエール瀧が傍若無人に振る舞ってった』っていう。『ラーメンひとつ待てねえのかあいつ』」

卓球「『そこまで忙しいとは思えねえけどねっ！』っていう（笑）」

瀧「はははは！　いやほんとにさ、最初に『すいません』とか言ってくれんならあれだけどさ、『今、麺入れましたけど』って、その後戻りできない感も、なんかさ（笑）。『キャンセルさせない！　もう麺入っちゃってるから！』、『今ここであんたがノーって言うとこっち、麺ひとり分損する感じになるんだけど？』っていう」

●そっちを出してくるよね。まず「すいません」て言やぁいいのにね。

瀧「そうそうそう。それだったら『まあ、じゃあしょうがないですね』ってこっちも待つんだけどさ」

卓球「ただ、これは誤解されたくないんだけど、『近頃のわけぇもんは』っていうんじゃないんだよ」

瀧「じゃないね、うん。だってさ、若い店員っ

1 メンが割れてたり：「顔が知られている」「何者なのか顔を見ただけでわかる」ということ。「面が割れている」と書く。

て逆に良かったりしない？　まあヘタクソなんだけど、一生懸命な奴が多い気がする」
卓球「うーん、年齢で区切れない、やっぱ」
●あ、そう？　全体が腐りつつある？
卓球「全体が腐りつつあるからもう。まんべんなく腐ってるから、俺以外（笑）」
瀧「だから一度社会をリセットしなくちゃいけないんだ（笑）。そん時が近づいてるってことだろ、要するに？」
卓球「（笑）そう！　一度ね、社会全体にお灸をすえなきゃいけない（笑）」
瀧「ハルマゲドン[2]をもう起こすしかないこちらが、っていう。待っててもしょうがない、結果同じなんだから（笑）」
●（笑）。

瀧「でも最近ババアとか、歳の人も、ちょっとよけても何も言わないとか、そういうの多くない？　昔はどうでもよかったけど、すげえ鼻につくようになってきちゃってさ。これ話したっけ？　俺、歯医者行ったのよ。治療が終わって、歯医者から出てきたら、ザァーッ！ってゲリラ豪雨[3]が降ってて。傘持ってなかったし、車がある駐車場まで100メートルぐらいなのよ。どうにかそこまで行こうと思って、ちょっと小降りになる瞬間を狙って、歩道橋の下に移動して。またそこでザァーッを待って、また小降りになった瞬間にラーメン屋の軒先まで移動して。プチ雨宿りしながら駐車場まで行ったわけ。で、駐車場の敷地に入るかなっていう時に、ドザァーッと降ってきたのよ」

2 ハルマゲドン：世界の終末に起こる最終戦争のこと。『新約聖書』の「ヨハネ黙示録」などで描かれている。一般的には「世界の終わり」の意味で用いられることが多い。

3 ゲリラ豪雨：突発的で予報が困難な集中豪雨のこと。かつては「集中豪雨」、夏季ならば「夕立」などと呼ばれていたが、近年、熱帯地方のスコールのように激しいものが増えたため、この名称が使われるようになっている。

卓球「『ドザァーッ』（笑）。初めて聞いた（笑）」

瀧「ドザァーッと降ってきたから、もうヤバい、雨宿りするとこあそこしかない！ってパッと入ったところが、駐車場の精算する機械の上に、70センチ×50センチぐらいのひさしみたいなの付いてるじゃん。あそこになんとか入って（笑）。ほんと自分の周りだけなんだよ、雨降ってないの。それ以外ドザァーッ！（笑）ってなってる中で、こう、『少しでも（体が）細くなる！』って感じ？」

卓球「はははははは！」

瀧「じゃないと濡れちゃうわけよ、ほんとに。まあでも10分か15分頑張ればなんとかなるだろうと。今ここでさ、自分の車を精算しちゃえば10秒ダッシュでバタンて入れるんだけど、自分の車がちょっと遠いから、見えないわけよ、何番か」

卓球「はははははは！」

瀧「精算機のちっちゃいとこ入ってるから、見れないからさ、『ど、どうしよう！　20？　22？　わかんねえ！』と思って。もう、待つしかないと思って」

卓球「しかもここまで雨宿りを乗り継いできて、濡れなかったっていうのが台なしになっちゃうからね」

瀧「そうそうそうそう。『あと最後なのに！』っていうのでこうやって待ってたら、そこに傘差したババアが来たわけよ、駐車場に。パーッて精算機のとこに歩いてきて。ちっちゃいひさしの下だからさ、俺がもう塞いじゃってるわけじゃん、その空間を。で、ババアが最初に言った台詞が、『ちょっとそこ、どいてくださる？』」
道下「はははははは！」
瀧「『えぇぇぇ！』って感じで（笑）。『いやいやいやいや！　これね』って説明するのもアレだから、またさらに細く、キュウ～ッとなって、金入れるところをなんとかあけて。でもここ、ちょっと濡れてるわけ、その時点で。でもおばさんにその段階では非はないじゃん、そこにいる俺が悪いわけだからさ。ま、『どいてくださる？』もどうかと思うけど。で、俺がどいたらそこにスッて入ってきて、お金をチャリーン、チャリーン、チャリーンって入れてるんだけど、ひさしの内側にそのババアが差してる傘が入ってきてるから、ひさしで受けた雨水がまずその傘に来て。しかもザザーッて降ってるのプラスこっちからも集めたやつが傘を伝って、細くなってる俺の胸元に、ビチャビチャビチャビチャビチャーッ！」
卓球「そっからこう、手で雨樋を作って（笑）」
瀧「そうするしかない！っていうさ（笑）。『ちょちょちょちょちょ！』って言ったらおばさんが、『あら、なあに？』『いやいやあのね、おばさんの傘が入ってるから、こう2段階になって僕のここに来てるんですよう！』って言ったら、『あらそ、ごめんなさいねぇ』なんて言って。で、払い終わって、ババアの車すぐそこなんだよ、赤い車かなんかで。『えーっと、あ、ごめんなさいね』ってクルッと方向転換して、『えーと、車まで行くけど足元濡れちゃうかしらぁ？』ってやってる間も、180度向きが逆になったババアの傘の後ろっ側が、さっきと同じ要領で俺の胸んとこにビチャビチャビチャビチャビチャーッ！　ほんとに、『ババアこの野郎！』って言いそうになったんだけど（笑）、ぐっとこらえたんだよね」
卓球「『おまえ、『あまちゃん』でおなじみのこの俺様が！』って（笑）。『『あまちゃん』でおなじみ、かつ同時期に『凶悪』[4]を！』」
瀧「『『凶悪』側、出すぎこの野郎！』って、ほんとに。マジで（笑）」
卓球「はははは」
●でも、ババア視点から見ると、まさかこんなガタイのこういう人が、雨に濡れることなんて気にするわけないと思ってるよ。
瀧「すげえ差別じゃんそれー！（笑）」
●（笑）イメージ的にはさ。
瀧「ドザァーッ！だって言ってんじゃん、だからほんとに！（笑）。そこで人情があるんだったら『あ、困ってらっしゃるのね？　お車まで、ちょっとじゃあ一緒に』ってやってくれてもいいのかなと思うんだけど、まあまあそこは甘えすぎじゃん、さすがに（笑）」
卓球「別におまえ、スーツとか着てたわけじゃねえんだろ？　走って行きゃあいいじゃねえか！　おかしいじゃん」
瀧「雨、弱い」
卓球「はははは」
瀧「いや、じゃあ百歩譲って言うけど、俺、普

4 凶悪：2013年に公開された映画。山田孝之、リリー・フランキーなども出演。瀧は死刑囚の役。誰にも話していない余罪、3つの殺人事件を、瀧が演じる「須藤純次」が雑誌記者に告白するところから物語は始まる。

段傘差さないのよ。少しぐらいの雨だったら濡れて行こうっていう、ブリティッシュスタイル[5]で暮らしてるんだけど」

●（笑）ひどかったんだ？

瀧「その時はもう、ドザァーッ！だから、ほんとに。排水口だいじょぶかな？って思うぐらいの雨だから。それはさすがに行けないでしょう、中坊[6]じゃねえんだし！　だから最近のおばさんはタチが悪い！（笑）」

●（笑）そうだね。あと、ゲリラ豪雨は怖いね。

瀧「そうだ。ゲリラ豪雨は怖い！」

3月号

瀧「年末のCOUNTDOWN（JAPAN 13／14）でなんかあった気がするけど、何だっけ？　おまえが書いたあれだ、俺のサイン。パネルに書いたやつ」

卓球「あれ、どうなったんだろうなあ」

瀧「あれがツイッターでバンバン、リツイートされてて」

卓球「だから関係者だろ？　そういうやつらのネットリテラシーのなさ！　バカッターだよ、バカッター」

●違う意味でね。

瀧「『年収2億円』とか書いてあって」

●俺、訊かれたもん。これどっからどこまでホントなんですかって（笑）。

瀧「『報知映画賞』[1]もこれ嘘なんでしょっていう」

5 ブリティッシュスタイル：「イギリス流」ということ。イギリス人はよほどの土砂降りでもない限り、傘を差さないことで知られる。上着のフードやレインコートでしのぐ人のほうが多い。イギリスではかつて傘とは女性用の日傘、紳士のステッキ的なファッションアイテムだった。そのことが雨でも傘を差さない習慣につながっているらしい。

6 中坊：「中学生の坊主」の略。男子中学生のこと。

1 報知映画賞：瀧は『凶悪』や『くじけないで』での演技が高く評価され、第38回報知映画賞の助演男優賞を卓球「しかも『報知助演男優賞』って書こうと思ったら途中で字がわかんなくて、『瀧、ちょっとあれどういう字だっけ？』って言ったら、『いいからよこせ』って、自分で結局書いてる（笑）。本末転倒だよな」

瀧「書いてホラって渡したら、こいつそのあと、『年収2億円』とか『参上！』とか書いて、オイ〜！っていう、ペンを渡さなきゃいいだけの話なんだけど（笑）」

卓球「でもさ、昔、同じことやってて。渋谷のHMVでやってたJ-WAVEのピストン（西沢）さんの番組で、そこの控え室のポスターにいろんな人がいろいろ書いてて。『ピエール瀧、年収2億円』って書いたら、結構それも話題になって。前たぶん言ったと思うけど、『え！瀧くんって結構儲かってるんだね！』みたいなさ。回り回って戻ってくる噂があったけど、そん時から上がってねえんだって話（笑）」

瀧「だってそれ、こんなデカデカと書くんだよ（笑）。普通のA4のポスターサイズだからね。楽屋に、マジックで」

卓球「逆に小ちゃく書くほうがタレコミっぽいじゃん（笑）」

瀧「それで今回もツイッターで『2億円だって！』とか『自分で参上って書いてる！』とかさ、『賞もらって浮き足立ってるな、こいつ』っていうさあ（笑）。なかには『さすが瀧』とか書いてあってさ（笑）。いやいやいやいや！っていう」

卓球「おまえの、それを見つけた時の反応ので

受賞。2013年はその他、第37回 日本アカデミー賞の優秀助演男優賞、第68回毎日映画コンクールの男優助演賞、第56回ブルーリボン賞では助演男優賞に輝いた。

きなさっぷりな（笑）。もう痴漢の冤罪かけられて留置場に入れられてる状態の」
瀧「冤罪の完全犯罪（笑）。完全犯罪ぶりがよくできすぎてて、冤罪って言いづらくなる感じ。もう俺がやったってほうが評価が上がるかも、やってねえけど（笑）」
卓球「あれ、ひどいな」
瀧「だからおまえだよ、ひどいのは！（笑）。あと俺、年末は『あまちゃん』の枠で紅白[2]には出ないっていうのがあったから、紅白の前番組の『しあわせニュース』[3]っていう、NHKの地方局がその年の一番いいと思われるニュースを出し合ってやるみたいな番組のゲストで出てくださいって言われて、出たんだよね。俺はひな壇の前の壇に座ってたんだけど、後ろに鳥越俊太郎[4]さんがいて。その隣には森公美子[5]さんが座ってて、司会が桂文枝[6]師匠なのよ。それでリハーサルやってたら、後ろから鳥越俊太郎がポンポンって肩叩いてきて。『瀧さんね、あれ観たよ、『凶悪』』って。『あまりにも良かったから、ピエール瀧さんってどういう人か、調べたんですよ』って」
卓球「興信所を使って（笑）」
瀧「『いろいろ見て、結構あれなんでしょ？ バンドやってて、結構長くて』なんて。『はい、ありがとうございます』っつって。で、その後、本番直前にいる楽屋みたいな部屋で鳥越さんや森さんと座って映画の話とかしてたら、杏ちゃ[7]んがパーッと入ってきてさ。それで、白だしのCMで夫婦役やってたからさ、『久しぶりです

2 紅白：『第64回NHK紅白歌合戦』のこと。『あまちゃん』の出演者たちが集合し、ドラマの劇中歌を熱唱した。

3 しあわせニュース：『しあわせニュース』の放送時間は17時～18時50分。紅白は19時15分～23時45分。

4 鳥越俊太郎：ジャーナリスト。元毎日新聞社の記者。

5 森公美子：オペラ歌手、女優。ミュージカルなどで活躍する他、バラエティ番組への出演も多い。

6 桂文枝：落語家。上方落語協会長。「桂三枝」を経て、201

ね、どうも』なんて話してたら、鳥越さんが『杏ちゃん知ってる？　この瀧さんって人ね、昔ね、畳[8]って芸名だったんだよ』（爆笑）。『えー、そこ？』って（笑）。さすがジャーナリスト、取材力ハンパねえ」

●へえ！と思ったんだろうね。

瀧「あの人の頭の中に、俺が元・畳だっていう情報が入ってると思って（笑）」

卓球「しかもその3週間前に〝俺が畳だ！殿様だ！〟[9]を歌ってるしな、実際（笑）。数十年ぶりに」

●そうなんだ。

卓球「ナゴム[10]のイベントで。しかも、あまちゃんオールスターズで紅白とかあったじゃん。それでネットの記事でさ、『クドカン[11]、ピエール瀧は確定でしょう（関係者）』みたいなこと書いてあって（笑）。で、こいつに『おまえ紅白決定らしいぞ』ってメール送ったら、『いや、俺もその記事見たんだけど、まったくなんも聞いてないんだよね』って。だから『来ても断れよ！』なんつってたら、キレイにオファーも来なかった（笑）」

瀧「どうやらあまちゃんファミリーじゃなかったらしい（笑）」

卓球「『断るよ！』って、来てもねえのに」

瀧「断れねえっつうな（笑）」

●でも、COUNTDOWNの出演、すごい早く返事くれたじゃん。

道下「でもあれは、31日じゃないじゃないですか。31日は空けてた（笑）」

2年「六代桂文枝」襲名。

7 杏：女優。瀧とはヤマサ醤油株式会社の「昆布つゆ 白だし」のCMで共演した。

8 畳：正式には「畳三郎」。ドラえもん、ゴルゴ13、白塗りの殿様など、様々なコスチュームでステージに立っていた。

9 俺が畳だ！殿様だ！：瀧の人生時代の代表曲。

10 ナゴムのイベント：ナゴムレコードの30周年、同レーベルの主宰ケラリーノ・サンドロヴィッチの生誕50周年を祝った。電気グルーヴPlays 人生卓球「でも別のとこで、寿司屋の格好してたんだけどね」

瀧「朝、（恵比寿）リキッドルームで（笑）。それは毎年の年越しイベントの餅つきで、先に言われてるからさ。その年の干支のかぶりものしたりとか、一応やるじゃん、そういうの。『どうする今年？』なんて話になって、とりあえず『あまちゃん』があるから、俺は梅さんの格好して、篠原[12]（ともえ）に海女の格好させて、（スチャダラパーの）アニも板前の格好させてりゃいいんじゃない？って。『まあ、それだったら来たお客さんも一応ね』みたいな」

卓球「アニ、すげえ似合いそう」

瀧「それだったら、『とりあえず俺は一応本物っちゃ本物じゃん』だって」

卓球「偽物に限りなく近いけどな（笑）。〝Shangri-La[13]〟のサビを歌う瀧みたいな感じ（笑）。偽物じゃねえけど、本物かといわれると疑問も残るってさ」

瀧「〝ガリガリ君〟の頃から出世したなあって（笑）」

卓球「で、ガリガリ君もさ、（CM曲やってるのは）ポカスカジャン[14]じゃん。こっちのが早えからまだいいけど、嘘じゃねえけど、みたいな。そういうの多いよな、おまえ」

瀧「多い、多い。で、リキッドで『スペシャル感あっていいじゃん』とか言ってたら、結局その前に紅白終わってリキッドに来たキョンキョン[15]が、飛び入りで〝潮騒のメモリー〟歌っちゃったからさ」

（ZIN・SĀY!）として出演。

11 クドカン：『あまちゃん』の脚本家・宮藤官九郎のニックネーム。

12 篠原（ともえ）：タレント、アーティスト。シンガーとしてデビューした頃、卓球がプロデュースを手掛けていた。

13 Shangri-La：電気の代表曲のひとつ。1997年にシングルでリリース。この曲のヴォーカルは卓球。

14 ポカスカジャン：3人組のお笑いグループ。アイスキャンディー「ガリガリ君」

卓球「本物見たあと、偽物……！」
瀧「そうそう。一応、本物なんだけど」
卓球「偽物でもねえか」
瀧「偽物でもないんだよ、だから（笑）」
卓球「加[16]トちゃん、志村、いかりや見ちゃったあとにさ、こぶ茶バンド出てこられてもね。しかも高木ブーが違う奴じゃんみたいな（笑）」

4月号

卓球「去年の12月の、ナゴム（レコード）のやつがあったじゃん（ケラ生誕50周年&ナゴムレコード30周年記念イベント）」
瀧「ああ、人生の曲やったやつね」
卓球「その打ち上げで誰もそばに寄ってこなくて、パッと目をやったら遠くのテーブルに瀧が芝居チームでグループ作ってて。クドカン[1]（宮藤官九郎）とか（田口[2]）トモロヲさんとか。で、いつも見せる瀧のボス猿感覚じゃなくて、トモロヲさんがいるもんだからちょっとこう、猫背ぎみの（笑）。揉み手で、ちょっとせむし、眼帯、出っ歯（笑）。しかも洋館のドアを開けてランプを持って、ギー！『ご主人様がお待ちでございます』。そういうへりくだり方で（笑）」
瀧「（笑）そこまでへりくだってはいないけど、自分でジュースは買いに行かないのに、ジュースを買う場合はすぐ調達しますっていうポジションだよね（笑）」
卓球「そう。それで俺、ケラさんの隣はあれだもんなっつって、ふたつぐらい空けて座ったの

のCMソングを歌っている。"ガリガリ君のうた"を収録したシングルのリリースは2003年。電気の曲"ガリガリ君"を収録したアルバム『A』のリリースは1997年。

15 キョンキョン：歌手、女優である小泉今日子のニックネーム。『あまちゃん』ではヒロイン「アキ」の母親「天野春子」を演じた。"潮騒のメモリー"は同ドラマの劇中歌。

16 加トちゃん、志村、いかりや見ちゃったあとにさ：ザ・ドリフターズは、いかりや長介、加藤茶、高木ブー、仲本工事、志村けんによる5人組。リーダーはいかりや長介。グルー

ね。元ケラ[3]&ザ・シンセサイザーズの三浦（俊一）さんがいて。で、横に行って、反対側がまりんで。結局俺、あとから考えてみたら、あそこで話したの、まりんと三浦さんぐらいしかいない、まさに[4]ザ・シンセサイザーズ（笑）。最後のほうとか三浦さんもちょっと引いてて、まりんとばっかり話してた記憶がある（笑）」

瀧「これなら、ここじゃなくてもいいじゃんみたいな（笑）」

卓球「ほんとにひでえ目に遭ったよ。おもしろかったけど。そうそう、で、そのナゴムのイベントの前にタクシー乗ってたら、瀧のラジオ『たまむすび』やってて。ケラさんがゲストだったのよ。お！って思って、運転手さん、ちょっとすみません、ヴォリューム上げてくださいなんつって、『いやあ瀧、ありがとうね、今回はほんとに、人生でライヴやってくれて、いろいろ準備とかもやってくれて』『いや、全然大丈夫！』って。おめえ何もやってないじゃねえか！（笑）。何が『全然大丈夫！』だ、そりゃそうだろうよ、こいつ！って（笑）」

瀧「手伝ってもいいんだけど、手伝うと迷惑がかかるからさ（笑）」

卓球「いやいやいや、おまえ今までそれで逃げてたけど、手伝えとは言わねえけど、『この場でそれかよコノヤロー！』って（笑）。おまえ、そこはもっとおもしろく返すとか、『いや、オイラなんか何もしてねえでゲスから！』ぐらいのさぁ（笑）」

瀧「なんで急に！」

プの看板的存在は、加トちゃんこと加藤茶と志村けん。

1 クドカン（宮藤官九郎）：4公演あったこのイベントのうち、12月8日にゲスト出演した。

2（田口）トモロヲ：俳優。ナゴムから作品をリリースしていたバンド「ばちかぶり」のヴォーカリスト。年齢の上でも、ナゴムからリリースしたミュージシャンの中でも、瀧や卓球の大先輩。

3 ケラ&ザ・シンセサイザーズ：現在のケラがやっているバンド。メンバーの三浦俊一は、ケラがもともとやっていたバンド「有卓球「さっきのせむし、ランプ、洋館のほうに行くぐらいの（笑）」
瀧「それまで普通に会話してたのに、『ありがとね』って言われたら、『いやいや、オイラ何もしてねえでゲスから！』って？」
卓球「その切り替えがおもしろいんでしょ。いきなりそのままのトーンで、『いえいえ全然大丈夫、お安い御用で』みてえなこと言いやがってさ」
瀧「下々の者がやってますから、みたいな」
卓球「いやいや、『俺がやってる』みたいな感じ。この忙しい合間をぬってっていう」
瀧「そんな言い方してないじゃん！」
卓球「すごいそういう感じ。『ちょっと運転手さん、1回路肩止めて！』（笑）。降りて、タバコに火をつけて」
瀧「怒りでススキの穂をペキーン！（笑）」
卓球「ほんと、おまえは図々しいな！（笑）。あと、正月にすごかったのが、俺、実家に帰ってて。親戚の小2の甥っ子がいるんだけど、そいつが俺にすごいなついてて。一緒に犬の散歩行ってた時にさ、告白って感じで『あのさー、クラスにすごいバカな奴がいるんだけど、変な本を拾ってきて』『え、何？ エロい本？』『そう、エロい本を拾ってきて、みんなで学校で見てて。そしたらね、なかでね、おちんちん食べてた』って（爆笑）」
瀧「あー、いいなあ！」
卓球「それ、大人じゃ出てこない」
瀧「しみるなあ、その一言（笑）。『お父さん、今、

頂天」のキーボードプレイヤー。P-MODEL脱退後に加入したが、2014年2月に脱退。有頂天はナゴムからリリースした最初のバンド。

4 まさにザ・シンセサイザーズ：まりんはケラ&ザ・シンセサイザーズのメンバーではないが、シンセサイザー専門のキーボードプレイヤー。

お母さんにおちんちん食べてもらってる』（笑）」
卓球「でもちょっと親には言えない感じっていうかさ、それはわかってるんだよな」
瀧「うん、そうねえ」
道下「なんつったんですか？　それで」
卓球「『ほんとー、食べてた？　おちんちん、食べてたんだー（笑）』」
瀧「すげえいい話だな。世界レベル（笑）」
卓球「似たような話、世界中にあるだろ（笑）。『くわえてた』っていうのと違うんだよ」
●違うねえ。
全員「…………（笑）」
道下「すげえジワジワ来る」
●来るね。

卓球「で、その子にさ、なんか買ってあげるからっつって、おもちゃ屋行ったのよ。小学校2年生だからラジコンとか欲しがるかなと思ったら、さんざん1時間ぐらい悩んだ末、買ってくれっつったのが、ウノ[5]」
瀧「カードゲームの？　へえ」
卓球「で、あとでやろうっていって。それで夜、みんなでやってたのよ。母親とかと。そしたら正月だから遅くまで起きてていいじゃん。12時回ってもまだ起きててさ。何度も何度もやるじゃん、子どもだから。で、その前にさ、人生の〝オールナイトロング[6]〟を聴かせたのよ。したら、すげえ気に入っちゃって（笑）」
瀧「おちんちんの歌だし、キンタマだしな」
卓球「ずっとかけててくれっていうんだよ、

5 ウノ：アメリカ合衆国オハイオ州の理髪師マール・ロビンズが1971年に考案したカードゲーム。

6 オールナイトロング：人生の代表曲。《キンタマが右に寄っちゃった》というフレーズを何度もリピートする。

やってる間中リピートで（笑）。そしたらもう立ち上がって、アドレナリン出まくっちゃって、ヒャア～!!!ってなっちゃって（笑）、もう止まらないんだよ。ちょっと怖いぐらいな感じ。ずっとリピートしてて、その日はそれで終わって。『もう寝ろ！』っつって寝たんだよ。で、翌日また起きて、朝イチで『ウノやろう！』っつって、でも俺そん時、風邪ひいちゃっててさ。すげえダルかったのに、横たわりながらウノやって。で俺が勝ったらさ、やっぱりあの音楽がないからだ！っつって（笑）。『あの音楽がないから負けた、フミくん、あれかけて！』って。風邪でさ、横になりながら、ふたりでウノ（笑）。で、〝オールナイトロング〟でさ。地獄だよ、ほんと（笑）」

道下「すげえ」

卓球「すごいよね。まだあの曲でなんか事件あるんだって」[7]

瀧「あー、ちょうどいいかもな、小2の男の子とか」

卓球「一緒だろ？ おまえんちの子と。やっぱり洗練されてたよ、おまえんちの子は（笑）。それぐらいのもんだろうと思ってたら、田舎の子はウブでもっと子どもだった（笑）」

瀧「しゃべる野良犬って感じ？（笑）」

卓球「すごかった、ほんとそれは。現時点で、今年入って一番聴いた曲は〝オールナイトロング〟（笑）。iTunesの再生回数で一番多いの（笑）」

瀧「すげえな、小学生」

7 まだあの曲でなんか事件ある：この曲にまつわる以前の事件に関しては、『メロン牧場──花嫁は死神4』2009年7月号の回を参照。

5月号

卓球「結局、映画はなんの賞獲ったの?」

瀧「報知映画賞、毎日映画コンクール、ブルーリボン賞、日本アカデミー賞。それ全部、助演男優賞」

●総ナメじゃん。

瀧「総ナメでもないけど、まあ……」

卓球「そんだけ獲りゃすごいよね?」

●すごいよ!

瀧「総ナメんなっちゃうのかなー?(笑)。各賞、ちょっと雰囲気に差があってさ。日本アカデミー賞はテレビ中継も入るし、みんなタキシード着る感じ。報知映画賞はわりと普通の映画賞で、毎日映画コンクールは川崎[1]のシンフォニーホールってところでお客さん入れてやる感じで、一番笑えるのがブルーリボン賞(笑)。ブルーリボン賞って、スポーツ新聞とか芸能とか、そういう記者の人たちが投票して選ぶんだよ。だから運営も各新聞社の記者の人達が持ち回りでやってて、普段やり慣れてない人たちが『えーっと……』って感じでやってる(笑)」

卓球「佐村河内[2]の記者会見って感じだろ。仕切る奴がいないっつう(笑)」

●はははは!

瀧「そう。今年は報知新聞の人が担当だっつって、『すみません、ちょっと打ち合わせするのでステージ集合してくださーい』っつってんのに全然裏の、わけわかんないとこ行っちゃって

1 川崎:神奈川県川崎市。ミューザ川崎シンフォニーホールは、JR川崎駅の西口を出てすぐのところにある。

2 佐村河内:作曲家の佐村河内守。聴覚障害の作曲家として知られていたが、ゴーストライターの存在が発覚した他、様々な疑惑も浮上。2014年3月7日に謝罪会見を行った。

『ここ、どこ？』（笑）。あと、賞品？」

卓球「賞品出んの？」

瀧「報知映画賞は賞金。ブルーリボン賞はもともと記者の人たちがやってるやつだからお金がない、と。せめて賞状にブルーのリボンを、っていうのが始まりなんだって。だからブルーリボン賞は賞状と万年筆。毎日映画コンクールが、車」

卓球「えっ！　もらったのかっ!?」

瀧「車もらった」

●マジに!?

卓球「うーわぁー、おまえー！　ちなみに車、何？」

瀧「日産のティアナって新車。中古じゃないよね、さすがに（笑）」

卓球「中古くれないよ（笑）。くれよ！」

瀧「なんでおまえにあげなくちゃいけないんだよ！」

道下「免許ないっすよね？（笑）」

瀧「ないでしょう！『くれよ！』って、あげる理由が全然わからない！」

卓球「だっておまえ、2台持ってるじゃん。3台目いらないだろう！」

瀧「おまえ、俺にシンセくれたことあるかよ？もらったシンセとか（笑）」

●はははははは！

瀧「だから毎日映画コンクールだけはスポンサーがいっぱい入ってて、たとえばテレビくれる人とか、海外の往復旅行券ビジネスでどうぞ！とか」

卓球「それは賞によって違うのか」

瀧「スポンサーが持ってきた賞があって。これはこの人にあげようとか、向こうが振り分けるらしいんだけど」

卓球「あ、そうなんだ。じゃ、日産がくれたの？」

●じゃあ、当たりじゃん！（笑）。

瀧「当たりかはずれかっていうと、ま、そうだよね、当たりだよね（笑）。それで川崎のシンフォニーホールで、イベント広場みたいなとこに呼ばれて、お客さんの前で表彰式をやるんだけど。そこで[3]でかい鍵もらってさあ（笑）。『うわ、出たっ！　憧れのでかい鍵だっ！』っていう（笑）」

卓球「ふーん。わ、嬉しそうー！（笑）」

瀧「嬉しいさ！　そりゃそうだろう！」

卓球「ナンバー発表してよ（笑）」

瀧「（笑）なんでだよ！」

卓球「おまえ、ここまで行けたのも『メロン牧場』を応援してきてくれたみんなのおかげだからな？（笑）」

瀧「じゃ『メロン号』って名前つける（笑）。でも普段行き慣れてないとこ行ってさ、場違い感ハンパないんだよね！　主演の役者さんとかいるし、[4]ジブリの鈴木敏夫さんとか普通にいる感じ（笑）。やっぱりアカデミー賞だけちょっと独特だったよ、雰囲気が」

卓球「観たもん。ちょうどテレビつけたらやってたから。こんななって拍手して（笑）」

瀧「いや、ほんとに。『バレちゃいけねえ！』っていうさあ（笑）」

3 でかい鍵：自動車の鍵を模したパネル。自動車を手渡しすることは困難なので、現物の代わりに受賞者に贈られる。

4 ジブリの鈴木敏夫さん：株式会社スタジオジブリの代表取締役。敏腕プロデューサーとして知られる。

5 樹木希林：女優。1960年代から活躍している。

6 西田敏行：俳優。ABCテレビの人気番組『探偵！ナイトスクープ』の局長も2001年から務めている。

7 ヤフーチャット万歳！：千葉県柏市で起

卓球「ブラを着けてることが？『それがまた燃える！』だって（笑）」

瀧「（笑）それで壇上に並んだあとに、主演・助演の男優・女優は『それではおひとりずつインタヴューしていきましょう』って、インタヴューをしなくちゃいけない。ステージに椅子を出されて、こっちに樹木希林[5]さん、こっちに西田敏行[6]（笑）」

●うわぁー！

瀧「ふたりの間に挟まってインタヴューを受けなきゃいけないっていう（笑）」

卓球「『ヤフーチャット万歳！』[7]、言ったの？（笑）」

瀧「もう、言わない自信ないっていうさ。正気を保つために言わなきゃ！って（笑）。西田敏行さんに、『ピエールさん、あんたはいったいなんなんですか！』とか言われて、『……はぁっ！』って感じで（笑）」

卓球「次はおまえ、『（探偵！）ナイトスクープ』の探偵だな。西田局長の下で（笑）」

瀧「でも俺、座ってパッて見て『局長と〝お化けのロック〟[8]だ！』って（笑）。なかなかの体験してきたよ、ほんとに。で、座った円卓が『凶悪』チーム？」

卓球「『凶悪』チーム！悪役レスラーって感じだ？（笑）」

瀧「俺とリリー（・フランキー）[9]さんと白石監督[10]と、プロデューサーの人とかいるんだけどさ。それと、『そして父になる』[11]チームの是枝監督、ましゃ[12]（福山雅治）、尾野真千子とか真

こった連続通り魔事件の犯人が発した言葉。この異常行動はニュースなどで大きく報道された。

8 お化けのロック：1977年に放送されたTVドラマ『ムー』の劇中歌。同ドラマで共演した郷ひろみと樹木希林によるデュエット曲。

9 リリー（・フランキー）：イラストレーター。イラストやデザインの他、文筆、写真、作詞・作曲、俳優など、多方面で活躍している。

10 白石監督：『凶悪』を手掛けた映画監督の白石和彌。

木よう子とかいるテーブルになっちゃったの。しかも一番前のほうで、一応料理は出るのよ(笑)。もう全然手ぇつけらんなくてさぁ」

卓球「よだれ、ダラダラ！　大型犬！(笑)」

瀧「なんにも食べることなく、皿とかきれいなまんま持ってかれちゃって。『あ、ああっ！　僕のお皿なのに……』って(笑)」

●ははは。でも、車獲ったって言ってなかったの？

卓球「うん。知らないよ俺」

瀧「どうせ車獲ったって、欲しがるなあと思ってさ(笑)」

卓球「で、黙ってたんだ？」

瀧「(笑)黙ってた」

卓球「普通くれるよねえ？　トータス[13](松本)くんとかあげてると思うよ、ウルフルズのメンバーに(笑)」

瀧「ははは」

●おめでとうございます。

瀧「ありがとうございます」

卓球「俺は言わない、『おめでとう』とは。車をくれないから！(笑)」

6月号

卓球「あ、テレビ出たんだ、電気で。NHKの東海・北陸のローカル番組」

瀧「NHK[1]名古屋局の、開局60周年番組。東海・北陸のアーティストを集めて名古屋でスタジオライヴと、屋外のステージと、2ヶ所でやって

11 そして父になる：2013年に公開された映画。第66回カンヌ国際映画祭で審査員賞を受賞した。

12 ましゃ(福山雅治)：瀧と福山はNHK大河ドラマ『龍馬伝』で共演した。

13 トータス(松本)：ロックバンド「ウルフルズ」のヴォーカリスト。瀧同様、俳優としても活躍している。

1 NHK名古屋局の開局60周年番組：3月1日に放送された『カンシャ カンレキ ナゴヤ☆スペシャルライブ』。

生中継」
卓球「で、出演者が――」
瀧「SKE48[2]、SEAMO[3]、あと松崎しげる[4]（笑）。あとチームしゃちほこ[5]」
●名古屋だね（笑）。
瀧「それに水森かおり[6]っていう演歌歌手で、元祖ご当地ソングみたいな人」
卓球「で、電気グルーヴ」
●（笑）なるほど。電気だけ静岡？
卓球「松崎さんも東京だから、特に関係ない（笑）。でもオファーが来た時は、静岡出身で、っていう」
瀧「で、司会が大久保佳代子[7]と鉄平[8]」
卓球「っていうのに、リリース時期でもないのに出た（笑）。そんな、どう考えても受け入れられるわけないところに、っていう」
瀧「ライヴ、2曲」
卓球「〝Shangri-La〟と〝SHAMEFUL〟」
瀧「客は、ほとんどSKEファン（笑）」
卓球「しかも俺、毎年やってる『We Sky a Go-Go!』[9]って苗場のチャリティイベントでその日の晩、DJの予定がずいぶん前から入ってたの。で、そのNHKのオファーが来て『こんなのが来てるんですけど、やりませんよね？　用もあるし、生放送だし、その前にこのメンツで、ないでしょ？』って言われたんだけど、俺が『どうしても出たい！』って（笑）」
●はははは。なんで？
卓球「というのも、東海ローカルなのよ。東京[10]

2 SKE48：2008年に結成された女性アイドルグループ。愛知県名古屋市中区の繁華街・栄地区を拠点に活動している。AKB48の姉妹グループ。

3 SEAMO：ミュージシャン、ラッパー。愛知県出身。「シーモネーター」としての活動を経て、2005年に改名。大型音楽フェスティヴァル『TOKAI SUMMIT』を2007年から主催するなど、東海地区の音楽シーンを代表する存在となっている。

4 松崎しげる：歌手、俳優。東京都出身。1970年にデビュー。1977年に〝愛のメモリー〟が大ヒット。

では流れないっていうのと、最近、瀧の露出があまりにも多くて、俺が親戚とかから突き上げをくらってて（笑）。田舎の人たちにとってはテレビ出てる＝人気のバロメーターじゃん。そいで、『あんた、食べてけるのか』って言われて（笑）」

●（笑）。

卓球「こいつのやってる『しょんないTV』とか、そういうバラエティ番組とかじゃなくて、一応音楽番組。しかもローカルだったら東京でも映んないし、そんなダメージもないって（笑）」

●なるほど。しかもNHKっていう。

卓球「そう、ピンポイントでいけるから、『絶対出たい！』って俺がすごい押して。要は、向かってんのは俺の親戚だけだから、別に現場でいくら怪我しようと、そこに映りゃあいいっていう考え（笑）。だからオファーを受けて、出番も苗場に間に合うように一番最初にしてもらって。で、SKE48目当てのアイドルおたくの連中の前でやるっていうさあ（笑）」

瀧「なかなか見ることのない絵ヅラだったよ。おっさんたちが付き合いで手拍子して（笑）」

卓球「で、俺は帰りに、『今日は僕のために瀧くん、ありがとう』（笑）」

瀧「そういうの引き受けるとさ、絶対、そん時はいいけど当日になって、『来るんじゃなかったあ！』っていうパターンじゃん」

●うん（笑）。

瀧「『それ、なしな！』っつって（笑）」

5 チームしゃちほこ：大手芸能事務所スターダストプロモーションに所属している名古屋在住の少女たちによって結成されたアイドルグループ。同じ事務所のももいろクローバーZ、私立恵比寿中学の姉妹グループ。

6 水森かおり：演歌歌手。東京都出身。1995年デビュー。〝東尋坊〟〝鳥取砂丘〟〝釧路湿原〟など、名所を歌った曲が多く、「ご当地ソングの女王」と呼ばれている。

7 大久保佳代子：お笑いコンビ「オアシズ」のメンバー。愛知県出身。

8 鉄平：DJ、MC。

卓球「あの日は言わなかったろ？」
瀧「あの日は言わなかった」
●ははははは！
瀧「だから、自覚あんだなと思って。『今日は俺のためにみんなが来てる』ってこともわかってんだなって（笑）」
卓球「名古屋駅へ向かうタクシーの中で、『今日は、（瀧のマネージャーの）井長さんも、スタッフも、僕のためにありがとう！』って（笑）」
●すべての条件が、卓球の親戚対策って意味ではMAXだったんだね。
卓球「でもそんなのどこにも言ってないから、みんな『なぜ？』って（笑）」
瀧「『電気グルーヴ、必死！』っていう」
卓球「あと名古屋の中京テレビの、昔っからずっと世話になってる中京テレビの苅谷さんにも、『なんでこれ出んの？　俺がいくら誘っても出てくんないのに、なんでっ』（笑）」
瀧「でも、なかなかの雰囲気だったよ。名古屋局の60周年だぁー！っていうお祭り感とのギャップが甚だしくてさ（笑）」
卓球「俺はアウェイなのとっくにわかってたんだけど、こいつステージで矢面立ってるじゃん。もう、現実が目の当たり（笑）」
瀧「一番前の柵のところにいる奴とか、途中から力抜けちゃってさあ、（[11]『あしたのジョー』の）力石って感じだったもん」
卓球「力石[12]が東光特等少年院で自転車乗ってハガキ持ってくる時だろ（笑）」
瀧「ハガキ持ってないから力石じゃないってわ

東京都出身だが、名古屋の放送局の番組への出演が多い。自身の事務所も名古屋にある。

9 WeSky a Go-Go！：『FUJI ROCK FESTIVAL』の開催地、新潟県湯沢町の苗場スキー場で行われているDJパーティー。

10 東京では流れないっていうのと：当初の予定では『カンシャカンレキ ナゴヤ☆スペシャルライブ』は、中部エリア7県のみの生放送。しかし大好評だったため、4月6日の深夜に全国で再放送された。

11（『あしたのジョー』）の力石：漫

かったぐらいで（笑）。俺、具合悪いのかなと思って、途中で『大丈夫？』って訊いちゃって（笑）」
卓球「『大丈夫？』って訊きたいのは向こうのほうだったけどな（笑）」
瀧「俺、〝SHAMEFUL〟のイントロがあんなに長く感じたのは初めてだった（笑）」
●（笑）。
卓球「……あと、何かあったっけ？」
瀧「ピエール中野[13]の話？」
卓球「ああ。最近、ピエールって名前の奴が増えてきてるって。よく考えたらそれの大本がこいつだって言ってんだけど、大本っつったって元祖ではないじゃん」
瀧「まあね。別にピエール、俺が発明したわけじゃないから（笑）。で、ピエール中野がピエールナイトっていうイベントをやってるんだけど、俺がやってるのかなって勘違いする人もいるらしくて、そいつがツイッターで『ピエールフェスっていうからピエール瀧かと思うじゃねえか。紛らわしいことすんな！』って書いたら、ピエール中野がそれに言い返したりしてて（笑）」
卓球「そのイベントで、最初こいつのとこに依頼が来て。ピエールナイトのオープニングで動画のコメントを欲しいっつって、『そんなの受けたらさ、これからピエールって奴が出るたびに俺、コメントしなきゃいけねえじゃん！』（笑）」
瀧「いやほんと！」
卓球「でもそんな、ピエールがみんなお前にコ

画『あしたのジョー』の主人公「矢吹丈」のライバル「力石徹」。力石はフェザー級だったが、バンタム級のジョーと対戦するために過酷な減量に挑む。その末にジョーとの戦いのリングに立った彼は、やつれ果てていた。

12 力石が少年院で自転車に乗ってハガキ持ってくる時：ジョーと力石の出会いのシーン。

13 ピエール中野：ロックバンド「凛として時雨」のドラマー。DJとしても人気。2014年3月21日に主催イベント「ピエールナイト」をZepp DiverCity TOKYOで行った。

メント求めてこねえよ！（笑）」
●（笑）それで言い合いしてんだ？
瀧「ていうか、もともとライジングかなんかに出た時に、中野がパーッて来て『電気グルーヴのピエール瀧さんですよね？ 僕、すっごいファンなんです！ 僕のピエールっていうのも瀧さんから取ったんですよー』『ああ、そうなんだ。じゃあもういいよ、きみが本家で』っつって（笑）」
卓球「そしたら真に受けちゃったんだ（笑）。でも事後承諾だもんな？」
瀧「そうそう。『つけていいですか？』じゃなくて、もう『つけて、それでやらせてもらってんですけど』ってフェスまで来てるわけだしさ」
卓球「はははははは！」
瀧「そこで『ダメだ！ ピエール、俺のもんだ！』ってのもなんか、大人げないしさ」
卓球「カルダン[14]も黙ってねえしなあ？」
瀧「そうそう（笑）。で、そのあとピエールナイトをやることになって若干巻き込まれてる（笑）。それどういうことかなと思ったら、南こうせつ[15]のとこにあるアーティストが来て、『すいません、僕、北こうせつって名前でやらしてもらってんですけど』」
卓球「はははははは！」
瀧「『今日、こうやってフェスでご一緒できて嬉しいです！』『ああ、そうなの？ じゃあ頑張ってね』『ありがとございまぁーっす！』なんて言って、後日、こうせつナイトを向こうが

14 カルダン：フランスのファッションデザイナー「ピエール・カルダン」および、彼のブランドのこと。

15 南こうせつ：ミュージシャン。フォークグループ「かぐや姫」のメンバーとしても知られる。

開く感じ？」
●（笑）うん。
卓球「でも一番丸く収まるのは、瀧がピエールナイトをやりゃあいいんだよ（笑）」
●それかもう、持ち回りでいいじゃん。
瀧「（笑）当番制でっていう？　また中野がちょいちょいさ、『ピエール瀧さんから御墨付きをもらっていますから！』ってツイッターとかに書くんだ（笑）」
卓球「じゃあここで、『御墨付きを取り消す！』って話しとけよ」
瀧「『惜しくなった。やっぱ』って（笑）」
●（笑）つけたのは卓球だっけ？
卓球「その場にはいたよ、俺」
瀧「一応つけたのは俺だけど、『ピエールにしようかなあ』『ああ、いいじゃんピエール』ってとこにはいたね」
卓球「でもさ、結局誰ひとりとして自分のピエールっていう名前、フランスのちゃんとした発音で言えねえっていう」
瀧「そうなんだよ。結構いるのにな、ピエール（笑）」

7月号

卓球「ちょっと前なんだけど、銀行行ったのよ。お金借りに行ったんじゃなくて、あるじゃん、定期だなんだかんだ」
●うん。
卓球「銀行の人と、最終的に捺印するみたいな段階になってさ。そしたら30代半ばぐらいかなあ、男の銀行員が、『あのー、すいません。ずっと思ってたんですけど、石野卓球さんですよね？』『ああ、はい』っつって。あ、わかってたんだと思って。『実は僕、AKB小嶋陽菜[1]の大ファンでしてっ！』。俺、曲書いたじゃん」

●ああ、そうかそうか！

卓球「『このたびはっ、陽菜に曲を書いていただきっ、ありがとうございましたっ！』」

卓球「『ヤベぇこいつ！』って（笑）」

瀧「要は卓球先生ってことでしょ？ 向こうにしてみたら」

卓球「『本人になり代わり！』みたいな感じでさあ。でも、銀行員だよ？」

●（笑）それ、ダブルでヤバいね。別に電気グルーヴのファンっていうわけじゃないんでしょ？

卓球「全然全然！ ヤバいとしか言いようがねえっていうかさ（笑）」

瀧「『そんな陽菜に曲を書いている卓球先生の残高は、さてと？』って話でしょ？ 要は（笑）」

卓球「恐ろしい話だよ。あとこの前、うちらの共通の友達が亡くなって。葬式とか行けなかったから、俺と瀧で、当時の同級生とかも呼んで、みんなで静岡に墓参りに行ったのよ。そのあと法事的な感じでみんなで久しぶりに飲んだりしてさ、あと、友達の形見分けみたいなのがあって、そいつコレクター気質の奴だったから、結構いろんなもんをもらって帰ったのよ。でも結構酔っぱらって、俺、新幹線で寝ちゃったの。

1 AKBの小嶋陽菜：AKB48の1期生。卓球が作詞作曲を手掛けたのは厳密には「AKB48」ではなく、彼女が同じく1期生の高橋みなみ、峯岸みなみと一緒にやっているユニット「ノースリーブス」の曲。2013年1月にリリースされたシングル『キリギリス人』初回生産限定盤A収録の小嶋のソロ曲〝MY SHINING STARS〟。

目が覚めたらもう品川[2]着いてて、『ヤバいヤバい!』って完全に自分の荷物だけ持って出てきたの。で、家着いてから『……忘れてきた!』と思って、遺品を。まずいじゃん」
●うん。
卓球「んで、便と号車はわかってたから電話をかけたら、『ああ、それっぽいものは届いてますけど、一応確認のために中身を言っていただけますか』って言われて。『えーっと、ピンク・レディー[3]のドーナツ盤[4]7枚と、あと勝新太郎[5]の座頭市の30センチぐらいのフィギュアとミニカーが1台』『はい、確かにこちらで預かってます』(笑)」
●はははははは。
卓球「っていうのがあって。で、俺、瀧に、『俺、危うく遺品忘れてきちゃうとこでさあ』っつったらこいつも、『実は俺も棚に忘れてきて(笑)」
瀧「遺品もらって棚に忘れるってちょっとまずいじゃん。なんだかなあと思ってたらこいつから電話かかってきて、『おまえもか!』。『良かった』だって(笑)。『何がだよ!』っていう」
卓球「俺も言いながら、『そんなもん持ってく奴いねえよなあ』ってさあ(笑)」
瀧「(笑)あ、ひとつ、超おもしろい話あるんだよな。俺、仕事用に、近くに賃貸で物件を借りたわけ、ちょうどいい感じのがあったから。で、借りたはいいんだけど、別に周りに言うようなことでもないから、一応内緒にしてたのよ。それで、俺、セキュリティで毎日エゴサー[6]

2 品川:東海道新幹線上りの終点である東京のひとつ手前の駅。

3 ピンク・レディー:アイドルデュオ。1976年に〝ペッパー警部〟でデビュー。メンバーのミイとケイは卓球と瀧と同じ静岡県静岡市出身。

4 ドーナツ盤:アナログレコードのシングル盤のうち、中心の穴が大きいもの。

5 勝新太郎:俳優。「座頭市」は彼が時代劇で演じた盲目の侠客。

6 エゴサーチ:自分の名前をインターネットで検索すること。

チしてんのね、変なの書かれたらヤだからさ」
卓球「(笑)違うよ、『今日のピエール瀧情報』だろ。『評判は? 株価はどうかな? 最近『アナと雪の女王』[7]もあるし、ピエール株価は上がってるかなあ?』(笑)」
瀧「(笑)で、チェックしてたら、そこに、『タケちゃんマン』[8]ってハンドルネームの奴が、『今日の現場の隣がなんと、あの有名人のピエール瀧が借りた物件だって管理会社が言ってた。ちなみに家はこれ!』って感じで、バカーンと写真がツイッターに上がってんのよ(笑)」
●ははははは。
瀧「それ見て『おいおいおい!』ってなるじゃん(笑)。隣が解体工事をしてたらしくて、たぶん、そこに来てた業者の子なんだろうね」
●めちゃくちゃありがちなパターン(笑)。
瀧「そう。俺、すぐ管理会社に電話して。『あの、ツイッターって知ってます?』『ツイッターはちょっとわかんないんですけど……』『いや、ツイッターにこういうのが書かれてあって。写真があがってて、管理会社の人が言ったっつってんですけど、どういうことですか?』『いや、それはちょっとわからないんですけど。早急に調べますけど、こちら、ツイッターなるものをやってる者が誰もおりませんでー』って、のんきに構えてるわけよ。『これね、ほっとくとえらいことになるから。3時間ぐらい前にツイートしてて、たぶんでかい工事をそこでやってるだろうから、まだいるはずだ』と。電話でそのおっさんに、『現場の横で工事してる奴がいる

7 アナと雪の女王:2014年に日本公開されたディズニーのアニメ映画。瀧は日本語版の吹き替えで雪だるま「オラフ」を演じた。

8 タケちゃんマン:1980年代に放送されていたバラエティ番組『オレたちひょうきん族』のコントでビートたけしが演じていたキャラクター。

と思うんで、そこに行ってタケちゃんマンを探してよ！』」
卓球「ははははは！」
瀧「『タケちゃんマンなる奴をすぐ探して、タケちゃんマンにツイートを消すように言ってくんない？』っつったら、『わかりましたっ！』って（笑）。で、20分ぐらいしたら電話がきて『管理会社の者ですけども、ただいま現場のほうに行ってまいりまして、えー、現場のほうで確認をしましたところ、タケちゃんマン、おりました！』」
卓球「[9]TOKIOの格好して、肩に赤いランプ点けて？（笑）」
瀧「『タケちゃんマンがおりましたので、タケちゃんマンに、ツイートを消すように言ってまいりました』と。そしたら10分後ぐらいにそれが消えて、一応事なきを得たっていう話なんだけど（笑）」
●ははははは。
瀧「すごいでしょ？」
●すごいね！　久々だね、それ（笑）。
瀧「タケちゃんマンしかないからさ、キーワードが（笑）。そのあと管理会社から、『現場のほうからですね、うちのタケちゃんマンがご迷惑をおかけして、お詫びをしたいということで』って言うから、『いえいえいえ、それは別にいいですよ。来られても困るしね』って言ったりとかして、一応丸くは収めたんだけど」
卓球「今までのいろんな人類の歴史の中で、『いましたタケちゃんマン！』っていうの、初めて

9 TOKIOの格好して、肩に赤いランプ点けて：タケちゃんマンの扮装。服は沢田研二の1980年のヒット曲"TOKIO"の衣装。

かもなあ（笑）」

瀧「ははははは」

卓球「これ、『またもお手柄、ツイッターポリス』[10]だよ（笑）。しかも今回結構でかいの捕まえた！」

瀧「大捕物だね。タケちゃんマンだからなあ」

●（笑）前回のツイッターポリスのネタの時は、目の前で現行犯逮捕だったけどさ。今回もっとすごいじゃん。遠隔操作（笑）。

瀧「科学捜査だよね（笑）」

卓球「県警と手を組んで、って感じ（笑）」

8月号

卓球「池ちゃんがさ、なんか、ケータリングのセンスが悪いんだよ（笑）」

瀧「たとえば『お菓子買ってきて』っていうとさ、洋菓子とかしょっぱいものとか、いろんなものをバランス良く集めてくるのがいいじゃない」

卓球「あと、量ね（笑）」

瀧「要するにそのへんのセンスがないから、ほんとに雪の宿[1]とか平気で買ってくるんだよ。雪の宿とおだんご、とかさ。『炉端で食うんじゃねえんだから！』っていう」

●（笑）。

卓球「おばあちゃんの、蓋がついた器の中に入ってる感じのチョイスなのよ（笑）」

瀧「そうそう、ほんとに。下手すると道明寺[2]とか買ってくるんだよ！」

10 ツイッターポリス：瀧がツイッターを監視する「ツイッターポリス」を名乗るようになった経緯は、『メロン牧場——花嫁は死神4』2010年12月号の回を参照。

1 雪の宿：三幸製菓株式会社が1977年から製造販売しているおせんべい。サラダせんべいの表面に北海道産の生クリーム入り砂糖蜜がかかっている。

2 道明寺：桜餅のこと。大阪の道明寺が考案した「道明寺粉」という餅米粉を使って作ることから、この名で呼ばれるようになった卓球「はははははは！」
瀧「いいお菓子っていうことで。『そうじゃねえよ！』っていう（笑）」
卓球「そいで瀧がさ、『池ちゃん。ベーシックと貧しさを履き違えるな！』って」
●はははははは。
卓球「それが発覚してから1年ぐらい経つよね、なんだかんだいって」
池田「そうですね、はい（笑）」
卓球「最初のうちは、たまたまかもしれないって、お菓子以外のもののケータリングを頼んだこともあったのよ。それでみんなが点数をつけるって言って——0点取ったんだけど（笑）。だってお菓子だけじゃなくて、ある程度小腹がへった時に食べる食事、軽食みたいなものっていった時に、かんぴょう巻[3]買ってくるんだよ!?」
●（笑）えええええ！
卓球「かんぴょう巻、ないじゃん？ 普通、持ち帰りの寿司とかの中でも。せいぜい鉄火巻[4]とか、カッパ巻[5]？」
瀧「っていうか、かんぴょう巻ってさあ、『長く持ち歩くぞ！』って覚悟があるじゃん。植物で、煮てあるし、傷まないし、歩きながら食えるよっていう旅人の食いもんだからさ、マジで（笑）」
●はははははは。
瀧「『その観点いらねえから！ お伊勢参り[6]に行くんじゃねえんだよ！』っていう」
卓球「最初、ウケ狙いでわざとそういうの選ん

らしい。

3 かんぴょう巻：だし汁、醤油、砂糖、みりんで煮たかんぴょうを酢飯と海苔で巻いたもの。

4 鉄火巻：マグロの赤身の刺身を酢飯と海苔で巻いたもの。

5 カッパ巻：きゅうりを酢飯と海苔で巻いたもの。きゅうりは河童の好物だとされている。

6 お伊勢参り：三重県の伊勢神宮へ参詣に行くこと。江戸時代の人々にとっての憧れの旅行であった。

できてんのかと思ったんだよな」
瀧「うん」
卓球「そういうのがずーっとあって、池ちゃんに買い物をさせるなっていう暗黙の了解になって（笑）。だから、池ちゃんにスタジオとかで買いに行ってもらうのは、こっちが『これとこれね！』って確実に指定して、もう『はじめて[7]のおつかい』って感じでさ（笑）。で、ちょっと前に、（瀧のマネージャーの）井長さんがケータリングのお菓子みたいなのを買ってきたのよ。それがすごいセンスが良くて。和洋取り混ぜつつ、甘い、しょっぱい、あとちょっと目新しいものも入りつつ」
瀧「ドライフルーツとか放り込んでくるんだよな」
●なるほど（笑）。
瀧「ドライフルーツとビスケット、クッキー系は基本、洋物を買ってくるっていう」
卓球「あとなんだっけ、メキシカンの、つけて食べる……」
瀧「ナチョス[8]？」
卓球「ナチョス！ ナチョスのアボカド味とかさ。『わ、これ見たことねえー！』みたいな（笑）。それで井長さんの評価が上がったんだけど、そのあと、ついこの前、それをずーっと見てた池ちゃんが久しぶりにケータリングの大役を仰せつかったのよ（笑）。そうしたら案の定、アボカド味の、ちっちゃいスナックみたいの買ってきて。池ちゃんも自信満々でさ、『ちょっと、洋物を入れてみました』みたいなこと言ってん

7 はじめてのおつかい：幼児が初めてのおつかいで奮闘する様を捉えたドキュメンタリー番組。タイトルの由来は1977年に出版された作：筒井頼子・絵：林明子による同名の絵本。

8 ナチョス：とうもろこしの粉が原料のトルティーヤチップスに様々な具を乗せて食べる料理。この味を再現したスナック菓子も販売されている。

だけど、メーカーがコイケヤ[9]でな（笑）」
●ははははは。
瀧「井長さんはまだ若い女子だから、お菓子を広げてみんなでちょっとプチパーティ、っていう、オードブル的な考え方があって、そこに貧乏臭さとかが入っちゃいけないいし、色合いとかもそういう好きこのみがあるんだけども。それが池ちゃんの場合はもう、囲炉裏だからさ」
卓球「囲炉裏！　あと長旅だろ？（笑）」
瀧「長旅。要は『食べ物を腐らしちゃいけねえ！』っていう。それが基本だからさ、パーティとか、みんなでそれを広げてっていう概念がまったくないんだよね！」
卓球「収穫祭ぐらいでしょ、秋の（笑）」
瀧「そうそう、収穫祭の贅沢で餅つき的なことがあるからさ、それでだんごとか買ってくるんだよね。だんごはハレの日にしか食えねえっていう」
●なるほどぉ！
瀧「『あんこだってさあ！　甘いものを口に入れるチャンスがあるんだって！』っていう、砂糖が貴重な時代のさあ」
卓球「それはでも出身地とかじゃなくて、（レコード屋の）シスコ[10]の店員時代が長かったっていうのも結構響いてるんじゃねえかっていう」
瀧「ああー」
卓球「池ちゃんって、ミッチー（元マネージャー道下氏）とそんなに歳が変わんないでしょ？でもミッチーはこの業界に長くいたから、まあ味覚は別として（笑）、そこそこいいもの知っ

9 コイケヤ：株式会社湖池屋。日本のスナック菓子メーカー。

10 シスコ：CISCO RECORDS。アナログレコードの販売業者。2007年に店舗販売を終了して通販専門となったが、2008年に倒産。

てたりするのよ。池ちゃんは『おいしいお店知ってる！』みたいなのがまったくないんだよね（笑）」

池田「そうみたいなんですよ」

瀧「基本、もてなすって概念がないんだろうね。もてなす時はあるのかもしれないけど、道に迷った人とかをさ」

●はははは。

瀧「藁の笠とかかぶって、雪をぱさぱさってやりながら、『すみませんけど、どうにかひと晩泊めてもらえないでしょうか？』っていう（笑）」

卓球「『まんが日本昔ばなし』[11]じゃねえか！」

瀧「（笑）そう。俺、その感じで池ちゃんのこと見てるもん。『腹もすいてるだろうから、さあ、粥をお食べ』って感じの」

●基本、ひもじいから食いたいんだろうなっていう、そういう発想なわけね（笑）。

瀧「そうそう。ジョイ[12]として食べるんじゃなくて、死なないように食べるっていう」

卓球「『池ちゃん、この世で一番怖いものは？』『飢饉！』って言ってた（笑）」

瀧「『ひでりと飢饉が怖い』（笑）」

卓球「俺、たまに一緒にスーパー行くのよ。そうすると『わ、この棚は見ないですねえ！』とかさ。おかきコーナーから見に行くからね、まず（笑）」

池田「基本の考え方は、お茶請け[13]を……」

瀧「そうなんだよね。『疲れたから甘いものを』って、『疲れてるから食いてえわけじゃね

11 まんが日本昔ばなし：TBS系列で放送されていたアニメ番組。

12 ジョイ：「喜び」を意味する英語。joy。

13 お茶請け：お茶を飲みながら食べるお菓子や漬物。

えよこっちは』っていうさ（笑）」

●なるほど。それさ、なんでなの？

池田「……ずっと前からですねえ」

瀧「近所にあったのが『マート[14]』でしょ、たぶん。全部売ってる店ってあるじゃん、マート的なさ」

池田「コンビニはなかったです、近所には」

瀧「雑誌、生鮮食品……あと仏壇用の花？」

卓球「菊のな（笑）」

瀧「見たことない野菜も売ってる感じ」

卓球「あと、たわし。それから軍手の束（笑）」

●はははは！　あ、そういう感覚ね？

池田「はい。間違ってはいないんですよ」

●なるほど！　カラフルなのは唯一アイスクリームケース（笑）。

瀧「そう。でもそこに入ってるやつも、洋の香りがするのはクランチバー[15]がせいぜいとかでさ。そういう店だとほんとに、カルビーのポテトチップスとコアラのマーチ[16]がトップだったりするじゃん（笑）」

卓球「花形スターだ（笑）」

瀧「一番無難なやつっていう、ほんとに。三割打者はそれだけって感じの（笑）」

池田「それが抜けきれずに、大人になっちゃった感じです」

瀧「でも、菓子を買ってくるセンスってさ、その人の育ちが出る。こいつ（卓球）はやっぱり菓子屋だから」

卓球「菓子屋じゃないけど、パン屋。うちで売ってたからね」

14 マート：特定の地域にしか店舗を展開していないマイナーなコンビニエンスストアのこと。1980年代頃、この手のコンビニが全国各地に存在した。

15 クランチバー：棒に刺したアイスクリームの表面をチョコレートでコーティングして、砕いたピーナッツやアーモンドなどをまぶした氷菓。

16 コアラのマーチ：株式会社ロッテが1984年から製造販売しているお菓子。コアラ型のビスケットの中にチョコレートが入っている。コアラのマーチの販売が始まった直後、日本にコアラが初瀧「カルビーのポテトチップスが三割打者っていうのも、身にしみてる感じなんだよね。うちもそんなにいいほうじゃなかったから、たまに俺も怒られるんだけど（笑）」
卓球「っていうか、俺はそこに関しては大リーガーだもん。アメリカ人と北朝鮮人ぐらいの差はあるぜ（笑）」
池田「はい。日々勉強してます（笑）」
瀧「まだ[17]丸いキャッチャーミットだもんね？[18]ユニフォームもダブダブで」
卓球「[19]ストライクを『よし！』って言う（笑）」
瀧「帽子のつばも短いやつでしょ？」
池田「（笑）自分で作ったボールです」

9月号

卓球「前言ったかもしれないけどさ、全国回ると、どこ行っても、『ここ魚がうまいんだよ』って。島国だからどこ行ったって魚うまいじゃん（笑）。長野とか行った時に、『ここ、何がおいしいですか？』『川魚が』ってさ（笑）」
●（笑）結局魚かい、っていう。
卓球「（瀧のマネージャーの）井長さんが熊本出身で、先週熊本行ったたって話してたんだけど、[1]馬刺し？ 池ちゃんとか『馬を食べるなんて！』って感じでしょ？」
池田「馬は乗るもんです」
瀧「あ、でも、山形も馬刺し食ってなかったたっけ？」
●それは牛タンでしょ？

上陸。空前のコアラブームとなった。

17 丸いキャッチャーミット：キャッチャーミットは1950年代頃まで、現在のものと比べて著しく丸い形状をしていた。

18 ユニフォームもダブダブで：現在の野球のユニフォームは身体にフィットするタイトなものが主流だが、かつては全体に皺が出るくらいにゆるくて大きめのサイズであった。

19 ストライクを「よし！」って言う：太平洋戦争中は敵国語である英語の排斥が推奨されたため、ストライクを「よし」と言った。他の言い換えは「三振池田「いえ、牛タンは仙台です（笑）」
卓球「ＣＭＪＫが仙台出身なんだけど、仙台を東北って言うと、すごいムキになって否定したよな？」
瀧「うんうん。東北なんだけど、『きみらが思ってる東北じゃない！』っていうか」
卓球「ＪＫの中では名誉関東圏ぐらいの感じでやってるからさ（笑）」
●でも静岡も、そういう意識あったりするでしょ？　中部地方って言われると「違う！」って。
瀧「（笑）中部地方だよ？」
卓球「ただ、静岡は3つに分かれて。西静岡、中央静岡、東静岡。たとえば熱海とかだったら、神奈川県熱海市[2]なんだよ。で、浜松[3]は愛知県浜松市？」
●微妙なんだ（笑）。
卓球「そう。だから俺たち[4]が静岡の中の静岡！　元祖！（笑）」
瀧「伊豆とかは観光地ってのもあって、ちょっとモードが違うから、他の静岡の地域とは」
卓球「テレビのチャンネルの映るのでわかるよね。伊豆とかだとさ、東京のやつも映れば静岡のやつも映るのね」
瀧「浜松のほうは名古屋のやつも映ったりするエリアがあるから」
卓球「ただし俺たち静岡は静岡しか映らないよ！　だからもう生粋の！（笑）」
瀧「静岡の番組のみを堪能！」
卓球「『堪能』って、それプラスポイントじゃ

=それまで」「ボール=だめ」「アウト=ひけ」など。

1 馬刺し：熊本県の名物。馬肉を食べる習慣は他の地域にもあるが、熊本県には数々の名店が並び、「馬刺し」というイメージが特に強い。

2 神奈川県熱海市：実際は静岡県熱海市。「静岡県の東端は神奈川県のようなもの」ということ。

3 浜松は愛知県浜松市：「神奈川県熱海市」と同様のニュアンス。実際は静岡県浜松市。静岡県の西隣は愛知県。

4 俺たちが静岡の中

ねえよ！（笑）。しかも静岡でローカル番組を持ってる、おまえこそミスター静岡だよ！（笑）」

道下「山崎さんは東京なんですか？」

●生まれは東京だけど、ほとんど神戸。中学と高校が関西なんだけど、今でも関西弁は出たりする。

卓球「でも、関西弁のイメージまったくないね」

●ケンカすると絶対出る。

瀧「いいよね。アタック強いもんね、関西弁は」

卓球「だって静岡弁でケンカすると、『おめぇっち、何やってんだあ？』（笑）」

瀧「『何するズラー！』」

卓球「そんな奴いねえよ！　それもう殿馬[5]じゃん！」

●今でも訛る時ってある？

卓球「あるある。訛るっていうか、アクセントだよね。さすがに言い回しが全然違うとかっていうのはあんまり使わないけど、アクセントは出るよね」

瀧「うん」

卓球「たとえばさ、『しずおか』って言うじゃない？　でも静岡の人って伸ばして『しぞーか』。うちの実家があったとこは、『八幡[6]（やはた）』っていうんだよ。うちの母親のママさんバレーのチームがあって、みんなでユニフォーム作ったのよ。あるおばちゃんが、『じゃああたしがまとめて発注しとくから』って。ユニフォーム上がってきたら、『YAHATA』じゃなくて『YAATA（やーた）』って書いてあっ

の静岡：瀧と卓球の出身地である静岡市は、静岡県の中央エリア。

5　殿馬：野球漫画『ドカベン』に登場するキャラクター「殿馬一人」。語尾に「〜づら」を付けてしゃべる。

6　八幡：静岡市駿河区八幡。瀧は駿河区の隣、葵区出身（〜区の名称が生まれたのは、静岡市が政令指定都市となった2005年）。

た、大文字で（笑）」

●はははは！

瀧「『やーた』って言うもんな（笑）。『ああ、やーた山行きゃあええら』っていう」

卓球「メンバー分、全部上がってきちゃってさあ（笑）、作り直す金もないから、うちの母親がぶうぶう言いながら、『あの人に任したら間違っちゃった！』ってさ（笑）」

瀧「静岡って、SHIZOKAだもん。『しぞーか』」

●「U」はいらないんだね（笑）。

瀧「俺も全然訛ってないと思ってたんだよ、ほんとに。でも、いまだに直ってないとこあるんだよね、『だもんで』[7]とか」

卓球「おまえすごい言うよね。『やってるもんでー』とか。でも、お互いの親が使ってたディープな方言とかで、知らないのあったりとかさ」

瀧「あるある。うちは、父親がもともと九州で生まれて、途中で静岡に越してきてるのもあるけど。おまえんとこなんて、ずーっと静岡だろ？」

卓球「すごいよ。たとえば、玄関で靴を脱ぎ散らかすことを、『けっからかいて』とかさ。『靴をけっからかいて！』」

瀧「『おめーたちはまーた玄関に靴ぅけっからかいてほんとにー！　えーかげんにするだよ!?』なんつって」

●（笑）いいね、それ。

卓球「あと、『ボロい』のことを『おぞい』って言うんだけど。たとえば服がボロボロだったら、『おぜー服だなあ』って言うんだけど、ブ

7 だもんで：東京の言い方に直すと「なもんで」。

スのことも『おぜー女』って言うのね（笑）。俺の父親が、『昔、美空ひばり静岡来た時見たけど、おぜー女だっけやー』って（笑）」

瀧「（笑）言う言う言う」

卓球「たまーに地元戻ってものすごいディープな方言話してるのを聞くと、ちょっと嬉しくなるもんな。『もっとしゃべって！』『ああ、それ忘れてたー！』（笑）」

●でも、関西弁にも、今の40代以上の人、俺のじいちゃんとかばあちゃんとかは、たとえばお尻のことを「おいど」って言ってたんだよ。それはもう、死語になっちゃってる。

卓球「じゃあさ、おまんこのことなんつってた？（笑）」

●（笑）言わないよ！

卓球「いやいや、お母さんとかが隠語っぽく言うじゃない」

●ああ。「おまた」？

卓球「うち、『おちょんちょん』っつってたのよ」

瀧「うち、『おちょこ』っつってった」

●ははははは、それどういう時に言うんだ！

卓球「『ちゃんとおちょんちょんとかきれいにしな！』って」

瀧「『おちょ』で入るんだよ、たぶん静岡はわりと。あと単純に、ちんちんのことを『ちんぼう』って」

卓球「ああ、言ってたね。竿[8]メインなんだよね」

瀧「そうそうそう」

卓球「あとさ、静岡だと、液体が分離して沈澱してる状態？」

8 竿：男性器の陰茎部分を表す婉曲表現。

瀧「ああ。果汁100パーのオレンジジュース買ってくるじゃん、1リットル瓶。上のほうが薄くなって、下にカスみたいのがいっぱい溜まってるじゃん。あの状態をなんて言うかっていう」

卓球「普通に言うと『沈澱してる』でしょ？」

●うんうん。

瀧「静岡の人は、『その下んところ、こずんでるだでな』」

卓球「『こずむ』って言うんだよ」

瀧「『こずんでるだで、ちーっとばか混ぜたほうがええと思うよ』」

卓球「はははははは！　すごい、今滑らかに出てきたな」

●それは、液体がそうなってる状態にしか使われないの？　それとも比喩的に、「おまえ、最近なんか……」。

卓球「ないないない。まったくそれだけ。完全に単一機能としての言葉（笑）」

●そこにしか使わないんだ？　もうすぐなくなるね（笑）。

瀧「あとさ、コップのヒビのことを『いみり』って言う」

●えっ？

瀧「たとえば、瓶ビールとビールグラスがポンって出てくるでしょ？　グラスのここが、水は漏れないけど、ちょっとビシビシッてヒビ入ってる時があったりするじゃん。こうやって見て、『あ、このコップ、いみりが入ってんな。すいませーん、これ、いみり入ってるんで替えてください』『あー、ごめんねー』なんつって」

●それも比喩的には使わないの？
卓球「『大槻ケンヂ[9]の顔にいみりっちゃってる』」
瀧「（笑）ああ、それはないねえ」
●言わないのか（笑）。
瀧「あと、『カップルの間にいみりが入る』とか——そういうことは言わない（笑）」

10月号

瀧「洋服屋とかで服買うと、紙袋を店の外まで持ってくるパターンってあるじゃん」
●あるね。
瀧「俺さ、あれ、やめてほしいんだよ。そこまで偉くないっていうかさ（笑）。あと、あれって結局店の前まで出て、『このお客さん、買いましたよ』っていうアピールも入ってるでしょ？　猛烈に恥ずかしくなる時ない？」
卓球「俺、昔そうだったけど諦めた」
道下「僕は、『ここで下さい』っていつも言っちゃいますよ」
卓球「いや、『ここで下さい』って言う前にもう、回ってくる時あるじゃん。回ってきたところで『ここでいいです』って言うのも悪いから、『うむ。よきにはからえ』（笑）」
瀧「それをやりたいんだけど、それの歩くテンポとかわかんないって話だよ（笑）」
卓球「かといってもう今さら『ここでいいです』って言うタイミングでもないってことでしょ？　あと、それでやっと店を出て、パッて

9 大槻ケンヂ：ミュージシャン、小説家。ロックバンド「筋肉少女帯」「特撮」のヴォーカリスト。筋肉少女帯は、瀧と卓球がやっていた人生と同じナゴムレコード出身。大槻がステージに立つ際は、左目の上部分から下部分にかけてヒビが入っているように見えるメイクをする。

振り向くとまだいたりとかするじゃん（笑）。『うわー、あの人まだ見てる！』」
瀧「いつまでも見送ったりとかもう怖いよ！って。『見てる見てる』っていう（笑）」
卓球「それって美容院とかでもない？　笑われてんのかと思う。『見たかよ！　似合ってるとでも思ってんのかね？』（笑）」
瀧「『ちょっと、目に焼きつけとこうぜ！』みたいな。はははははは」
卓球「それが耳に入った時のな？　昔お前がイメクラに行って、プレイが終わって、最後金払うとこで待ってたら、壁隔てて向こうの女の子の待機してるとこから、ヒソヒソヒソ、『えーっ、体育教師!?』みたいなさ（笑）。プレイの設定言われてげらげら笑われてんだって（笑）」
瀧「『ピエール瀧が!?』だって。あるよねえ（笑）。見送ってくる子はとにかく嫌だ！」
●でもあれ、わりと最近だよね。たまーに高い店で買ったりすると、そこではさすがに持ってこられても「よきにはからえ」ってやれるんだけどさ。7000円ぐらいの微妙な買いもんの時は困るよね。
瀧「そう、『申し訳ない！』っていうね（笑）」
卓球「あと、そこそこの値段する服屋とかで買ってさ、薄い紙とかで包まれてる時。それを待ってる時の間のもたなさってない？（笑）」
瀧「あるあるあるある。もう早く！って」
●いいですって言うと、ちょっとエコ意識の高い人って思われんのも嫌だしね。

卓球「そう。あと、ゆとりがない。『あっ！こいつもしかしてアガってる？』」
●ははははは。
瀧「全然後者なんだけどね、余裕で（笑）。『はい、アガってます！』って感じの」
卓球「でも、アガってるってことを認めたら負けじゃん！」
瀧「『ほんとはこの店怖いから早く出たいんです！』っていう（笑）」
卓球「そういう気持ちでちょっと店に負けてる時に、店に入ったはいいけど、仕方なくなんか買って出てきちゃうってのない？　負けを認めたくなくて！」
瀧「あるある。しょうがねえから小物が並んでるガラス棚んとこずーっと眺めたりとかさ」
卓球「店入って、『あ、場違いな店入っちゃったな』っていう感じのまま出てくるっていうのが、もう負けだもんな。『わっ、違うー！』（笑）。『店員の視線が痛い！』。かといってそのまま踵を返すとバレバレだから、ひととおり見ちゃってね」
瀧「あと、ひととおり見て帰ると完全に負けだから、『店、何時までやってます？』」
●はははは！
瀧「『あ、8時？　はぁーん』とかね。あとで来る的な感じの（笑）」
●結局何着か試着して、それでもやっぱちょっとこれ買うまでにはならねえなあって思った時に、出てくるためのテクニックってある？
卓球「ある。俺、買っちゃうかも」

瀧「ごめん。俺もそう」
道下「意外！」
瀧「ここまで来たらTシャツ1枚、シャツ1枚買ってくかみたいなやつで」
●典型的な日本人なんだね（笑）、電気グルーヴのふたりは。
卓球「そうだね」
瀧「うん」
卓球「でもそれは、負けたくない一心だよ？そこで買うことによって、試合で負けて勝負で勝ってる！と、思いたい！」
瀧「違うよ。ランクを『ひやかし』から『カスタマー』に上げる。試着で帰ったら『ひやかし』の客ってことで終わっちゃうけども、買うことによって、『カスタマー』っていう揺るぎない存在になるっていう（笑）」
卓球「『カスタマー』という称号を、お店様からいただける！（笑）」
瀧「『サーの称号ありがとうございます！』」
卓球「その称号をお店様からいただけるなら、7000円のTシャツなんか安いもんだよ」
瀧「安い安い。しょうがねえから高ぇ無地のTシャツとか買ってくんだ」
卓球「家帰って着たらピッチピチでな？」
瀧「『これ……細身の奴が着る感じじゃん。確かにあの店そうだしなあ』って（笑）」
卓球「はははは、今頃笑われてんだろうなあ。『もうあの店には行かない！』」
瀧「『行かない。いや、行けない……！』。あるよそれ。あと、『何かお探しですか？』って来るじゃん。あれ来た瞬間に、その店のこと、ちょっと嫌いになるよね（笑）」
卓球「明確なヴィジョンがあって店入ってないからなあ」
瀧「そう。『何かお探しですか？』『こっちが訊きたいよ、俺が何を探してんのか！』」
●はははははは。
瀧「ピンポイントでカタログで見て『ああ、あれだ！』って来てるわけじゃないからさ。そんな素朴な店じゃないじゃん、昔の卵を卵屋[1]に買いに行くようなさあ（笑）」
卓球「卵屋（笑）」
瀧「昔は卵屋ってあったじゃん。あれ、卵欲しいと思って卵屋行ってるでしょ？　豆腐屋には豆腐を買いに行くじゃん。その感じでさあ、『あれ？　この人、迷い込んでんのかな？』みたいな。『何かお探しですか？』って、そういう意味じゃん」
卓球「ある意味迷い込んでるけどな（笑）」
瀧「ってことでしょ？　『混乱中ですか？』『不審者ですか？』っていうことだよね。『混乱中ならお助けしましょうか、あんたが探してるものを』」
卓球「『お見受けしたところ、うちの店にはまったくそぐわないお姿ですけども？』」
瀧「『おやおや？』」
卓球「『何かファッション革命でも企んでます？　自分を脱ぎ捨てたい感じで足踏み入れたでしょあんた！』（笑）」
瀧「『お探しですか？』っていうのはたぶん、『ご

1 卵屋：卵の専門小売店。終戦直後まで卵は高級品だったが、昭和30年代に鶏の飼養法が大幅に改善され、価格を抑えたまま生産量を増やした。現在卵は、物流経路も発達しスーパーマーケットやコンビニエンスストア等、複数の商品が購入できる店の一角で販売されていることが多く、専門店は非常に少ない。

自分を』っていう」
●ははははははは！
瀧「『何かご自分をお探しですか？　よかったらお手をお貸ししましょうか？』っていうことでしょ？　その感じだもん、向こうが声かけてくるのって。泣いてる子どもに近い感じでしょ？　『ボク、どうしたのー？　はぐれちゃった？』って感じで店員が寄ってくるわけでしょ？」
卓球「ファッション迷子に（笑）。で、これいいなと思って試着してみてさ、試着室の鏡を見た時に、『うわっ！　なしなしなしっ！』ってなって。急いで脱いで、何ごともなかったかのように、『これはちょっと好みじゃない』みたいな感じでさ」
瀧「『丈がちょっとねー！』なんてさ」
卓球「（笑）自分が乗りこなせてねえだけなのに、相手のせいにしちゃってさあ」
●いくつになっても緊張するよね。
瀧「緊張する。その恐怖と緊張から逃れるために、2点買ったりするもん」
●1点だけ買ったら、「こいつ恐怖を逃れるために買ったな？」って思われるから（笑）。
卓球「1枚だと恐怖を避けるためだけかもしれないけど、2枚ってことによってもう恐怖はクリアしてると」
瀧「そうそうそう。『俺の眼鏡に適うとこ、ふたポイントもあったよ』っていうことにして。それでまた表まで、ギックシャック、ギックシャックって進むっていう。ギックシャック、

ギックシャック、『お客様！　そちらは更衣室です！』。あと壁に当たってずーっと進まない。『無理か！』ってまた店の中入っちゃう」

卓球「（笑）ゲームのバグみてぇ！」

瀧「さらっとできる人って、なんだろな、尊敬でもないけど、違う人種の人だなっていう感じに見えちゃうよね」

卓球「そういうトレーニングを積んでないからね、まったく」

2014年

ボーナストラック

1月号

瀧「山崎さん、会社の編集部的にはないの？　一応さあ、もう『若い奴が』って言える感じじゃん」

●会社はないかなあ。

瀧「そうか。あと、若い奴らのことがわからないっていうね（笑）」

●そうだよね（笑）。

卓球「あと単純にロッキング・オンの社風として、変わった奴採るっていうのがあるから、世間一般と比べようがないでしょ？（笑）」

●そうか、測れないか。

卓球「『こいつ変わってるから採ろう』とかでしょう？　だって[1]山崎さん自体それで入ったんだもんね」

●そう、わかりようがない。物差しもおかしいし（笑）。

瀧「そうか、どっちかっていうと受け皿のほうが（笑）。あぶれた奴をすくって歩くっていう（笑）」

卓球「まっすぐなキュウリをよけて、曲がったやつだけ採るっていう感じでしょ（笑）。人間の股の形したダイコンとかね（笑）」

道下「ははははは！」

瀧「そっちのほうがうまいんだ、ほんとは（笑）」

●（笑）でも逆にスタッフとかで、変わったな、昔と違うな、っていうのある？

卓球「俺、最近、プロモーションとかで若いスタッフと仕事したりする時あるじゃん。むしろ

1 山崎さん自体それで入ったんだもんね…山崎はロッキング・オンの入社試験を受けた際、「帰りの電車賃を貸してください」と面接官に頼んだ。

すげえ、しっかりしてるなと思うけどね」

瀧「ああ、でも、それはある！　すごいしっかりしてる子とさ、すっごいアホな感じのとさ、その両極端が増えたよね（笑）。ダメな奴もゆとり教育で生み出したけど、すげえちゃんとしてる子たちもゆとり教育じゃないと生み出せない感じになってきてない？」

●そうだわ！　俺、だからさっき訊かれて「うーん」っつったけど、今の子のほうが断然しっかりしてるわ。

卓球「しっかりしてるよね？」

瀧「しっかりしてるよね」

●俺らが20代の頃の同じ世代の業界の奴より、全然しっかりしてる。

卓球「サンプルで、ここ過去3年で若いスタッフに文句的なことで思ったことって、今んとこ記憶にないけど、ミッチーに関してはすごいあるもん！」

道下「はははははははは！」

卓球「（笑）ほんとに」

瀧「なるほど」

●取材とか受けててもそんなに感じないでしょ？

卓球「うん、全然ない。むしろ隙がないというか」

●だよね。失礼がないという感じだよね。

卓球「うん、そうそうそう」

●だってさ、増井修[2]、俺、鹿野、兵庫だよ？　よく考えたらさ――。

卓球「無礼の塊だよね（笑）」

2 増井修、俺、鹿野、兵庫：40代後半から50代にかけてのロッキング・オン社員、及び元社員。増井修は元ロッキング・オン編集長。鹿野淳は元BUZZ、ロッキング・オン・ジャパン編集長。

●（笑）ってことじゃん。
瀧「そうだよね。ダム造ってる工事現場にいてもおかしくないもんね、その４人（笑）」
●電話の受け答えとか、廊下ですれ違った時の挨拶の仕方とか、若い、入ったばっかりの社員のほうが全然しっかりしてる。
瀧「ああ、そうか。でも山崎さんのそこからの距離も遠くなったからでしょ？」
●まあ、それもある。
瀧「ね？　前は編集長とか、デスクのチーフっていう感じだったのがさ、もうちょっと偉い人っていうかさ。『ちんぽくわえろって言われたらくわえなきゃまじいかな？』って感じでしょ？」
卓球「（笑）臭いけど！」
道下「はははは！」
瀧「『臭いほうが好きって言ったほうがいいのかなー』とか」
卓球「はははは」
●（笑）ひどいよそれ！　ここ以外の仕事でできないことを今日、しようとしてる。
瀧「はははは。もともとこっち側の人間なんだからしょうがないじゃん、だって（笑）。そういう人間がたまたまデカめの現場に呼ばれてるだけの話なんだもん（笑）」
卓球「ははは」
●最近はあんまりお互いに会ってないの？
瀧「そうだねえ。久しぶりかも。なんで？」
●いやいや。宴っぽくなってるから。
卓球「（笑）こんなとこで？」

瀧「それはあんま関係ない。宴、これじゃあまずいでしょ。宴[3]、菓子パンて（笑）」

卓球「女子中学生だよ（笑）」

3月号

卓球「ソニーミュージック[1]全体のレーベルのサイトがあって」

瀧「そこのページのレコメンドになる時があるんだけど」

卓球「そそ。それを『サイトジャック』っていうんだけどさ」

瀧「ジャック[2]なわけないだろう」

卓球「まるで乱入みたいな感じの」

●乱入じゃないでしょう。

卓球「っていう感じでミッチーが言ってきて」

道下「で、それをドヤ顔で言ってるって。そんなの言ってないっていう」

卓球「『サイトジャック決まりました！』。そんなもん、別にミッチーとかじゃなくても、ジャックも何もさ。しかも24時間って、何、限定してジャックしてんだよ（笑）！　かっこ悪いわ！」

瀧「電気グルーヴ一色ですよって感じになって」

卓球「で、実際行ってみると、そうでもないんだよね（笑）。特設ページのとこだけなんだよ」

道下「意外によく見てますねえ」

卓球「そりゃそうだよ。サイトジャックって言うからさあ、どんなもんじゃいと思ったら、な

3 宴、菓子パンて：この日の取材現場の机の上には菓子パンが置かれていた。

1 ソニーミュージック全体のレーベル：株式会社ソニー・ミュージックレーベルズという会社の中には電気が所属しているキューンミュージックの他、エスエムイーレコーズ、ソニー・ミュージックアソシエイテッドレコーズ、エピックレコードジャパン、デフスターレコーズ、アリオラジャパンといった様々なレーベルがある。

2 ジャック：「乗っ取り」を意味する和製英語。英語の〝hijack〟は、飛行機をは

んのことはない、小窓に映ってるだけだぜ」
道下「いやいやいや。小窓に映ってるだけじゃないでしょ！ なんか全体的にその時のアーティストのイメージになったりするわけですよ、コンテンツとか」
●それをやることが社内でサイトジャックっていう名称なの？
道下「そうです、そうです」
瀧「だって、データ渡して『ジャックしといて』ってことでしょ？（笑）」
道下「軽いなあ、ジャック」
卓球「『来月、誰にジャックされます？』とか（笑）」
瀧「マスクして突入って感じじゃん、ジャックって普通」
道下「でもたくさんアーティストがいるから、なかなかなれないんですよ？」
卓球「だから、そこに対してのドヤ顔があったんでしょ（笑）。『結構大変なんですよ？』みたいな（笑）」
道下「いやいやいやいや！」
瀧「俺の政治的手腕を見てくださいよっていう」
道下「言ってない、言ってない！」
卓球「最近、ミッチーのよくあるのがさ、新人[3]バンド結構やってるじゃん。新人バンドが大変な中、こんだけ頑張ったんだっていうさ。今の現状を見てくださいよ、他もやってますけどそれがいかに大変なことか、みたいなのをのっけてくんだけど」

じめ乗り物全般の乗っ取りを指す。

3 新人バンド結構やってるじゃん：最近仕事で関わっているのは、ねごと、DJみそしるとMCごはん、シナリオアート、FOLKSなど。

4 全然新人じゃない：電気がメジャーデ

道下「どこに？　会話の中に？　言わないじゃないですか、そんなこと！」
卓球「それでなおかつ、何？　新人バンド扱いになってるの（笑）。俺・道下が担当しているイコール全て横並びっていう」
道下「そんなことないっすよ！」
卓球「ちょっと恵まれた歳を取った新人バンドっていう扱い（笑）」
道下「全然[4]新人じゃないじゃないですか」
瀧「助走長えって感じの」
卓球「くすぶってるみたいな感じじゃない？」
瀧「『芽が出ないんですよー』って（笑）」
道下「言ってない、言ってない、そんな」
瀧「芽が出ないおまえらがジャックできるんだからってことだよ」
道下「はは、そういうことか」
卓球「芽が出るチャンスを与えた」
瀧「……憎たらしい！（笑）」
道下「はははは！」

5月号

瀧「佐村河内[1]が髪を切って登場したら、会う人みんなから『瀧さん、似てるねえ！』って言われて（笑）」
●（笑）似てる！
瀧「『またかよ！もうわかったよ！　すいませんでした！』って感じ（笑）」
卓球「太り方が似てんだよな」
●ちょっとね、感じがね。

ビューしたのは1991年。卓球がもうひとつのユニット『InK』で1stアルバムをリリースしたのは2006年。

1 佐村河内が髪を切って登場したら…聴覚障害の作曲家として知られていた佐村河内守。しかし、ゴーストライターへの依頼が発覚。その他にも様々な疑惑が浮上した。大騒動となったため、2014年3月7日に謝罪会見。もともとは長髪でサングラスをかけた芸術家っぽい風貌であったが、謝罪会見の際はサングラスを外し、比較的さっぱりした髪型で登場した。

瀧「いや、もともとさ、あのロン毛の段階でさあ、なんか骨格似てんなと思ってたんだ。頬のここの長さとかさ」

卓球「あれ映画化されたあかつきには、佐村河内守役を！（笑）」

瀧「映画化しないだろ！　なんの勝算があって映画化すんだよ！」

●（笑）主演男優賞狙いで。

瀧「[2]実録犯罪シリーズで？（笑）」

卓球「マジで、映画はどうかわかんないけどドラマぐらいだったら来そうだもんなおまえ（笑）」

瀧「ははははは！　でも自分でもなかなか似てんなって（笑）」

卓球「あと、[3]自分で曲書いてないとかね[3]（笑）」

瀧「そうそうそうそう」

●はははははは！

瀧「向こうは現代[4]のベートーヴェン、こっちは[5]ピエール瀧とベートーベン（笑）」

卓球「はははは、共通項が！」

瀧「『ベートーベンつながりもある！』と思って」

●（笑）確かに。

瀧「だから『これ、ロン毛のかつらを入手してグラサンかけたら俺結構いけんじゃやねえ？』と思ってたんだよ」

卓球「おまえ！　それで授賞式とか！」

瀧「バカじゃないのお前!?」

卓球「途中からもう、『脱ぎたい！』（笑）」

●（笑）「やるんじゃやなかった……」。

2 実録犯罪史シリーズ：かつてフジテレビの2時間枠で放送されていた番組。実際に起こった犯罪をドラマにしていた。

3 自分で曲書いてない：電気の曲のほとんどは卓球が作曲。しかし、〝富士山〟、〝ちょうちょ〟、〝お正月〟など、瀧が作曲したものもある。

4 現代のベートーヴェン：佐村河内につけられていたキャッチコピー。ベートーヴェンは作曲家としてのキャリアの途中から聴覚障害に悩まされるようになり、中年期に入るとさらに悪化していった。

瀧「それでさ、いけるなって、何に対して『いける』なのかわかんないけどさ（笑）」

卓球「（笑）忘年会？」

瀧「そうそうそう（笑）。あと、小さいハコのライヴなら、とか思ってたらまさかの向こうが寄せてくるパターンっていう（笑）」

卓球「はははははは！」

瀧「こっちが近づこうと思ってたら（笑）。『に、似てるぅ！』って（笑）。おんなじ系統なんだな」

●（笑）なんか今日、分が悪いね。

卓球「何が？」

●瀧は脚光も話題も多いし。そりゃあ危機感感じてNHK出るよ[6]（笑）。

卓球「そうそうそう。ていうか、それ受けて出たわけじゃないから別に（笑）」

瀧「ははははは」

卓球「恐ろしいよほんと。こいつの露出が増えれば増えるほど、テレビしか観ねえ奴はこっちのこと知らないじゃん。またさらにさ、親戚どころか一般の奴？　もともとこっちのCDを買わねえ奴まで『あいつ売れてねえ』みてえな感じになってさ。客でもねえ奴に文句言われたくねえっつうんだよほんとに！（笑）」

瀧「（笑）まあねえ」

卓球「なあ？　下手すりゃ1ヶ月の仕事、『メロン牧場』だけぐらいしか知らねえ奴いると思うよ？（笑）」

瀧「『食えてるのかな、卓球くん』ってね」

卓球「食えてるどころか『おまえに寄生してる？』みてえな感じでさあ。しかも月に一度の

5 ピエール瀧とベートーベン：瀧がオールナイトパーティー『ピエール瀧 presents 7 HOURS DELUXE』のために結成したバンド。

6 危機感感じてNHK出るよ：2014年3月1日にNHK名古屋のテレビ放送開始60年記念番組として生放送された音楽番組『カンシャ カンレキ ナゴヤ☆スペシャルライブ』。この件に関してはP.275～279で語られている。

『メロン牧場』で（笑）」

●月に一度「メロン牧場」に出て、たまにカウントダウンに出て、それで食ってるっていう（笑）。

卓球「そうそうそう。恐ろしいよほんと！」

6月号

瀧「マダガスカル[1]行ってきた」

●へえー！

瀧「『世界行ってみたらホントはこんなトコだった!?』[2]っていう番組あるじゃん。あれで。マダガスカルなんて普段行かないからさ、『ああ行く行く！』っつって。マダガスカル、知ってる？　情報」

●全然知らない。

瀧「アフリカ大陸の東のとこに浮かぶ、日本よりもでかい島でさ。日本からドバイ[3]行って、ドバイからモーリシャス[4]まで下がって、最後モーリシャスからマダガスカルっていう、もうほぼまる1日かかるぐらいの行程で行くんだけどさ。着いたらもう、マダガスカル、ヤバくてさ！」

卓球「何語？」

瀧「フランス語と現地の言葉。もともとフランス領だったらしくて、行ったらもう、貧の乏でさ、ほんとに。マダガスカルの国際空港、今まで見た国際空港の中で、一番しょっぱいっていうか」

卓球「いきなり物乞い？」

1 マダガスカル：マダガスカル共和国。インド洋上の島国。首都はアンタナナリボ。面積は587，041平方キロメートル。日本の約1.6倍の大きさ。

2 世界行ってみたらホントはこんなトコだった!?：フジテレビで放送されている番組。雨上がり決死隊、フリーアナウンサーの高島彩が司会。瀧が出演したのは2014年3月5日放送の2時間スペシャル。

3 ドバイ：ドバイ首長国。アラブ首長国連邦の構成国のひとつ。首都はドバイ市。アラビア半島屈指の商業都市。

瀧「ほんとにいきなり物乞いなんだよ。（写真を見せて）国際空港のショーウィンドウがこれだからね」

●ええっ!?　みやげもの屋じゃん、これ。

瀧「駐車場で荷物積んでたら、普通に赤ちゃん抱いたアフリカ人て感じのおばちゃんが来て、国際空港の駐車場で物乞いされるのなんか初めてだわ！って感じで、みんな『あっち行けー！』みたいな感じでやっててさ。それで市内まで移動したら市内もすごくてさ！　物乞いはバンバン来るし、ロケやってる間も全部セキュリティが何人か付くっていう」

●盗られるの？

瀧「盗られる。インドとかにすごい雰囲気似てるんだけど、インドってめっちゃくちゃな感じあるけどさ、まだそれを一応宗教がコーティングしてるじゃん。ヒンドゥー教の連中はヒンドゥー教の連中で、一応こう、ストッパーがかかるっていうかさ」

卓球「宗教的倫理観でだろ？」

瀧「マダガスカルもキリスト教らしい[5]んだけど、キリスト教って普段からあんまり日常に入ってこないじゃん。だからもう、ストッパーのないインドって感じで。めちゃくちゃだし、ゴミを拾うっていう習慣もないし、汚い、暑い。そういうとこでロケしたんだけど、井長さんと『ここ、すごいね！』『お腹、心配ですぅ』『ま、普段来ることないから大丈夫じゃない』『もう来ないと思いますぅ』なんて言ってて。で、結局まる1日しかいなくてさ、ロケ終わって、じゃ

4 モーリシャス：モーリシャス共和国。インド洋上の島国。マダガスカル共和国の東隣。

5 マダガスカルもキリスト教らしい：公式に発表されているデータによると、全国民のうち41％がキリスト教徒。その他は伝統宗教52％、イスラム教7％を信仰しているという。

あ帰ろうって出国したら、井長さん、荷物ん中に入れてたパソコン、日本戻ってきたらきれいになくなっててさ（笑）」

●えーっ！

卓球「空港で盗まれたってことでしょ？」

瀧「空港で預けてから、空港職員がたぶん開けて、盗んで。しかもパソコンのクッションケースを開けて、クッションケースは残すっていう（笑）」

卓球「必要なもんだけ盗ってんだ。メシは？」

瀧「メシは一応、フランス領だったから、フレンチのレストランで、いいとこに行けばリーズナブルでおいしいフランス料理が食べられるんだけど。コメの消費量が日本人の3倍から4倍なんだって。すっげえコメを食うんだけど、その食い方ってのが、山盛りのコメを置いて、そこにちょっとだけおかずを置いて、とにかくコメばっかり食うっていうスタイルらしくてさ。それもなんだろ、貧の乏な感じだよ、ほんとにさ」

●観光的な売りみたいなのはないの？

瀧「現地のコーディネーターの人が、うちらのコーディネートをしながら、次に来るお客さんの電話とか取ってるのを聞いたんだけど。『もしもし？　あ、はい、何月何日何時？　はい、はい、はい……まあね、マダガスカルには基本あのー、そういう観光のツアーってものは存在しません！』って言ってて（笑）。内陸のほうに行くとバオバブ[6]の木が道に並んでる、バオバブストリートっていう有名な場所があったりと

6 バオバブ：アフリカなどの亜熱帯に分布する樹木。乾燥地帯でも大きく育つことで知られている。

かして、一応それが観光の目玉にはなってるんだけど、周りにみやげもの屋があったりするわけじゃなくて、本当にただの野原にそれがあるだけで」

卓球「自分で行こうとは絶対思わない？」

瀧「自分で行こうとは思わないなあ。危ないって言ってた、ほんとに。ペスト[7]だかコレラ[8]の、全アフリカの発祥の地の40％がマダガスカルだって」

卓球「コレラ？　ペスト？　でも、ほとんどの人が『まだ助かる』[9]っつって（笑）」

瀧「（笑）『まだ助かる』。親戚のおっさんじゃん！　結婚式でけむたがられるタイプの（笑）」

●（笑）でも、もうちょっと期待してたんでしょ？

瀧「辺境は辺境だからさ、せめて大自然がいいとかさ、海きれいだね、とかあれば良かったんだけど。山崎さんも南米住んでたんだっけ？」

●そう、南米。南米とバリ[10]。

卓球「親の仕事で？」

●親の仕事で。あっちこっち。

瀧「南米、どこだっけ？」

●エルサルバドル[11]。

瀧「エルサルバドルもでも、そんな感じなんじゃないの？」

●物乞いとかはあんまいないね。でも、スラムがガーッとあって。みんな川で水浴びして。幼稚園ぐらいまではもう、全裸。

瀧「ああ、なるほど（笑）。でも、そんな感じだったね、マダガスカルも」

7 ペスト：黒死病とも呼ばれ、中世のヨーロッパで猛威を振るった。ペスト菌を保菌している蚤に刺されて発症する場合が多い。

8 コレラ：非衛生な水や加熱が不十分な食材によって感染する。激しい下痢と嘔吐を引き起こし、脱水症状が表れる。

9 まだ助かる：「マダガスカル」に掛けたダジャレ。

10 バリ：インドネシア共和国の島。リゾート地として人気が高い。

11 エルサルバドル：エルサルバドル共和国。中央アメリカの国。

●番組はそれで成立したの？
瀧「番組はだって、そういうとこのほうがおもしろいじゃん（笑）。金（通貨単位）も、アリアリとかだしさ（笑）」
卓球「アリアリ！（笑）」
●はははははは。
瀧「1000アリアリが50円。5000アリアリは250円」
卓球「『500アリアリしか、ナイアリ』（笑）。[12]モハメド・ナシみたいな（笑）」
瀧「そうそう。でも、そっから東に飛行機で1時間ぐらい行ったモーリシャスは超いいところで！」
●リゾートでしょ？
瀧「うん。国際空港も去年か今年建て直したっていう、近代的な、シルバー基調のバチーンてかっこいいやつがあって」
●そこも行ったの？
瀧「そこはトランジットで。往きはモーリシャスに夕方着いて、1泊して、次の日の朝マダガスカルに行くっていう」
卓球「物乞いもいない？」
瀧「いなかったね。港にショッピングモールみたいなやつができてて、向こうって公衆トイレの前に係の奴がひとりいたりするじゃん。小銭とか渡す奴。そいつも基本、薄暗い中でこうやって椅子にずっと座ってるんだけど、そいつの持ってるのがタブレットっていう。『あ、こっち文明度高いな』って（笑）」

首都はサンサルバドル。公用語はスペイン語。カトリック教徒が多い。

12 モハメド・ナシ：ボクシングの元世界ヘビー級チャンピオン、日本では1976年にアントニオ猪木と『格闘技世界一決定戦』で対戦したことでも有名なモハメド・アリ。彼の「アリ」を日本語の「有り」として捉えたことによるダジャレ。「モハメド・有り」→「モハメド・無し」ということ。

9月号

卓球「今山形フェアやってて、電車で俺見た『冷やしラーメン[1]』って何？」
道下「冬も食べんの？」
池田[2]「食べますね。基本は冷やしラーメンという文化ですから」
卓球「年中通してあるものなの？」
瀧「要は、中華そばを冷やした感じなの？」
池田「そうですそうです」
瀧「冷やし中華とは違うんでしょ？」
池田「違います。おつゆがちゃんと入ってるんです」
卓球「冷やし中華、置いとくと冷やしラーメンになるんだ（笑）」
瀧「のびたやつを、『もうこれ一気に冷やしてみたらどうだろう？』っていう」
池田「いや。そういう感覚じゃなくて、冷やし中華とは別物です、冷やしラーメンは」
瀧「もともと冷麺とかから来てる感じ？」
卓球「盛岡[3]から？」
池田「山形は盆地なんですよ、夏は暑くて冬は寒い。なので暑い夏には冷たいものを」
卓球「山形ラーメンってある？　どういうラーメンなの？　冷やしラーメンメインではないでしょ？」
瀧「喜多方ラーメンは？」
池田「それ福島です（笑）。皆さんずーっと山形を秋田と間違えたり、青森と間違えたり、全部間違えてますけど。さくらんぼですよね、山

1 冷やしラーメン：山形県山形市のラーメン屋「栄屋本店」が発祥とされている山形県のご当地ラーメン。「夏には冷たい蕎麦を食べるのだから、ラーメンも冷たいのが食べてみたい」という客の言葉を受けて当時の店主が考案。1952年からメニューに加わった。見た目は普通のラーメン風だが、冷やしてもスープの脂が固まらないように工夫されている。

2 池田：マネージャー池田は、山形県出身。

3 盛岡：岩手県盛岡市は冷麺が名物。

形といえば」
卓球「やっぱねえ、偏見があるわけじゃないけど、ツー[4]ビートの漫才でビートきよしが山形出身で、たけしがすごいって言ってたじゃん、山形は田舎の代表だみたいな。それが思春期に刷り込まれてるからさあ」
瀧「ああ、あるかもね」
池田「でも、有名人も結構。あき竹城さん、ケーシー高峰さん、ウド鈴木さん、以上ですけど（笑）」
瀧「みんなタッチが結構、筆圧が高いね、どれも（笑）」
卓球「はははははは」
池田「何人かは出てますね、山形県の人」
●芋煮[5]でしょ？
池田「芋煮です」
卓球「ああ！ 巨大芋煮とかやってるわ、テレビで」
池田「あと、山寺もありますね。松尾芭蕉が句を詠んだ」
●あと、こんにゃくでしょ？
池田「玉こんにゃくがありますね。駅で売ってます。あと将棋の駒を作る、有名な、天童[6]将棋駒っていうのがあるんです」
●テレビの上に昔置いてあった、あの王将のでかいのとか？ 山形行くとみやげものあればっかり？
池田「も、あります」
卓球「いらないやつでしょ（笑）」
池田「まったくいらないやつです。でも、いい

4 ツービート：ビートたけし、ビートきよしによる漫才コンビ。1970年代から活躍し、1980年前後の漫才ブームの中心的存在だった。

5 芋煮：山形名物。巨大鍋、大型重機を使用し大量の芋煮を作って振る舞う『日本一の芋煮会フェスティバル』というイヴェントが毎年、山形市で行われている。

6 天童将棋駒：山形市の北側に隣接する天童市は、将棋駒の生産量日本一。江戸時代後期から生産が始まった。

場所だと思うんです」
瀧「別に悪いとは言ってないじゃん」
卓球「否定はしてないんだよね。否定じゃないんだけど、言うとすごいムキになってくるんだもん（笑）」
瀧「山形の土地を悪く言ってるわけじゃなくて、山形人のマインドを持った池ちゃんを（笑）」
卓球「ソフトウェアを言ってんだよね、こっちは。OSの話をしてんだけど、ハードウェアの話に（笑）」
瀧「そうなんだよね（笑）」
10月号

卓球「新しい美容院に行くとか、恐怖だもん！ゼロから説明して、とかさあ」
●美容院は怖いよね、ほんとに。
卓球「怖い怖い、うん」
瀧「そうねえ」
卓球「おまえ床屋だから関係ねえだろ！」
瀧「俺、いつも切ってもらってる美容師がいるからあれだけど」
卓球「あとミッチーなんかはそれこそ、祐天寺の大東京[1]っていう床屋さんがあるんだけど、そこに何年？」
道下「26歳から行ってるからもう、18年ぐらい」
卓球「で、そこの理容師さんと一緒に創り上げて現在に至るっていう。他んとこ行けないでしょ」

1 祐天寺の大東京：創業1933年の老舗メンズサロン「Men's大東京」。

道下「絶対行けない。怖くて」
瀧「怖いでしょ。サロン[2]なんて言われた日にゃあもうさ、恐ろしくってさあ。髪、どんどん抜けてくと思うもん、『サロンに今、自分がいる！』っていうストレスで（笑）」
卓球「入った時になかった10円ハゲ[3]が！　斬新なカットだなあ、って（笑）」
瀧「『もう切らなくていいです。抜いてください』」
卓球「（笑）白髪になっちゃって」
●（笑）でも、美容院は行くでしょ？
卓球「美容院は行くよ。でも俺もずーっと同じとこで同じ人に切ってもらってるから、何年も」
●やっと慣れた頃に、ずーっとやってもらってた人が寿退社するって言われて、俺どうしようかと思ったもん！「辞めないでえ！　結婚しないでえ！」って感じ（笑）。
卓球「たまに行きつけのところとスケジュールが合わなくて、仕方なく別んとこ行って、説明はするけど結局思いどおりにはならなくて、っていうの結構あるじゃん。それで、その人は『似合ってますよ』みたいなこと言うんだけど、明らかに見慣れない自分の姿が鏡に映ってるからさ。それで人前に行った時の、『あ、あいつ、イメージチェンジ？』っていう（笑）」
●ははははは。
卓球「昔さ、元マネージャーの戸井田さんが、戸井田さんもそんなおしゃれなほうじゃないんだけど、ある日出勤した時に、横浜銀蝿[4]みたいな白いスカーフをしてきたんだって（笑）。そ

2 サロン：「ヘアサロン」の略称。
3 10円ハゲ：「円形脱毛症」の俗称。ちょうど10円玉くらいの大きさ、形状のハゲができることからこう呼ばれる。ストレスによって発症する場合が多い。
4 横浜銀蝿：1980年、アルバム『ぶっちぎり』とシングル『横須賀Baby』の同時リリースでデビュー。リーゼント、革ジャン、サングラスといったロックンロールファッションに、暴走族や不良少年的なエッセンスを加えた風貌が特徴。白いスカーフも1980年頃の暴走族がよく首に巻いていたアイテムのひとつ。

うしたら社員が『トイちゃん何それ！』、げらげらげらーって笑ったら、その場でスカーフ取ってゴミ箱にパァーン！（笑）」
瀧「はははははは」
卓球「かなり冒険してきたつもりだったんだよね」
瀧「あるある、それはあるでしょう。確かに違う髪形してくると『あれ？　前髪に意識行っちゃった？』みたいな感じでさあ」
●（笑）そうそうそうそう。
卓球「あと年齢的なもんでさ、『あ。もしかしてハゲてきてんのかなこの人？』みたいな（笑）」
瀧「ああ、あるある。服とか髪型とか、見かけがちょっと良くなるものに関してのとこで二の足踏む感じって、そういう育ち方しちゃってるっていうかさ（笑）」
卓球「自分の中に正解がないからな」
瀧「『こう見てほしい』もないっていう（笑）」
●そうそうそう。なのにそういうふうにされちゃう。だから恐怖心につながるんだよ。
瀧「そうなんだよねえ……」
卓球「だからショッピングも恐怖！（笑）」
瀧「マジで。明らかに見てる棚間違ってる時あるもんほんとに」
卓球「レディースのハンガーを漁っちゃって、あとから気づいた時のね？　店員もあえて言わなくてさあ」
●ほんとわかんない時あるもんね。「これメンズかなあ、レディースかなあ？」って思いながら。

瀧「レディースのスニーカー、ずーっとこねくり回しちゃってね」
卓球「はははは」
瀧「『何？　あの客何してんの？』」
卓球「まだそれでも被害最小限で。それで店員にサイズを訊ねてしまった時！　それはもう、命はないな（笑）。そっから挽回するには、『僕は履きませんけどかみさんに！　プレゼント用なんで！』（笑）」
瀧「『27.5あります？』。あるわけないでしょっていう」
卓球「（笑）レディースで？」
瀧「『僕が着けるブラジャーあります？』だよ、ノリとしてはさ（笑）」
●（笑）おんなじことだよね。

卓球「『メンズ、XL！』だって（笑）」
瀧「『XLならありますよ』（笑）。そうなんだよね。そういうのってさ、たとえばフェイシャルエステ[5]みたいなやつとかさ、気持ち良さそうじゃん。『そうか、顔ずっとオイルでいじくり回されるのか。気持ち良さそうだなあ。行きたいな』って思うんだけど、絶対に店の入り口をくぐれないもん。『フェイシャルエステだぁ？このゴリラがぁ!?』みたいなさあ」
卓球「リラックスするために行ったそこで全然リラックスできない！　むしろストレスを溜めて帰ってくる（笑）」
瀧「いやいやほんとに。『岩はいくら磨いたって岩だよ。つるつるはしません！』っていう感じに近いっていうかさ（笑）」

5 フェイシャルエステ：美しい肌を作り、保つためのケアをしてくれる店。毛穴に詰まった汚れの除去、保湿、マッサージなど、様々なメニューが用意されている。

＊＊＊

卓球「静岡の頂[1]（いただき）フェスってのに出て。うちらの前がUA[2]だったのね。で、結構エコっていうか、そういうカラーの濃いイベントでさ。UAが始まったら、キャンドルタイムっつって、ステージの照明が全部キャンドルで、さらにバックステージの電気も全部消えて。うちら準備してたらスタッフが来て、キャンドル置いて、『すいません、今電気全部使えないんで』っつって、蝋燭の灯りの中でいろいろ準備しててさ（笑）」

瀧「UAのキャンドルタイムの間は、とにかく会場中、敷地中の電源をストーンって落として、キャンドルの灯りと、アコースティックな音でやってて。一切電気を使わない、自然な、エコな感じの演出なのよ。それはまあわかるといえばわかるよ、そういう類のフェスだし。それで始まったら、楽屋のテントいくつもあるんだけど、そこもストーンと落っこって。スタッフがこういうでかい、キャンドル・ジュン[3]って感じの（笑）キャンドルをいくつか持ってきて。『それではキャンドルタイムなので、キャンドル点けさせていただきまーす』なんて全部バーッて点けて。楽屋の支度も全部、蝋燭の灯りで（笑）」

●（笑）うん。

卓球「そのあとの出番がうちらなんだよ。で、キャンドルタイム終わったらいきなりLEDガーン！『電気グルーヴでぇーす！』（笑）」

●はははは。

1 頂（いただき）フェス：2014年6月7日、8日、静岡県榛原郡吉田町の吉田公園で開催された野外フェス『頂-ITADAKI-2014』。電気は初日の7日に出演した。

2 UA：歌手。1996年、〝情熱〟が大ヒット。「UA」とはスワヒリ語で「花」と「死」いう意味。

3 キャンドル・ジュン：キャンドルを使った空間演出を行うアーティスト。妻は女優の広末涼子。

卓球「完全にそれって登場の仕方がもう、悪役のほうじゃん（笑）」
瀧「（笑）ほんとに」
卓球「よりによって！って感じだよね」
瀧「反エコ！って感じのさあ、図式になっちゃってね（笑）」
卓球「主催者に悪意とかそういうのじゃないんだけど。でも、よりによってっていうやつ（笑）」
●こっちに悪意があるように見える感じ（笑）。
瀧「（笑）そうそうそうそうそう」
卓球「乱入だもんな、あれ（笑）」
瀧「ビカーッ！つって（笑）」
●電気グルーヴ（笑）。
瀧「真逆。わりいなあって感じでさ（笑）」
卓球「客も目が慣れねえ（笑）」
瀧「ほんとに（笑）」
●それ、すごいな。「世の中にはいろんな意見の人がいます！」って感じ（笑）。
瀧「（笑）ほんとに」

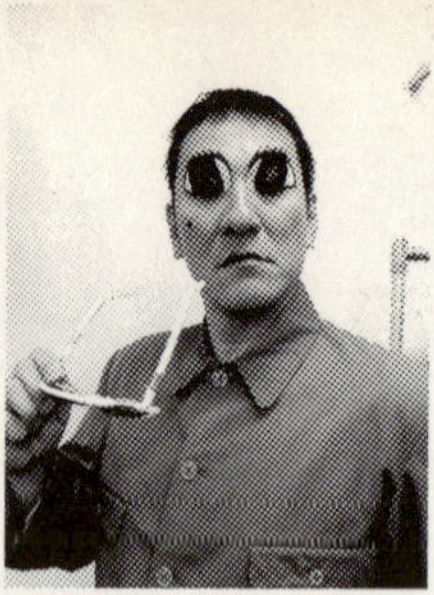

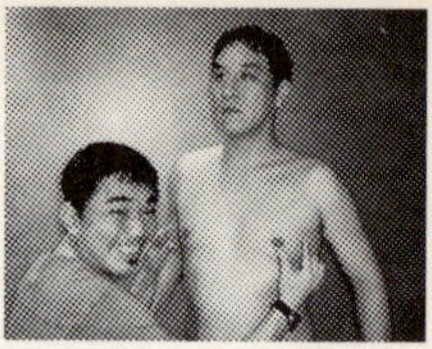

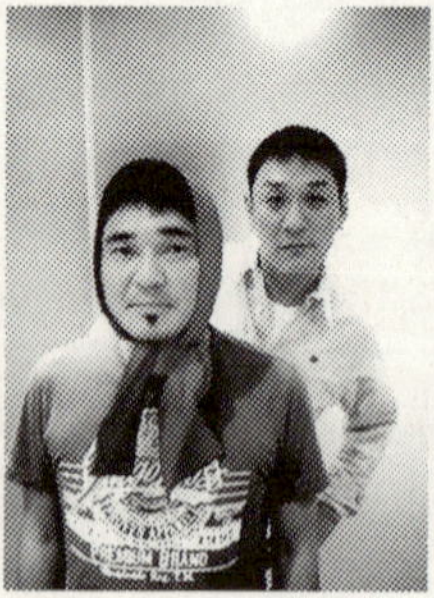

DEATH

2012
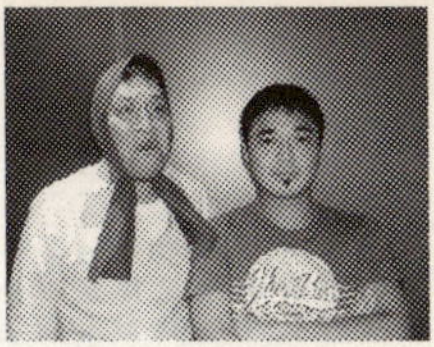

rockin'on

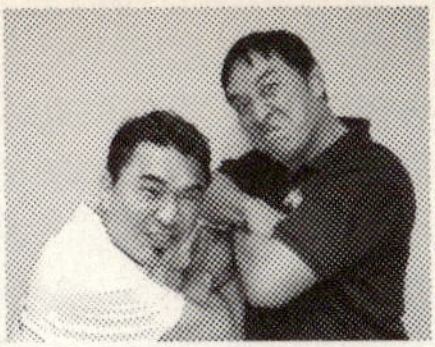

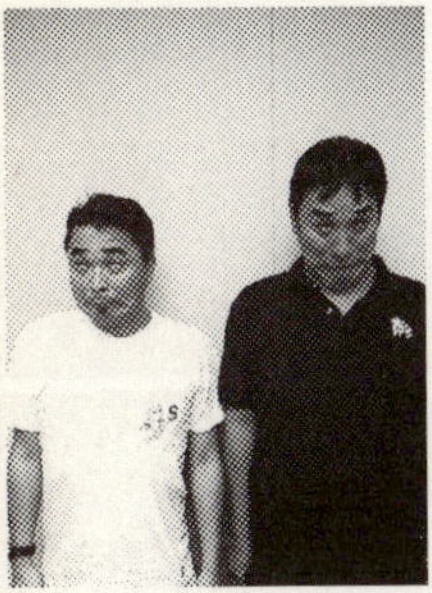

SUPERDRY
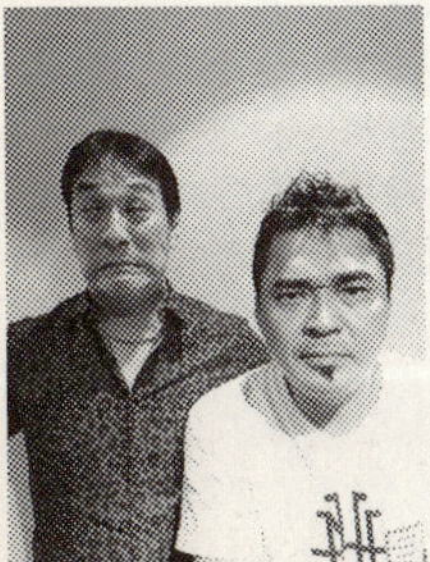
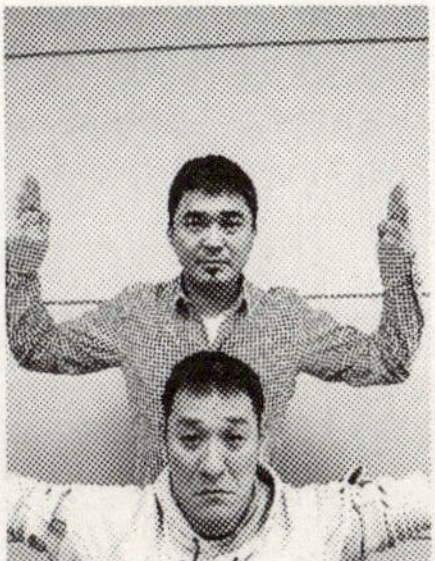

あとがき座談会

2014年9月25日
東京都港区赤坂・某店にて

石野卓球（電気グルーヴ）
ピエール瀧（電気グルーヴ）
山崎洋一郎（『メロン牧場』司会担当）
道下善之（電気グルーヴ・元マネージャー）
池田義昭（電気グルーヴ・現マネージャー）
井長朋美（電気グルーヴ／ピエール瀧・現マネージャー）
兵庫慎司（元・本書編集担当）
松村耕太朗（本書編集担当）
渡辺尚美（本書編集担当）

卓球「今日、作業中に『これはいい曲ができたなあ！』と思って瀧にメールで送って、『いいのできたから聴いといてくれ』って言ったら、うす～い反応が（笑）。湯葉[1]みてえな反応が！」

●はははは。

瀧「いやいや、朝9時過ぎに入ってたの。俺、今日10時から仕事で、着替えながら、『あ、こんなん入ってんだ』。聴かないのもなんだから、流しながら曲聴いて、なるほどって、タクシー乗って、『こんな感じなんだよね』って言ったらそのあと、『それだけかい！』みたいな（笑）」

●それ、ほんと腹立つらしいね。

卓球「それならまだしも、たまに『これはいい出来だ！』ってやつをこいつに送ると、ダメ出ししてきたりする（笑）。『あそこ、もうちょっとバーン！って盛り上がったほうがいいんじゃねえ？』みたいな」

瀧「それダメ出しじゃないじゃん」

卓球「ダメ出しでしょう!?」

瀧「じゃあ、これから一切そういうことは言わずに『卓球さん今回も最高です』って言う」

卓球「ニコニコニコニコしてればいい。あんま言うと褒めてる感じになるから」

瀧「だろぉ？」

卓球「しゃべんな！（笑）」

瀧「それで黙ってると、『なんにも来ねえ！』みたいな感じになるだろうし（笑）」

卓球「絵文字で送ってこい！」

瀧「結局何を書いても叩かれるっていう（笑）」

●そうなんだよね（笑）。

1 湯葉：豆乳を加熱した時に表面にできる膜。植物性タンパク質に富み、精進料理などによく用いられる。

卓球「違うよ！　いい曲できたから真っ先に聴かせてやりたかったんだもん！」
瀧「（笑）ありがとう。なんにも別に文句も書いてないし、『聴いたよ』っていう」
●その喜びを伝えてほしいってことでしょ？
卓球「そうそうそう！　あと、遅い！（笑）。もう、送った時点で感想がこっちに届いてるぐらいの感じじゃないと。待ちきれなかった！」
瀧「なるほど。じゃあ、俺が悪いのかな（笑）」
卓球「『いい曲できた。で、どう？』『でも歌、難しそう』『それだけ？　寂しいなあ！』『出がけに一応聴いただけですから！』」
●ははははは。
卓球「『出がけに聴いただけですから』って、敬語を使うことによって距離を置く、ギター侍[2]と同じやつだよ」
瀧「っていうか、『聴いたの？　まだ？　ナントカ！』って聞いた時点でもう酔っぱらってるし、絶対。これ、何を返しても正解はないじゃん？　どう来ても打たれるから、なるべく致命傷のないように（笑）」
●大変だね（笑）。
卓球「で、瀧が大変で被害者っていう図式になってんじゃん？　冷静に考えてみてくれよ。俺は普通にグループのためを思って曲を作って、これはいいものができた、で、たったふたりしかいないメンバーに送ってやったら、俺がとんでもねえ奴で？」
瀧「だってもう『送ってやったら』って時点でものすげえ下に見てるじゃん！」

2 ギター侍：波田陽区の持ちネタ。「○○ですから！　残念!!」。

卓球「『送ってやったら』じゃないよ、送るのは当然だろ、だって？　じゃあおまえ取りに来いよ！」

●ははははは！

卓球「次から、マジで、テープ持って（笑）。そんなでもおまえ、響いてねえだろ？」

瀧「いや、もう今日こいつめんどくさくて（笑）。早く終わんねえかなと思って（笑）」

卓球「これで終わると思ったら大間違いだよ」

●（笑）今回、18年で第5弾、5冊目です。

卓球「18年！　すごいね！　しかし、渋松[3]にはなりたくなかったのに！」

●ははははは！

道下「一番長いですか、アーティストものでは」

●ダントツで一番長いね。

卓球「楽しみだねえ。またでも、バカがさあ！」

瀧「どのバカ？」

卓球「いろんなバカ。バカがさ、『アルバムはいらないけどメロンは』って、そのわかってるふり？」

瀧「まあ、確かに、腑に落ちるところもちょっとある（笑）」

卓球「バカじゃなかった（笑）」

●今回、でも単行本はさ、脚注ばっちりだったでしょ？

卓球「うん。これでもかってくらいあったね。あと、間違いが少なかった。音楽雑誌なのにめっぽうダンスものの知識に弱いっていうのがあるけどね」

瀧「まあ、ロッキング・オンってことになって

3 渋松：洋楽誌「ロッキング・オン」で38年継続中の、渋谷陽一と松村雄策の対談連載コーナー、渋松対談。

るから（笑）」
卓球「おまえ、『ロッキング・オン』なんか買ったことねえだろ！　昔っから」
瀧「買ったことない」
卓球「俺、めちゃくちゃ買ってたよ」
●ほんと？　洋楽の『ロッキング・オン』？
卓球「洋楽のやつ。80年代前半は、毎号買ってたよ」
●あ、そうなんだ。初めて聞いた。
卓球「ただ、それを買ってた頃は、俺、洋楽誌だと思って読んでたんだよね。途中で気づいて、『あれ？　これなんか、なんでもねえ奴の文章が結構いっぱい載ってんなー』。『あと、この毎号毎号ビートルズの記事を書いてるおじさんは誰？』とかさ」
●（笑）松村雄策[4]。ほんとに読んでたんだね。
卓球「読んでた読んでた。でも俺、『音楽専科』が好きだったよ。UKノリだったじゃん」
●『フールズメイト』は？
卓球「『フールズメイト』はもちろん買ってた。あれ一番好きだったな。その頃もう、普通に編集者としてやってたんでしょ？」
●（笑）いやいや。俺、85年から[5]。
瀧「俺、好きなバンドとかいるけど、雑誌買って、この人は何考えてんだろうとか、そこに至ったことがあんまりないんだよね」
卓球「でも、ジョン・ライドンのインタヴューほんとおもしろかったんだよ。たけしみたいだったね」
●そうそうそう。

4　松村雄策：『ロッキング・オン』創立メンバーのひとり。現在もライターとして活動中。

5　85年から：山崎がロッキング・オンにアルバイトとして入社したのは1985年。

卓球「めっちゃくちゃで、あと、とんでもないこと言うけど真実を突いてる」

瀧「ふーん、なるほど」

卓球「おまえジョン・ライドンタイプじゃないもんな。おまえ、グレン・マトロック[6]だもん。グレン・マトロックとか、トッパー・ヒードン[7]」

●そういえばジョン・ライドンのグレン・マトロックに対する言いぐさに似てることを、瀧にしょっちゅう言ってるね（笑）。

卓球「ははははは！　で、またグレン・マトロックって、力也[8]っぽいんだよ（笑）」

瀧「あ、もう古典芸能だ、ほんとに（笑）」

●王道っていうか、ある意味（笑）。

卓球「（笑）……今日は他になんかないの？　テーマというか」

●……いや。

瀧「ここ数年さ、手ぶら感が甚だしいよね（笑）」

●ははははは。

瀧「何かしらのトピックスを持ってくんのかなと思ってたの、今日も」

卓球「昔は結構さ、いろんな資料とか持ってきてたよね」

瀧「持ってきたし、今月はこれやりたい、これについて話してくれってやってたけど、もう、手ぶら（笑）」

●基本なんか持ってきて、それをひっくり返されたとこから始まるっていうのを何度か体験して。まあ、その手間は省いたほうが（笑）。

瀧「違う違う違う！　それ違うって！」

●それはわかる。俺も半年くらい悩んだんだけ

6 グレン・マトロック：セックス・ピストルズのオリジナルメンバー。ベーシスト。彼の脱退後、シド・ヴィシャスが加入。

7 トッパー・ヒードン：ザ・クラッシュのドラマー。

8 力也：歌手・俳優の安岡力也。『オレたちひょうきん族』のホタテマンとしてビートたけしと親交が深かった。

どね（笑）。
瀧「今日もだから、『ご要望どおり兵庫を呼んどきましたんで。さあ抱いてください』みたいな。『いや、違うでしょ！』っていう（笑）」
兵庫「（笑）」
卓球「でも、なんか持ってくるっていう時は、ネタがないっていう時だよね」
瀧「まあね。だってこないだ『メロン牧場』の取材終わったばっかりなのに、これに手ぶらで来る、その感じ（笑）」
道下「でも、結構ふたりが活動してない時、それはありましたよね。ネタというか、ふたりのトピックスがない時」
瀧「出た！　また向こうサイドに！　道下四等兵！」
道下「（笑）いや、違う違う違う。その時によくお題を持ってきてたなっていう」
瀧「ミッチーはもう、長いものにはいくら巻かれてもいい！っていう」
卓球「あと、売れてる人、有名人。アンダーグラウンドだけどすごくちゃんとやってるっていうものに対しては、一切のリスペクトないからね！」
●ははははは。
瀧「理由は『アンダーグラウンドだから』」
卓球「マイナーっつってるからね、マイナー！マイナー系ってね」
瀧「潜水艦は潜水艦、って感じだな」
卓球「そうそうそう。全部ね、点と点がつながるんだよ。ミッチーのフェス走り、二等兵、有名人に対する必要以上の尻尾振り。一番好きな映画は『バック・トゥ・ザ・フューチャーPART2』。一番好きなバンドは、洋楽だったらデュラン・デュラン、国内だったらBOØWY。こんなに深みのない奴が、かつていたであろうか!?」

●はははは、確かに！　でも今こうやって整理されてよくわかった。珍しいよね。そこまでの、ねえ？

道下「メジャー志向？」

●（笑）違うよ、全然！

卓球「メジャー志向と言えばあながち間違いでもないけど。そうは言いたくない！」

瀧「なるほど。今ほら、U2のアルバムがタダで配信されてる[9]けどさ、賛否両論出てるじゃん（笑）。『もういらない！　いいよそんなの！』っていうのと、『やったぁー！』」

卓球「ミッチー、後者だね」

道下「『やったぁー！』のタイプです。iPodのU2エディションも持ってます」

●『メロン』でも言ったけど、WIREのプロモーションに最初に来た時の、WIREの説明の仕方とかも、今思うと——要するに中枢にいるわけじゃん？　その深みがまったくない！

瀧「他人事のように、っていう（笑）」

●「行ったことあります？　あんな楽しいもんないっすよ。祭りっすよぉ！」。それだけ。

道下「そんな言い方しなかったですよう！」

卓球「その何年か前、うちのマネージャーに付いたばっかりの頃、俺、新宿リキッドでイベン

9　U2のアルバムがタダで配信されてる：2014年9月にキャンペーンとして、iTunesユーザー5億人にU2のアルバム「Songs of Innocence」が自動配信された。

トやってて、バックステージ来たら、『バックステージの雰囲気が怖い』って言ってた」
瀧「(笑) そうね、言ってたよな」
道下「怖すぎる！っつって」
瀧「アンダーグラウンドのイベントの」
卓球「金八のスナックZ[10]みたいな」
道下「瀧さんも石野さんも怖く見えるっていう。ここは危ない場所だと思った」
卓球「ミッチーはわかりやすい、ほんとに」
道下「いいとこでしょ？」
卓球「いいとこでもあるけど、たまにものすごい冷たい時ある。あのね、ミッチーはなんとも思わないんだけど、ものすごくこっちに対して、冷たいことをしてる時があるの。でも本人全然そんな気ないし、それをこっちが言うのも子どもっぽいし、だから結局言えなくて、『おい瀧、聞いてくれよう！』みたいなさ。で、瀧からも『おい、卓球、聞いてくれよう！』」
●ダメージ受けてるんだ(笑)。
道下「20代後半、30代前半って、そのことをすごい言われて」
卓球「でも自覚ないでしょ？」
道下「その時は全然わかんなかったですよ」
瀧「『え？ なんでハイエース[11]1台で移動すんですか？ 新幹線のが速くないすか？』みたいなことを言う感じっていうか(笑)。『そっちの方が速いし、確実じゃないすか？』みたいなことをさらっと言う」
道下「すごい言われましたね、それ、昔」
卓球「当時、まりんとかTASAKA[12]とか、い

10 金八のスナックZ：TVドラマ『3年B組金八先生』に登場する、地元最強の暴走族『魑魅怒呂』の溜まり場。

11 ハイエース：バンドの機材車の定番。理由はコストパフォーマンス。

12 TASAKA：DJ TASAKA。卓球主催のクラブイベントLOOPAのレギュラーDJを務めた。

ろいろ担当してたじゃん。彼らの結構いい仕事とか、俺に秘密にすんのよ！」
●ははははは。
卓球「『ははぁ〜ん。この男の中で、俺、それ聞くとジェラっちゃう感じのレベルに見られてんだなあ』みたいなさあ（笑）。あとから『へー、そんなのあったんだー。ミッチー、まりんとTASAKAのあれ、決まったんでしょ？』『え？　え、えぇ……』みたいな」
道下「それはでも、ちゃんと言い訳はできて。複数のアーティストを担当してるから、全員に対してそれをやってたというか。電気グルーヴは今度これやったんですよとか、まりんがこれやったんですよとか、別にそこはシェアしなくてもいいかなって」
卓球「や、そりゃそうなんだけど、隠すんだよ！　頑なに！」
●はははははは。
道下「今日はでも、もっと振り返る話でしょ（笑）」
●うん。そういえば、この連載はミッチーに申し込んだんだもんね。
道下「僕がマネージャーになった直後」
瀧「ほんと覚えてるわ。青森の商店街のちっちゃい飲み屋の上かなんかで」
卓球「2階の古民家みたいなところ？」
●それ、毎回あとがき座談会で話に出てるかもしんない（笑）。
瀧「『ORANGE』[13]の時のツアーじゃない？　『ORANGE』の時のツアーで青森に行った

13『ORANGE』の時のツアー：アルバム『ORANGE』は1996年3月1日発売。その後のツアーは「ツアーめがね」。

時に、山崎さんがやってきて」
卓球「その時、兵庫さんいた？」
兵庫「いないです」
卓球「1冊目の単行本が出た時に、編集が兵庫さんだったよね。それで、注釈がロキノンだっ[14]つって、しでかして」
瀧「ロキノン注ね[15]（笑）」
●はははは。
卓球「でもさあ、兵庫さんにとっては、瀧が激怒っていうのはもう、それに付随する興奮？『俺は今、瀧さんに認められている！』（笑）」
瀧「そう、だから、いろいろ読み返してて、『俺はいつ、兵庫んちに行ったらいいんだろう？』っていう」
兵庫「その、『家に行ったら』っていうのは、なんの話なんですか？」
瀧「もともと兵庫さんが、俺が『おひさま』に出てる時の感想を全部、ロッキング・オンのブログで書いてたから。『あの男はそこまで瀧ファンだから、おまえもなんかしてやれよ』って話になって。『じゃあどうしようか？』『ふたりで旅行行けよ』って」
卓球「（笑）『箱根とか行ってこいよ』」
瀧「箱根はまだ逃げ場があるから、『もう兵庫んちに行ったら？』」
卓球「『兵庫んちに行って、おまえがメシ作ってやれよ』（笑）」
瀧「うわー、でも俺ロッキング・オン系のその企画すごい嫌い！　編集部とアーティストの癒着っぽい、そこでキャッキャいう感じ（笑）」

14 注釈がロキノンだっつって、しでかして：兵庫は過去の単行本制作時に、注釈でウケを狙いすぎて瀧を激怒させたことがある。

15 ロキノン注：ロキノン厨。ロッキング・オン、ロッキング・オン・ジャパンに載っているアーティストを好む音楽リスナーの通称とされている。

●一時期、そういうので盛り上がってたよね。それはなんでかっていうと、ロッキング・オンは長年「ロックは批評だ」みたいなことでやってきたじゃない。それをやり終わって、ちょっとミュージシャンと交流する楽しさを知って。

卓球「うわあ！」

瀧「その日和った感じって、読者まったくいらないじゃん、だって（笑）」

卓球「でもさ、『メロン牧場』が続けば続くほど、通常のリリースのインタヴューがまったく意味をなさなくなってきた！（笑）」

瀧「確かにね。もう、よそいきいらねえから、っていう（笑）」

卓球「俺、ふと思い出した。昔〝弾けないギター（を弾くんだぜ）〟[16]が出た時にインタヴューがあったのね。それとビデオとアルバムがあったんだよね。そしたらインタヴュー始まる前に、『メロン』の山崎とはまったく別の洋一郎が現れたって感じで（笑）」

瀧「はいはいはい」

卓球「『今回は、このビデオに関しては、無視させていただきました』。『うーわ、何こいつ！チャンネル変えてる！』」

●はははははは！

瀧「『いつものサークル活動とは違いますよ』っていうね」

卓球「ジャーナリズム？『あいつジャナってんじゃねえの？』って（笑）」

瀧「あ、なんかでもその感じ、ちょっと身に覚えある。山崎さん、急に残酷なこと言うなあっ

16〝弾けないギター（を弾くんだぜ）〟：2004年『SINGLES and STRIKES』）に収録。

ていう（笑）」
●インタヴューになると？
卓球「[17]今回はリリース・インタヴューやんないからわかんないけど、もう山崎さん、やめない？」
●なんで？（笑）。こないだも、いいインタヴューやったじゃん！ 覚えてないんでしょ？
卓球「だってさあ、ふざけちゃいけない『メロン牧場』でしかないじゃん（笑）。第一、読者だってさあ、電気のインタヴューっつったら山崎洋一郎って、完全にもう癒着じゃん」
●なるほどね。
卓球「『なに何年も連れ添った夫婦がいきなり敬語でセックスしてんだ！』みたいな（笑）。むしろ全然違うインタヴュアーが、全然違う視点から来たほうがいいよ」
瀧「確かに、アルバムとかで山崎さんに言われると、ちょっと恥ずかしいんだよ、うちらもなんか。親の化粧って感じで」
卓球「はははは！ あ、でも兵庫さんは絶対やめてね！ 兵庫さんがインタヴュアーだったら書面でいい。瀧に（笑）」
●（笑）あ、なるほどね。
瀧「『瀧さんの今回のレコーディングについて』って？（笑）」
卓球「仮にそのインタヴューの場所があったとしたら、俺、ちょっと瀧にジェラシー感じちゃう（笑）。『俺の瀧を！』っていうのと、『どうせ俺には興味ないんでしょうねっ！』。どんどんブスになっていく（笑）」

17 今回はリリース・インタヴューやんない：今回の『メロン牧場5』は、ミニアルバム『25』と同日発売の予定。

瀧「ははははは。あ、あと、トピックスとしては弱いけど、こないだまたツイッターポリスが犯人をひとり捕まえました（笑）」

●マジで!?

瀧「家族3人で、うちの近所の商店街を、メシ食いに行こうっつって歩いてたら、うちら家族3人の後ろ姿の写真がツイッターに上げられてんの」

●それはヤバいね。

瀧「『ピエール瀧の家族見た！』って。俺だけじゃなくて、嫁と子どもの写真も、後ろ姿だけど載せられてて。そいつが『今友達の飲み屋に行ったらピエール瀧親子が歩いてて、後付けて写真撮った！』みたいなこと言ってて、カチーン！と来て。で、これはどうにかしなきゃと思って、すぐチャリ跨ってその店まで行って『ちょっと店長いる？　こういうアイコンなんだよね。思い当たるふしある？』『いや、ちょっとわからないですけど』『そうなんだ。でもここにいた人なんだけど、知り合いがもしいたら』っつったら横にいた、ガタイのいいちょっとモヒカンぽい頭した奴が、『あ。瀧さん。それ自分す』」

●ははははは！

瀧「『おまえかあ！　悪いけどそれはダメだよ。俺は書かれたりしてもしょうがない部分はあるんだけど、嫁と子どもを晒すのはなしでしょ！今すぐ消してくれる？』『いやっ、消したいんすけど、ちょっと今、iPhoneのバッテリー上がっちゃって……』『おまえ今すぐ充電しろおっ！』『ああ、わかりました！』って、5分ぐらいしたらそいつが自分の車から戻ってきて、『瀧さん！　今消しました！』（笑）」
卓球「でも、尻尾つかんだからまだいいな。それで向こうにとぼけられたりしたら、どうしようもねえもんなあ」
瀧「うん。で、訊いたら『僕、あの、電気グルーヴ大ファンで！　こんな商店街で見かけたんで舞い上がっちゃって、それでやっちゃったんです……』『まあ、それはありがとうだけど、でもダメなことはダメだよね？』『やあ、はい、そうですっ！　そうですっ！』（笑）」
●（笑）いる。そういう奴いる。
卓球「おまえそういうのすごい多いよな。たとえば駅とかそういうとこ行って、カップルとかでさ、明らかに『あ、いるいる！』って感じになってて、こっちがパッて見ると、『……』ってなる奴いるじゃん？　俺なるべくもう、会釈するようにしてる」
瀧「うん、まあね。先回りってことでしょ？」
●お互い当事者っていう構図になるからね。
卓球「そうそう。あと、手ぇ挙げたりとかすんのもね」
瀧「俺もなるべくそうするようにはしてるよ」
卓球「嘘つけよおまえー！」
瀧「いやいやほんとに。なるべく写真とかも、『いいですよ』って」
卓球「ま、金くれれば？（笑）。俺ね、写真撮る時の写真ギャグってのがあって。女の子が『写真撮ってくださぁーい！』『あ、いいよいいよ。はい、2000円ね』っていう（笑）。そうすっとほぐれるじゃん」
●「ほぐれるじゃん」って、何をほぐしたいんだよ（笑）。
卓球「ほぐしたいさあ！」
瀧「こっちはよくあることだけど、向こうにとってみたら、一生に一度ぐらいしか会わないような事だからね。どうせだったらいい思い出になったほうがいいでしょ？」
卓球「でも、子どもダシに使ってきて、子どもがまったく興味がなくてとかさあ（笑）」
●（笑）。
卓球「あ、子どもと言えば、俺、昨日、お彼岸で静岡に帰ってて。そしたらたまたま妹の子ども3人も来てて、妹のガキ、俺の大ファンだから」
瀧「まあそうだよな。おまえは伯父さんとしてはおもしろいだろうなあ」
卓球「6歳、4歳、3歳？ もう大ファン！ 俺が何やってんだかよくわかってないんだろうけど、学校で、『東京にふみくんていう友達がいるんだー』って（笑）。んでまた一番上のガキがさ、『今回もメントスコーラやりたいんだけど、いいかなあ？』」
瀧「はははは！」
●何それ？
瀧「[18]コーラにメントス、バコーン入れると、ブシューッ！ってなる」
卓球「俺が前回教えたのよ」
瀧「みんなさ、食べ物粗末にしちゃダメとかあるから『おいおい』ってなるんだけど（笑）」

18 コーラにメントス、バコーン入れると、ブシューッ！ってなる：2006年頃からインターネットの動画を通じて流行した実験。コーラにメントス数粒を投入すると、多孔質の表面が爆発的な二酸化炭素気泡の増加を促進し、コーラが数メートル噴出する。

卓球「うちの妹が先生で、父親も先生で、結構厳しいのよ。俺はもう全部ゆるゆるだから、スーパー行っても、『ジュースどれ飲む？』『んー、これにしようかこれにしようか、迷ってる』『じゃあ全部だー！』『いいよいいよ、飲めなかったら捨てればいいから』。もう、羨望の眼差し！（笑）」

●ははははは。それ最高だね。

卓球「俺、おとといの晩から母親んとこ行ってたんだけど。ガキたちが、墓参りが嫌だっつって、来ないって言ってたんだけど、『ふみくんが来るよ』っつったら朝イチで来た！（笑）」

瀧「『ふみくん来日してんの!?』（笑）」

●はははははは！

卓球「一番上の子とか、1回東京来たことあるんだけど、俺の部屋見て、心の底からの質問って感じでさ、『ねえ、ふみくんのうちって、大人なのにおもちゃがいっぱいあってさあ。自分で買うの？』『そうだよ』『いいなあー！』。で、公園遊びに行って、そのあとお店とか行くじゃん。お店の人から見ると俺がお父さんに見えるから、『お父さんに買ってもらっていいねえ』『違うよ！　この人、ふみくんだよ！』（笑）」

瀧「『ふみくん』っていう、マハラジャ[19]に近いもの（笑）」

卓球「ほんで1回、前にみんなお盆かなんかで集まった時に、たまたまBSかなんかで電気のライヴやってたのよ。そうしたら全員、（キョトンとした顔で）こういう感じでさあ！　初めて観るっていう？　俺が何をやってるかは知ら

19　マハラジャ：インドの特権階級。富豪。

ないんだよ。お歌を作ってる、ぐらいの感じでさ。でもさ、ドアを開けてクソをするとか、そういうのは衝撃だったらしくて。クソしながら『それでさあ』とか言ってたら、『え、なんでっ？なんで開けてんの!?』（笑）」

●でもそれ、トラウマじゃないわけでしょ？

卓球「全然。ドア開けながら、『それでさあ』『そうそうそうそう』って話してたら、『ねえ、ママー！　ふみくん、トイレ閉めないでやってるぅー！』。俺、そのあとケツ拭いた紙を、『おい、ちょっと来い！　来い来い！』『何ー？』『(顔に突きつけて）はい』（笑）」

瀧「それは！　それね、俺もやられたことある」

道下「はははは！」

瀧「今の話、きっとそれだろうなあと思って（笑）。俺も見せられたことあるよ、京都会館の楽屋で」

卓球「俺、こうやって紙持って、『あちらのお客様からです』」

●はははは！。

瀧「俺、真顔で激怒したもん、『おぉいっ！』っつって。何がおもれえんだそれ（笑）」

卓球「はははは」

瀧「あと最近さ、うちの子どもが――家ではアホなんだけど、もう9歳だから自我が出てきたのと、ちょっと出たがり感が出てきて。こないだ、『お父さん！　これ知ってる？』って、俺の前で、日本エレキテル連合の『ダメよ～、ダメダメ』っていうあのネタ[20]を完コピしてて」

卓球「子どもあれ好きだよね」

20 あのネタ：女性ふたり組の芸人が、60代の老人男性と、未亡人朱美ちゃん3号というロボットに扮するコント。

瀧「フルのネタってあれ、5分ぐらいあるんだけど、完コピしてて、ほんとに」

卓球「あれ? これ、今、親バカの自慢ってやつ?」

瀧「いやいや。今度学校の合宿みたいなのがあって、みんな出し物やるからそこでやる!って言い始めてて。こっちはもうヒヤヒヤじゃん」

●なんで?

瀧「ダサいじゃん、だって(笑)。日本エレキテル連合を完コピする感じって」

卓球「こいつの子育てのポリシーってのがあって。『男のギャグにダメ出しをするような女になったらダメだ!』っていう(笑)」

●はははははは、なるほど。

瀧「(笑)そうなんだよ、ほんとに。それしんどいじゃん、男がここ一番で出したギャグに『それってさ』って言うのって」

卓球「それ、名言だと思うね。名言だけど、それは一般の家庭には通用しない(笑)。でも、この親にしてこの子ありだから。言ったら英才教育じゃん」

瀧「うん。自分を思い返したら、9歳か10歳ぐらいの頃に[21]教室のみんなを体育座りさせて、黒板の前にひとりで立って、学年帽を、♪出ていってくれぇ〜、って投げてる瞬間の写真があんのよ(笑)」

●黒柳徹子に見つけられたやつでしょ?

瀧「そうそう。『うわー、なるほど、その感じなんだ!』と思って(笑)」

卓球「そのあと高校に入って、ピストルズ登場

21 9歳か10歳ぐらいの頃に:このエピソードに関しては、本誌P20参照。

でな？」

瀧「そっからだんだん痛い目に遭ってくじゃん。上には上がいるっていうさ。そういうのがあるから、『あぁ！』と思って」

卓球「そこでもう完全にこいつも変わったから。それまでは限りなくミッチーだった」

瀧「まあね、静岡の田舎の子だからね。情報もないし。エレキテル連合を正面切っておもしろいって言うようなとこで育ってるから」

卓球「俺、今でも覚えてる。その瀧が、高校の野球部に入った時に俺の中学校からの同級生に会って、価値観が一変したのね。で、まだ一変する前の1年生の時に、みんな足上げ[22]ってやらされるじゃん」

瀧「ま、しごきね。しごきの局面で」

卓球「『俺たち笑わしたらひとりずつやめていい』って。こいつが最初に、足上げたまま、『こんばんは、祐子と弥生[23]です』『なんだそれバカ野郎！』」

●はははははは。

瀧「『あれ？』っていう」

卓球「『あれ？　このネタ中学では、爆笑だったんだけどなあ？』」

瀧「そうね。っていうのがさ、先長いじゃん、そこってさ（笑）」

●（笑）なるほど、そうだね。それまではまったく野球文化しかないみたいな子だったの？

卓球「や、違うんだぜ！　こいつ、実は昔、剣道やってて」

瀧「そこはいいじゃん別に」

22 足上げ：寝そべったまま、腰から下を空中に上げて保つ筋力トレーニング。

23 祐子と弥生：1981年にデビューした双子の演歌デュオ。代表曲は〝父さん〟。

卓球「いやいやいやいや！　こいつ、ミスター・ベースボールみたいなこと言ってるじゃん？（笑）。だけど、こいつ中学の時、剣道部だよ？」
●あんま違和感ないよ（笑）。
瀧「そうでしょう？」
卓球「『そうでしょう？』じゃねえよおまえ！……納得いかねえ！　何、棒を使うから？」
●ははははは。
瀧「それに関しては、ミスター・ベースボールを俺から発信したことはあんまない（笑）。ま、野球は好きだけど。でもそれってさ、16、17の話だから。今47じゃん（笑）」
●でも、それはもうずーっとだよ。
瀧「この本を読む若い子たちに言っときたいんだけど、気をつけなさい、そこは（笑）」
卓球「『友達は選べよ？』」
瀧「（笑）そうそうそう。『高校になった時の立ち居振る舞いはほんと気をつけろおまえ、一生もんだぞ？』っていう」
卓球「おまえ死んだ時、墓石に『こんばんは、祐子と弥生です』って絶対彫れよ？」
瀧「え？　うちの先祖も含めて？（笑）」
卓球「あと戒名に入れろよ、祐子と弥生。どうせだから、トッパー・ヒードンとか入れればいいじゃん。バス停盗んで捕まった奴（笑）」
瀧「バス停は盗んだことあるけど、俺も（笑）」
卓球「あ、トッパー・ヒードンじゃん！　はは一ん！　おまえのせいで『カット・ザ・クラップ』だな？　毎回毎回おなじみの（笑）」
瀧「その物差し（笑）。もう今の若い子、キョトーンて感じの（笑）」

卓球「でも使い分けるからね、おまえ。つまらない瀧とおもしろい瀧を」

瀧「最近も？」

卓球「最近もあるね。共通の知り合いが、『昨日テレビ観たら瀧さん出てて。ひと言もしゃべってなかった』って（笑）。バラエティで。『全然、普段とかに会ったほうがおもしろいじゃないすか、瀧さん！』って言ってたぜ？」

瀧「（笑）まあな。それしょうがないでしょって」

卓球「やっぱおまんことか言ったほうがいいよ、テレビで。『おまんこ！』とかずーっと常に言ってる感じのキャラ」

瀧「おまえ言ったことないじゃん」

卓球「俺は言わないよ！　俺そういうんじゃないもん」

●ははははは！

卓球「俺、そんなにしょっちゅうテレビ出てねえのに、たまにテレビ出て『おまんこ』『おまんこ』とか言ったらヤベぇだろ（笑）」

瀧「おもしろいじゃん、それはそれで（笑）」

卓球「出てるおまえのほうがおまんこおまんこって言うべき！　常に（笑）」

瀧「なるほど。『テレビでおまんこって言うのはおまえの役目だ』ってこと？」

●でも「言ってくれ！」って思わせる存在だよね。言わないことはわかってるんだけど、どっかで、言ってほしいってやっぱり思っちゃう。

瀧「それってさ、感覚として生贄じゃん！（笑）」

●（笑）そうだね。ていうかこっちサイドから送り込まれた人間、っていう。
瀧「で、『俺を楽しませてくれよ、瀧頼むぜ。おまえが怪我してもいいから』って話じゃん（笑）」
卓球「そこがトラップなんだよ。実はこいつは山崎さんサイドから出てきた人間じゃないんだよ。根が祐子と弥生だから（笑）」
瀧「俺は、そっちから出た人間だなんて、ひと言も言ったことないからね？　そっちが勝手にそう思ってるだけの話！（笑）。そこを宣言したことないからね、別に」
●（笑）そうだね。でも見てるとどうしても「寝返りやがった！」とか思っちゃうんだよ（笑）。
卓球「『セルアウトしやがって！』」
瀧「っていうことになるわけでしょ？　セルアウト側の人間だから、基本的には（笑）」
卓球「なんかしでかせよ！」
●でも、普通にお茶の間から瀧を見てる人間からすると、そんなことやるとキョトーンって感じだろうね、もはや。
瀧「向こうにしてみたらそうだし、こっちからもそう見てるから、結局俺、どこにも足場がないっていう。どこにも味方がいないっていう状態をずーっと続けてるからね」
卓球「だいじょぶだいじょぶ。いつでも帰ってくる場所はあるぜ、電気グルーヴに」
瀧「（笑）。じゃあ、それが電気グルーヴってことで……もうお開きでいいかな？（笑）」
●でも今回は、さっきの姪っ子のあたりから、5巻目ならではの違う風がちょっと吹いたね。

瀧「そうでしょ？　18年やってるとそうなるっていう。今回、いろいろ読んで、ちょっとおとなしいって言ったら変だけど、とんがりエピソードがそんなにないんだけど、そらそうだっていう感じの。前は牙持ってると、牙の能力試してえっていう感じだったけど、今は牙ぽんぽん使ってるとナメられるっていうとこにシフトしてるから」

●じゃあ次の単行本は、20年超えってことで。

瀧「18年で5冊ってことは、4年で1冊ぐらいな感じなんだ。18年、ヤバいよね？」

●ヤバい。ほんとにヤバい。

瀧「そしてなんら大事な感じが一切ないのが良くない？　普通そこまで来たら、たとえば政治家だったらさ、当選何回の先生とか、その感じじゃん。5期連続ってことでしょ（笑）。だけどそういうの一切ないっていう」

電気グルーヴ

80年代後半インディーズで活動していた前身バンド"人生"解散後、石野卓球とピエール瀧が中心となり"電気グルーヴ"を結成。1991年、アルバム『FLASHPAPA』でメジャーデビュー。1995年、ベルリンのレーベル「MFS」からシングル『虹』がヨーロッパリリースされたことをきっかけに海外での活動をスタートする。1997年にリリースしたシングル『Shangri-La』、アルバム『A』は国内で約50万枚の売り上げを記録。同年夏には富士天神山で行われた野外ロックフェスティバル「FUJI ROCK FESTIVAL'97」に出演。1998年、ヨーロッパ最大のダンスフェスティバル「MAYDAY」に出演。同年夏から冬にかけてヨーロッパ6ヶ国を回るツアーを行う(このツアーを最後に1991年から活動を共にしていたメンバー、砂原良徳が脱退)。2000年に通算9枚目のアルバム『VOXXX』と、ライヴアルバム『イルボン2000』をリリース。2001年、「WIRE01」のステージを最後に活動休止。それぞれのソロ活動を経て、2004年に活動を再開し、「WIRE04」と「RISING SUN ROCK FESTIVAL 2004 in EZO」に出演。同年12月に、この2本のライヴの模様と、3本のフルアニメーションビデオクリップを収録したDVD『ニセンヨンサマー ～LIVE & CLIPS～』をリリース。2005年6月には、スチャダラパーとのユニット"電気グルーヴ×スチャダラパー"でオリジナルフルアルバム『電気グルーヴとかスチャダラパー』をリリース。2006年7月には「FUJI ROCK FESTIVAL'06」にGREEN STAGEのヘッドライナーとして出演し、2007年10月にその模様を収録した『LIVE at FUJI ROCK FESTIVAL'06』をリリース。続く12月5日には約8年ぶりとなるニューシングル『少年ヤング』を、そして2008年2月に『モノノケダンス』をリリース。4月2日には通算10枚目となるオリジナルフルアルバム『J-POP』をリリース。その約6ヶ月後の10月15日には、2008年2枚目となるオリジナルフルアルバム『YELLOW』をリリースする。結成20周年となる2009年2月4日は完全生産限定シングル『The Words』をリリース。2月25日には8年ぶりとなった「電気グルーヴツアー2008"叫び始まり 爆発終わり"」の最終日の模様を収めたライヴDVD『レオナルド犬プリオ』をリリース。そして8月19日には結成20周年記念アルバム『20』をリリースした。11月18日にはアニメ『空中ブランコ』のオープニングにもなった曲"Upside Down"を収録した同名のシングルをリリース。 そのシングルには、彼らの代表曲"Shangri-La"を砂原良徳がリモデルした"Shangri-La (Y.Sunahara 2009 Remodel)"、『やりすぎコージー』のオープニング曲となった"やりすぎコージーOP"も収録された。 2011年4月には、ベスト盤『ゴールデンヒッツ～Due to Contract』、これまでのミュージックビデオを網羅した映像集『ゴールデンクリップス～Stocktaking』を同時リリース。 2012年4月18日に自身が出演し話題となったLOTTE「ZEUS THUNDER SPARK」TVCF曲である『SHAMEFUL』をリリースし、その後「FUJI ROCK FESTIVAL'12」、「RISING SUN ROCK FESTIVAL 2012 in EZO」といった夏フェス、4年ぶりの出演となった「WIRE12」、そして初となる「electraglide 2012」への出演を果たした。2013年1月16日にはシングル『Missing Beatz』、2月27日には通算13枚目となるオリジナルアルバム『人間と動物』をリリース。アルバムリリース同日には5年ぶりとなる全国ツアー「ツアーパンダ 2013」もスタートさせた。結成25周年となる2014年には「FUJI ROCK FESTIVAL'14」のGREEN STAGEにて2ndヘッドライナーを務め、10月29日からは25周年記念ツアー「塗糞祭」をスタートさせ、同日には結成25周年記念ミニアルバム『25』をリリースする。

『メロン牧場――花嫁は死神』の連載は、ロッキング・オン・ジャパン誌にて大好評継続中。

編集
山崎洋一郎／松村耕太朗
渡辺尚美／福島慶介

註釈
田中大／松村耕太朗

編集協力
吉井寛人

装丁・デザイン
田中力弥

協力
池田義昭（ソニー・ミュージックアーティスツ）
キューンミュージック

電気グルーヴの
メロン牧場――花嫁は死神5

2014年10月29日 初版発行
著　者　電気グルーヴ
発行者　渋谷陽一
発行所　株式会社ロッキング・オン
〒150-8569
東京都渋谷区桜丘町20-1
渋谷インフォスタワー19F
電　話　03-5458-3031
URL　http://www.rockinon.co.jp/
印刷所　大日本印刷株式会社

Printed in JAPAN
画像提供：Ron and Joe/Shutterstock
ISBN978-4-86052-119-6